Agatha Christie

POR QUE NÃO PEDIRAM A EVANS?

Tradução de RODRIGO BREUNIG

www.lpm.com.br

L&PM POCKET

Coleção **L&PM** POCKET, vol. 545

Texto de acordo com a nova ortografia.
Título original: *Why Didn't They Ask Evans?*

Primeira edição na Coleção **L&PM** POCKET: janeiro de 2015
Esta reimpressão: janeiro de 2023

Tradução: Rodrigo Breunig
Capa: designedbydavid.co.uk © HarperCollins/Agatha Christie Ltd. 2008
Preparação: Jó Saldanha
Revisão: Lia Cremonese

CIP-Brasil. Catalogação na publicação
Sindicato Nacional dos Editores de Livros, RJ.

C479p

Christie, Agatha, 1890-1976
    Por que não pediram a Evans? / Agatha Christie; tradução Rodrigo Breunig. – 1. ed. – Porto Alegre, RS: L&PM, 2023.
    288 p. ; 18 cm.   (Coleção L&PM POCKET, 545)

    Tradução de: *Why Didn't They Ask Evans?*
    ISBN 978-85-254-3189-9

    1. Ficção policial inglesa. I. Breunig, Rodrigo. II. Título. III. Série.

14-17161   CDD: 823
                              CDU: 821.111-3

Why Didn't They Ask Evans? Copyright © 1934 Agatha Christie Limited.
All rights reserved.
AGATHA CHRISTIE and the Agatha Christie Signature are registered trade marks of Agatha Christie Limited in the UK and/or elsewhere. All rights reserved.
www.agathachristie.com

Todos os direitos desta edição reservados a L&PM Editores
Rua Comendador Coruja, 314, loja 9 – Floresta – 90220-180
Porto Alegre – RS – Brasil / Fone: 51.3225.5777

Pedidos & Depto. Comercial: vendas@lpm.com.br
Fale conosco: info@lpm.com.br
www.lpm.com.br

Impresso na Gráfica e Editora Pallotti, Santa Maria, RS, Brasil
Verão de 2023

*Para Christopher Mallock
em memória de Hinds*

Sumário

Capítulo 1 – O acidente 9
Capítulo 2 – A respeito de pais 15
Capítulo 3 – Uma viagem de trem 21
Capítulo 4 – O inquérito 30
Capítulo 5 – O sr. e a sra. Cayman 35
Capítulo 6 – Fim de um piquenique 43
Capítulo 7 – Escapando da morte 53
Capítulo 8 – O enigma de uma fotografia 63
Capítulo 9 – A respeito do sr. Bassington-ffrench 73
Capítulo 10 – Preparativos para um acidente 80
Capítulo 11 – O acidente ocorre 89
Capítulo 12 – No campo inimigo 97
Capítulo 13 – Alan Carstairs 104
Capítulo 14 – O dr. Nicholson 113
Capítulo 15 – Uma descoberta 122
Capítulo 16 – Bobby se torna um advogado 133
Capítulo 17 – A sra. Rivington fala 143
Capítulo 18 – A jovem da fotografia 151
Capítulo 19 – Uma conferência de três 160
Capítulo 20 – Conferência de dois 167
Capítulo 21 – Roger responde a uma pergunta 172
Capítulo 22 – Outra vítima 182
Capítulo 23 – Moira desaparece 190
Capítulo 24 – Na pista dos Cayman 201
Capítulo 25 – O sr. Spragge fala 211
Capítulo 26 – Aventura noturna 219
Capítulo 27 – "Meu irmão foi assassinado" 225
Capítulo 28 – Na última hora 235

Capítulo 29 – A história de Badger............................ 244
Capítulo 30 – Uma fuga 249
Capítulo 31 – Frankie faz uma pergunta 256
Capítulo 32 – Evans 266
Capítulo 33 – Sensação no Orient Café 270
Capítulo 34 – Carta da América do Sul 276
Capítulo 35 – Notícia do vicariato 284

Capítulo 1

O acidente

Bobby Jones posicionou a bola no tee* para a tacada inicial, fez um swing de treino, recuou o taco lentamente no ar e então o projetou à frente, desferindo o golpe com a rapidez de um raio.

Será que a bola voou pelo campo liso numa trajetória virtuosa, elevando-se no ar e passando direto pelo banco de areia para pousar nos limites de uma tranquila tacada de aproximação rumo ao *green* do buraco 14?

Não, nada disso. Pessimamente golpeada, correu pelo terreno e se cravou com firmeza no banco de areia!

Não havia quaisquer ávidos espectadores para gemer de consternação. A única testemunha da tacada não manifestou surpresa alguma. E isso é fácil de explicar, pois quem havia executado a tacada não era um ás americano, era simplesmente o quarto filho do vigário de Marchbolt – uma cidadezinha litorânea de Gales.

Bobby soltou um palavrão.

Ele era um jovem de expressão afável com cerca de 28 anos. Seu melhor amigo não o teria considerado bonito, mas seu rosto era extremamente simpático, e os olhos castanhos eram honestos e amigáveis como os de um cão.

– Estou jogando cada vez pior – resmungou, abatido.
– Continue insistindo – disse seu companheiro.

O dr. Thomas era um homem de meia-idade com cabelos grisalhos e um rosto vermelho e jovial. Praticava

---
* Tee (pino): É como no jogo de golfe se convenciona chamar o lugar onde fica a bola na primeira tacada de cada um dos dezoito buracos. (N.E.)

tacadas leves, curtas e diretas, e geralmente vencia golfistas mais brilhantes, mas menos regulares.

Bobby golpeou a bola com ferocidade usando um ferro nove. A terceira tentativa foi exitosa. A bola parou a uma pequena distância do *green*, que o dr. Thomas alcançara com duas tacadas precisas.

– O buraco é seu – disse Bobby.

Os dois foram para o tee do buraco seguinte.

O doutor jogou primeiro – um golpe direto e elegante, mas sem grande alcance.

Bobby suspirou, posicionou sua bola, ajeitou-a melhor, ergueu o taco por um longo tempo, recuou os braços e enrijeceu o corpo, fechou os olhos, ergueu a cabeça, deixou cair o ombro direito, fez tudo o que não devia ter feito – e desferiu um foguete que foi parar no meio do campo.

Respirou fundo com satisfação. A bem conhecida melancolia do golfista sumiu de seu rosto eloquente para ser substituída pela igualmente bem conhecida exultação do golfista.

– Eu sabia o que estava fazendo – Bobby falou sem o menor respeito à verdade.

Com outra tacada longa perfeita e um cirúrgico golpe de aproximação, a bola morreu no buraco. Bobby completara o trajeto com uma tacada a menos em relação ao "par" do campo, e o dr. Thomas limitara-se a uma tacada a mais.

Cheio de confiança, Bobby encaminhou-se para o buraco 16. Voltou a fazer tudo o que não devia ter feito, e desta vez não houve milagre algum. Ocorreu uma formidável, magnífica e quase sobre-humana tacada de raspão! A bola disparou numa fuga perpendicular.

– Se essa tivesse pegado em cheio... uau! – o dr. Thomas exclamou.

– *Se...* – Bobby retrucou com azedume. – Ei, parece que ouvi um grito! Espero que a bola não tenha acertado ninguém...

Virou o rosto à direita. A luz não ajudava. O sol estava prestes a desaparecer no horizonte, e, olhando na direção dele, era difícil enxergar qualquer coisa com clareza. Também havia uma leve névoa subindo do mar. A beira do penhasco ficava a poucas centenas de metros dali.

– A trilha vai até lá – Bobby disse. – Mas a bola não poderia ter ido tão longe. De qualquer forma, acho que ouvi mesmo um grito. Você não ouviu?

Mas o médico não escutara nada.

Bobby saiu à procura de sua bola. Teve certa dificuldade para encontrá-la, mas por fim a busca deu resultado. A bola estava cravada num arbusto de tojo completamente "injogável". Ele tentou algumas batidas toscas, mas acabou levantando a bola e gritando ao companheiro que desistia do buraco.

O médico veio ao encontro dele, já que o tee do buraco seguinte ficava bem na beira do penhasco.

O buraco 17 era o bicho-papão particular de Bobby. Era preciso mandar a bola por cima de um precipício. A distância não era efetivamente tão grande, mas a atração das profundezas abaixo era avassaladora.

Os dois haviam atravessado a trilha que agora seguia por dentro do campo à esquerda, acompanhando a beira do penhasco. O médico desfechou uma tacada cuja força foi suficiente para deixar a bola em segurança do outro lado.

Bobby respirou fundo e desceu o taco. A bola correu pelo campo e desapareceu no abismo.

– Toda maldita vez – Bobby falou com amargura – eu repito a mesma maldita idiotice!

Ele andou ao longo do precipício, espiando para baixo. No fundo distante o mar cintilava, mas nem todas as bolas estavam perdidas em suas profundezas. A queda era abrupta na parte mais alta, mas depois iam se formando aos poucos algumas saliências.

Bobby seguiu caminhando devagar. Havia, ele sabia bem, um ponto por onde se podia descer com relativa facilidade. Os caddies faziam isso, lançando-se por sobre a borda e reaparecendo, triunfantes e ofegantes, com a bola perdida.

De súbito, Bobby enrijeceu o corpo e chamou seu companheiro.

– Doutor, venha ver uma coisa. O que pode ser aquilo?

Pouco mais de dez metros abaixo se via uma forma escura amontoada, parecendo uma pilha de roupas velhas.

O médico prendeu a respiração.

– Meu Deus... – ele disse. – Alguém caiu no penhasco. Precisamos chegar até lá.

Lado a lado, os dois homens foram descendo pelas rochas – com Bobby, o mais atlético, ajudando o outro. Afinal alcançaram o sinistro fardo escuro. Era um homem com cerca de quarenta anos que ainda respirava, embora estivesse inconsciente.

O doutor o examinou, tocando seus membros, sentindo seu pulso, abaixando-lhe as pálpebras. Ajoelhou-se ao lado do homem e completou seu exame. Então levantou os olhos para Bobby, que se mantinha de pé, sentindo-se bastante mal, e sacudiu lentamente a cabeça.

– Não há nada que possamos fazer – ele disse. – Chegou a hora dele, pobre coitado. Quebrou a espinha. Acho que ele não tinha intimidade com a trilha e, quando a névoa subiu, avançou além da beira. Mais de uma vez eu avisei ao conselho que devia existir uma grade bem aqui.

O médico voltou a se levantar.

– Vou buscar ajuda – ele falou. – Providenciar o resgate do corpo. Vai escurecer e não vamos nem saber onde estamos. Você fica aqui?

Bobby confirmou com a cabeça.

– Não podemos fazer nada por ele, então? – perguntou.

O médico balançou a cabeça.

– Nada – confirmou. – Não vai demorar muito... o pulso está enfraquecendo depressa. Ele vai viver mais uns vinte minutos no máximo. É bem possível que recobre a consciência antes do fim; mas é muito provável que não. Mesmo assim...

– Certo – Bobby falou rápido. – Vou ficar. Vá em frente. Se ele de fato voltar a si, não há nenhum remédio ou qualquer coisa que... – ele hesitou.

O médico sacudiu a cabeça.

– Ele não vai sentir dor alguma – falou.

Virando-se, o doutor começou a escalar rapidamente o penhasco. Bobby o observou até que ele desapareceu no topo com um aceno da mão.

Bobby deu dois ou três passos na estreita laje de rocha, sentou-se numa saliência e acendeu um cigarro. Sentia-se abalado com a situação. Até então, nunca entrara em contato com doença ou morte.

Que azares detestáveis havia no mundo! Um deslocamento de névoa num belo entardecer, um passo em falso – e a vida se acabava. E um belo homem, de aspecto saudável, ainda por cima... provavelmente nunca ficara doente na vida. A palidez da morte próxima não conseguia esconder o forte tom bronzeado da pele. Um homem que vivera uma vida ao ar livre... talvez no exterior. Bobby o examinou com mais atenção... o cabelo viçoso, encaracolado e castanho, com toques de grisalho nas têmporas, o nariz grande, o queixo forte, os dentes brancos mostrando-se um pouco entre os lábios entreabertos. Depois os ombros largos e as mãos belas e vigorosas. As pernas estavam retorcidas num ângulo curioso. Bobby estremeceu e subiu o olhar de novo para o rosto. Um rosto atraente, bem-humorado, determinado, desembaraçado. Os olhos, ele pensou, provavelmente eram azuis...

E ele mal chegara nesse ponto em seu raciocínio quando as pálpebras de súbito se abriram.

Os olhos *eram* azuis – um azul claro e profundo. O homem encarava Bobby. Não havia nada de incerto ou nebuloso naqueles olhos, que pareciam totalmente conscientes, alertas e, ao mesmo tempo, pareciam perguntar algo.

Bobby se levantou com rapidez para se aproximar do homem. Enquanto se aproximava, o homem falou. A voz não era fraca – saiu de modo claro e ressonante.

– *Por que não pediram a Evans?* – ele disse.

E então um estremecimento estranho percorreu seu corpo, as pálpebras caíram, o queixo caiu...

O homem estava morto.

Capítulo 2

A respeito de pais

Bobby se ajoelhou ao lado dele, mas não havia dúvida. O homem estava morto. Um último instante de consciência, a pergunta repentina, e então – o fim.

Com muito respeito, Bobby enfiou a mão no bolso do homem e, retirando um lenço de seda, estendeu-o de modo reverente sobre seu rosto. Não havia mais nada que ele pudesse fazer.

Então percebeu que, com seu gesto, havia puxado do bolso outra coisa. Era uma fotografia. No ato de recolocá-la no lugar, vislumbrou o rosto retratado.

Era um rosto de mulher, de uma qualidade estranha e fascinante. Uma mulher de olhos claros bem separados. Parecia pouco mais do que uma garota, certamente abaixo dos trinta, mas o elemento hipnótico de sua beleza, mais do que a beleza em si, foi o que arrebatou a imaginação do rapaz. Era um tipo de rosto, ele pensou, difícil de esquecer.

Com reverência e delicadeza, recolocou a fotografia no bolso do qual ela saíra e se sentou de novo para esperar a volta do médico.

O tempo passava devagar – ou pelo menos era essa a impressão do rapaz enquanto aguardava. Ele prometera para seu pai tocar o órgão no serviço religioso das seis da tarde, e agora faltavam dez minutos para as seis. Naturalmente, seu pai seria compreensivo devido às circunstâncias, mas, mesmo assim, Bobby lamentava não ter se lembrado de mandar uma mensagem pelo doutor. O reverendo Thomas Jones era um homem de temperamento extremamente nervoso. Era irritadiço por excelência, e, quando se incomodava, seu aparelho digestivo sofria um colapso e ele tinha dores lancinantes. Bobby, embora considerasse o pai um velho tolo e lastimável, gostava muito dele. O reverendo Thomas, por outro lado, considerava seu quarto filho um *jovem* tolo e lastimável, e, com menos tolerância do que Bobby, procurava impor aprimoramentos ao rapaz.

"Coitado do papai", Bobby pensou. "Decerto vai ficar andando de um lado para outro. Não vai saber se começa o serviço ou não. Vai ficar aflito até sentir aquela dor na barriga, e aí não vai conseguir comer a ceia. Ele não vai se dar conta de que eu não o deixaria na mão a não ser que isso fosse totalmente inevitável... e, de qualquer jeito, que diferença faz? Mas ele nunca vai pensar dessa maneira. Ninguém com mais de cinquenta tem um mínimo de bom senso... ficam se preocupando até a morte com ninharias que não têm importância. Receberam uma educação toda errada, eu acho, e agora não conseguem evitar. Pobre do meu velho pai, ele tem menos bom senso do que uma galinha!"

Ele ficou ali pensando no pai com um misto de afeto e exasperação. Sua vida em casa lhe parecia um longo sacrifício às ideias peculiares do pai. Para o sr. Jones, no entanto, a mesma coisa parecia ser um longo sacrifício de *sua* parte, mal compreendido ou pouco apreciado como ele era pela geração mais jovem. A que ponto podiam ser diferentes as ideias sobre um mesmo assunto...

O doutor estava levando um século! Sem dúvida àquela altura já poderia ter voltado.

Bobby se levantou e bateu o pé, taciturno. Naquele momento, ouviu algo vindo do alto e olhou para cima, grato porque o auxílio estava próximo e seus préstimos já não seriam necessários.

Mas não era o médico. Era um homem com calça esportiva que Bobby não conhecia.

– Vejam só – disse o recém-chegado. – Algum problema? Houve um acidente? Posso ajudar de alguma forma?

Era um homem alto com agradável voz de tenor. Bobby não conseguia vê-lo com muita clareza, pois agora escurecia cada vez mais rápido. Explicou o que acontecera enquanto o estranho fazia comentários estarrecidos.

– Não há nada que eu possa fazer? – ele perguntou. – Buscar ajuda ou qualquer coisa?

Bobby explicou que o auxílio já estava a caminho, e perguntou-lhe se conseguia ver algum sinal dos socorristas.

– Não vejo nada neste momento.

– Bem – Bobby prosseguiu –, é que tenho um compromisso às seis.

– E o senhor não gostaria de deixar...

– Não, não gostaria muito – disse Bobby. – Quero dizer, o pobre camarada está morto e tudo mais, e é claro que não se pode fazer nada, mas mesmo assim...

Ele se calou, encontrando, como sempre, dificuldades para expressar emoções confusas com palavras.

O outro, contudo, pareceu compreender.

– Eu entendo – ele disse. – Ouça, vou descer até aí... isto é, se eu conseguir enxergar onde piso... e vou ficar até a chegada desse pessoal.

– Ah, o senhor poderia fazer isso? – Bobby retrucou, agradecido. – Sabe, é por causa do meu pai. Ele não é má pessoa, realmente, e qualquer coisa o deixa nervoso. O senhor está enxergando onde pisa? Um pouco mais à esquerda... agora à direita... aí mesmo. Não é realmente tão difícil.

Ele encorajou o outro com orientações até que os dois ficaram frente a frente no estreito platô. O recém-chegado era um homem com cerca de 35 anos. Tinha um rosto um tanto indeciso que parecia implorar por um monóculo e um pequeno bigode.

– Eu não sou daqui – ele explicou. – Meu nome é Bassington-ffrench. Vim ver uma casa. Mas que coisa pavorosa! Ele caminhou sem querer além da beira?

Bobby confirmou com a cabeça.

– Um pouco de névoa estava subindo – ele explicou. – Este trecho da trilha é perigoso. Bem, até logo. Muito obrigado. Preciso me apressar. É uma tremenda bondade sua.

– Bondade nenhuma – o outro protestou. – Qualquer um faria o mesmo. Não dá para deixar o pobre sujeito aí desse jeito... bem, quero dizer, não seria decente.

Bobby tratou de escalar a trilha íngreme. No topo, acenou com a mão para o outro e então atravessou o campo numa corrida enérgica. Para economizar tempo, saltou o muro do pátio da igreja em vez de contornar até o portão na estrada – um procedimento observado da janela da sacristia pelo vigário, e considerado com profunda desaprovação.

Eram seis e cinco, mas o sino ainda tocava.

As explicações e as recriminações foram adiadas para depois do serviço religioso. Ofegante, Bobby desabou em seu banco e manipulou os registros do antigo órgão. Uma associação de ideias levou seus dedos à marcha fúnebre de Chopin.

Mais tarde, com mais tristeza do que raiva (como fez questão de assinalar), o vigário passou uma repreensão no filho.

– Se você não consegue fazer uma coisa direito, meu querido Bobby – ele disse –, é melhor não fazer nada. Sei que você e todos os seus jovens amigos parecem não ter a menor noção de tempo, mas existe Alguém que não deveríamos deixar esperando. Você se ofereceu para tocar o órgão por sua própria iniciativa. Eu não o forcei. Em vez disso, frouxo, você preferiu ficar jogando...

Bobby achou melhor interromper o discurso antes que o pai fosse longe demais.

– Desculpe, pai – ele disse, no tom jovial e despreocupado com o qual sempre falava, qualquer que fosse o assunto. – Não foi culpa minha dessa vez. Eu estava vigiando um cadáver.

– Você estava o quê?

– Vigiando o corpo de um sujeito que caiu do penhasco. Naquele lugar da fenda... no 17º ponto de partida. Havia um pouco de névoa bem naquela hora, e ele decerto seguiu caminhando reto e despencou.

– Céus! – exclamou o vigário. – Que tragédia! O homem teve morte instantânea?

– Não. Ele estava inconsciente. O dr. Thomas foi buscar ajuda, e ele morreu pouco depois. Mas é claro que eu achei que devia ficar ali agachado... não podia simplesmente dar o fora e abandonar o camarada. Aí um outro sujeito apareceu, e eu lhe passei a tarefa de velar o morto e vim correndo.

O vigário suspirou.

– Ah, meu querido Bobby... – ele disse. – Será que nada é capaz de abalar sua deplorável insensibilidade? Isso me deixa mais entristecido do que sou capaz de expressar. Eis que você esteve frente a frente com a morte... com uma morte repentina. E consegue fazer piada disso! Você não se comove. Tudo... tudo, por mais solene, por mais sagrado que seja, é um mero gracejo aos olhos da sua geração.

Bobby arrastou os pés no chão.

Se seu pai não conseguia perceber que, obviamente, você fazia piada de algo porque se sentia mal a respeito... bem, ele não conseguia perceber isso! Não era o tipo da coisa fácil de explicar. Diante de morte ou tragédia, era preciso aguentar firme.

Mas o que se podia esperar? Ninguém com mais de cinquenta entendia qualquer coisa em absoluto. Eles tinham as mais extraordinárias ideias.

"Deve ter sido a guerra", Bobby pensou com lealdade. "A guerra os perturbou, e eles nunca mais voltaram ao normal."

Sentiu-se envergonhado pelo pai e teve pena dele.

– Sinto muito, pai – ele disse, com a constatação realista de que uma explicação era impossível.

O vigário teve pena do filho – que parecia embaraçado –, mas também sentiu-se envergonhado por ele. O rapaz não tinha noção nenhuma da seriedade da vida. Até seu pedido de desculpas era jovial e impenitente.

Os dois seguiram na direção do vicariato, cada um fazendo um enorme esforço para encontrar meios de desculpar o outro.

O vigário pensou: "Quando será que Bobby vai encontrar uma ocupação?".

Bobby pensou: "Por mais quanto tempo será que eu vou aguentar ficar aqui...?".

No entanto, eram ambos extremamente apegados um ao outro.

Capítulo 3

Uma viagem de trem

Bobby não testemunhou os desdobramentos imediatos de sua aventura. Na manhã seguinte, foi a Londres para lá encontrar um amigo que estava pensando em abrir uma oficina e julgava que a cooperação de Bobby poderia ser valiosa.

Dois dias depois, após resolver as coisas a contento de todos, Bobby pegou o trem das 11h30 da manhã de volta para casa. Pegou o trem, é verdade, mas por muito pouco não o perdeu. Chegou a Paddington quando o relógio marcava 11h28, correu pela passagem subterrânea, emergiu na plataforma número três bem no momento em que o trem ia começando a se mover e se atirou no primeiro vagão que viu, sem dar atenção aos indignados cobradores e carregadores em sua retaguarda imediata.

Escancarando a porta, caiu de quatro no chão do compartimento e tratou de se levantar. A porta foi batida com força por um ágil carregador, e Bobby se viu encarando a única ocupante do compartimento.

Aquele era um vagão de primeira classe, e, sentada no canto oposto à locomotiva, uma jovem morena fumava um cigarro. Ela vestia uma saia vermelha, um casaco curto verde e uma boina azul brilhante, e, apesar de certa semelhança com um macaquinho de realejo (a jovem tinha grandes e pesarosos olhos escuros e um rosto contraído), era distintamente atraente.

No meio de um pedido de desculpas, Bobby se interrompeu.

– Puxa, é você, Frankie! – ele disse. – Faz séculos que eu não te vejo.

– Ora, eu posso dizer o mesmo. Sente-se, vamos conversar.

Bobby sorriu amarelo.

– O meu bilhete é da cor errada.

– Não faz mal – Frankie falou com gentileza. – Eu pago a diferença para você.

– A minha indignação viril se revolta contra essa ideia – disse Bobby. – Como eu poderia deixar uma dama pagar por mim?

– Parece que não servimos para mais nada hoje em dia – Frankie retrucou.

– Eu mesmo vou pagar a diferença – Bobby falou heroicamente ao passo que um corpulento sujeito em traje azul aparecia na porta do corredor.

– Deixe comigo – disse Frankie.

A jovem olhou com um sorriso gracioso para o cobrador, que tocou a ponta do boné ao pegar o cartão branco da mão dela para perfurá-lo.

– O sr. Jones só está aqui para conversar um pouquinho comigo – ela informou. – Não faz mal, faz?

– Não há problema, vossa senhoria. O cavalheiro não irá permanecer por muito tempo, eu imagino... – ele tossiu diplomaticamente. – Só estarei aqui de volta depois de Bristol – acrescentou de forma significativa.

– Os poderes de um sorriso... – Bobby falou enquanto o funcionário se retirava.

Lady Frances Derwent balançou a cabeça, pensativa.

– Não tenho tanta certeza de que seja o sorriso – ela disse. – Acredito mais que o poder venha do hábito do meu pai de dar cinco xelins de gorjeta para todo mundo sempre que viaja.

– Pensei que você tivesse abandonado Gales de uma vez por todas, Frankie.

Frances suspirou.

– Meu querido, você sabe como é. Você sabe como os pais podem ser uns chatos bolorentos. Com isso e com os banheiros no estado em que estão, e nada para fazer nem ninguém para ver... e as pessoas simplesmente não vão mais ao campo para ficar hoje em dia! Dizem que estão economizando e que não podem ir tão longe. Bem, quer dizer, o que é que uma garota pode fazer?

Bobby balançou a cabeça, reconhecendo com tristeza o problema.

– No entanto – Frankie continuou –, depois da festa em que eu estive ontem à noite, achei que nem em casa poderia ser pior.

– O que havia de errado com a festa?

– Nada em absoluto. Era uma festa igual a qualquer outra, só que igual demais. Para começar, era no Savoy às oito e meia. Alguns da turma só apareceram por volta das nove e quinze, e, é claro, acabamos nos enredando com outras pessoas, mas nos desvencilhamos pelas dez. E nós jantamos e um pouco depois seguimos para o Marionette... havia um boato de que ocorreria uma batida de inspeção, mas nada aconteceu... o lugar estava moribundo, e nós bebemos um pouco e aí seguimos para o Bullring e lá estava mais morto ainda, e depois fomos tomar café numa barraquinha, e depois fomos para um lugar que servia peixe frito, e aí resolvemos tomar café da manhã com o tio de Angela para ver se ele ficava chocado, mas não ficou... ele só fez uma cara de tédio, e então a gente se mandou para casa com aquela sensação de fracasso. Honestamente, Bobby, não vale a pena.

– Pois é... – disse Bobby, sufocando uma pontinha de inveja.

Nunca em seus mais loucos pensamentos ele sonhara ser capaz de frequentar o Marionette ou o Bullring.

Seu relacionamento com Frankie era peculiar.

Na infância, ele e seus irmãos haviam brincado com as crianças do castelo. Agora que estavam todos crescidos, poucas vezes topavam uns com os outros. Quando chegavam a se ver, ainda se tratavam pelos primeiros nomes. Nas raras ocasiões em que Frankie estava em casa, Bobby e seus irmãos apareciam para jogar tênis. Mas Frankie e seus dois irmãos nunca eram convidados para visitar o vicariato. Parecia ser tacitamente admitido que isso não seria divertido para eles. Por outro lado, companheiros extras para o tênis eram sempre bem-vindos. Talvez houvesse um traço de constrangimento, apesar dos primeiros nomes. Os Derwent eram, talvez, um tantinho mais amáveis do que o necessário para mostrar que "não havia diferença". Os Jones, por sua vez, mostravam-se um tantinho formais, como se estivessem determinados a não reivindicar mais amizade do que aquela que lhes era oferecida. As duas famílias não tinham agora nada em comum exceto certas lembranças de infância. Contudo, Bobby gostava muito de Frankie e sempre ficava contente nas raras ocasiões em que o destino lhes proporcionava um encontro.

– Eu estou tão cansada de tudo... – Frankie disse com uma voz esgotada. – Você não está?

Bobby ponderou.

– Não, acho que não estou.

– Meu querido, que fantástico – disse Frankie.

– Não quero dizer que eu esteja me sentindo empolgado – Bobby retrucou, ávido por não causar uma má impressão. – Eu simplesmente não suporto pessoas empolgadas.

Frankie estremeceu com a mera menção da palavra.

– Eu sei – disse. – Elas são medonhas.

Os dois se entreolharam com simpatia.

– A propósito – Frankie falou de repente –, que história é essa sobre um homem que caiu do penhasco?

– Eu e o dr. Thomas o encontramos – disse Bobby. – Como soube disso, Frankie?

– Pelo jornal. Veja.

Ela apontou com o dedo um pequeno parágrafo sob o título "Acidente fatal na névoa marinha".

A vítima da tragédia em Marchbolt foi identificada ontem à noite por meio de uma fotografia que tinha consigo. O retrato provou ser o da sra. Leo Cayman. A sra. Cayman foi informada e viajou de imediato para Marchbolt, onde identificou o falecido como sendo seu irmão, Alex Pritchard. O sr. Pritchard retornara recentemente do Sião. Havia permanecido fora da Inglaterra por dez anos e mal estava iniciando uma extensa caminhada a pé. O inquérito será realizado em Marchbolt amanhã.

Os pensamentos de Bobby recuaram para o rosto estranhamente arrebatador da fotografia.

– Creio que terei de prestar depoimento no inquérito – ele disse.

– Que emocionante. Vou lá ouvir você.

– Não acho que eu tenha qualquer coisa de emocionante para dizer – Bobby falou. – Nós só encontramos o homem, mais nada.

– Ele estava morto?

– Não, ainda não. Morreu uns quinze minutos depois. Eu estava sozinho com ele.

Bobby fez uma pausa.

– Que droga – Frankie disse, com a instantânea compreensão que havia faltado ao pai de Bobby.

– Ele não sentiu nada, é claro...

– Não?

– Mas mesmo assim... entende, ele parecia incrivelmente cheio de vida... aquele tipo de pessoa... um jeito meio desgraçado de morrer... simplesmente pisar em falso num penhasco por causa de uma maldita névoa.

– Falou bem, Steve – Frankie disse, e de novo a frase brincalhona transmitia simpatia e compreensão.

– Você chegou a ver a irmã? – ela perguntou pouco depois.

– Não, eu fiquei na cidade por dois dias. Precisava conversar com um amigo meu sobre uma oficina que estamos planejando. Você vai se lembrar dele. Badger Beadon.

– Vou mesmo?

– Claro que sim. Você decerto vai se lembrar do velho Badger. Ele é vesgo.

Frankie enrugou a testa.

– Ele tem uma risada muito idiota... hó hó hó... mais ou menos assim – Bobby continuou, esperançoso.

A testa de Frankie permanecia enrugada.

– Caiu de um pônei quando éramos crianças – Bobby continuou. – Caiu de cabeça na lama, ficou meio entalado e precisamos puxá-lo pelas pernas.

– Ah! – Frankie exclamou, numa onda de recordação. – Agora eu sei quem é. Ele gaguejava.

– Ainda gagueja – Bobby falou, orgulhoso.

– Ele não investiu numa criação de galinhas que quebrou? – indagou Frankie.

– Isso mesmo.

– E aí entrou numa corretora de valores e foi despedido depois de um mês?

— Isso mesmo.

— E aí o mandaram à Austrália e ele voltou?

— Sim.

— Bobby – disse Frankie. – Você não está colocando nenhum dinheiro nesse negócio de risco, eu espero...

— Não tenho nenhum dinheiro para colocar no negócio – Bobby falou.

— Melhor assim – Frankie retrucou.

— Claro – Bobby prosseguiu. – Badger tentou arranjar alguém com um pouco de capital para investir. Mas não é assim tão fácil como se poderia pensar.

— Olhando por aí – disse Frankie –, ninguém acreditaria que as pessoas tivessem um mínimo de bom senso... mas elas têm.

O objetivo dos comentários pareceu por fim chegar ao entendimento de Bobby.

— Veja bem, Frankie... – ele disse. – Badger é um sujeito de primeira... um sujeito dos melhores.

— Eles sempre são – Frankie retrucou.

— Eles quem?

— Os que são mandados à Austrália e acabam voltando. Como foi que ele arranjou o dinheiro para começar o negócio?

— Uma tia ou algo assim morreu e lhe deixou uma garagem para seis carros com três quartos em cima, e a família desembolsou cem libras para ele comprar carros usados. Você ficaria surpresa com os belos negócios que carros usados podem render.

— Uma vez eu comprei um – Frankie disse. – É um assunto doloroso. Nem vamos falar nisso. Por que você quis sair da Marinha? Eles não cortaram você, cortaram? Não com a sua idade...

Bobby corou.

— Os meus olhos – ele retrucou com rispidez.

– Você sempre teve problemas com os olhos, eu lembro.

– Pois é. Mas eu me esforçava e conseguia me virar. Depois teve o serviço no exterior... e a luz forte, sabe... isso acabou com a minha visão. Aí... bem... eu tive que sair.

– Que droga – Frankie murmurou, olhando pela janela.

Houve um silêncio eloquente.

– Mesmo assim, é uma lástima – Bobby irrompeu. – Os meus olhos não estão tão ruins assim... e não vão piorar, segundo dizem. Eu podia ter continuado tranquilamente.

– Não vejo nada de errado neles – disse Frankie.

Ela sondou diretamente as profundezas daqueles honestos olhos castanhos.

– Sendo assim – Bobby falou –, vou entrar no negócio com Badger.

Frankie assentiu com a cabeça.

Um auxiliar abriu a porta e disse:

– Primeiro almoço.

– Vamos? – Frankie falou.

Os dois seguiram para o vagão-restaurante.

Bobby fez uma breve retirada estratégica durante o período em que o cobrador era esperado.

– Não queremos que o sujeito fique com a consciência pesada demais – ele disse.

Mas Frankie afirmou não acreditar que cobradores tivessem qualquer espécie de consciência.

Passava um pouco das cinco da tarde quando chegaram a Sileham, a estação mais próxima de Marchbolt.

– O carro está me esperando – disse Frankie. – Posso lhe dar uma carona.

– Obrigado. Isso vai me poupar de carregar essa coisa monstruosa por três quilômetros.

Ele deu um chute depreciativo em sua mala.

– Cinco quilômetros, não três – Frankie corrigiu.

– Três quilômetros se você atalhar pela trilha no campo de golfe.

– Aquela onde...

– Sim... onde aquele camarada despencou.

– Será que ninguém o empurrou? – Frankie perguntou enquanto entregava a maleta de toucador para sua criada.

– Alguém o empurrou? Deus do céu, não... Por quê?

– Bem, isso tornaria o caso bem mais emocionante, não é? – Frankie falou despreocupadamente.

Capítulo 4

O inquérito

O inquérito sobre a morte de Alex Pritchard ocorreu no dia seguinte. O dr. Thomas testemunhou sobre a descoberta do corpo.

– Ainda havia sinais de vida? – perguntou o juiz de instrução.

– Sim, o falecido ainda respirava. Não existia, no entanto, nenhuma esperança de recuperação. O...

Aqui o médico se tornou altamente técnico. O juiz de instrução interveio em auxílio do júri:

– Em linguagem simples e corriqueira, a espinha do homem estava quebrada?

– Se o senhor prefere dessa forma... – o dr. Thomas retrucou com tristeza.

Ele descreveu como saíra para buscar ajuda e deixara o moribundo aos cuidados de Bobby.

– E, quanto à causa dessa tragédia, qual é a sua opinião, dr. Thomas?

– Eu diria, segundo todas as probabilidades (isto é, na falta de qualquer indício sobre o estado de espírito do falecido), que ele pisou em falso, inadvertidamente, além da beira do penhasco. Havia uma névoa subindo do mar, e naquele específico ponto a trilha dobra de modo abrupto para se afastar do precipício. Devido à névoa, o falecido pode não ter se dado conta da fenda e seguido direto em frente... nesse caso, dois passos o levariam além da beira.

– Não havia sinais de violência? Algo que pudesse ter sido infligido por terceiros?

— Só posso afirmar que os ferimentos existentes são de todo compatíveis com o choque do corpo nas rochas uns quinze ou dezesseis metros abaixo.

— Resta uma possibilidade de suicídio?

— Isso, é claro, é perfeitamente possível. Se o falecido caminhou além da beira ou se atirou, essa é uma questão sobre a qual não posso afirmar nada.

Robert Jones foi chamado a seguir.

Bobby explicou que estava jogando golfe com o doutor e dera uma tacada torta, lançando sua bola na direção do mar. Uma névoa subia na ocasião, e a visibilidade estava prejudicada. Pensou ter ouvido um grito, e por um momento imaginou que a bola poderia ter atingido alguém que estivesse subindo pela trilha. Concluiu, no entanto, que de modo algum a bola poderia ter ido tão longe.

— O senhor encontrou a bola?

— Sim, a cerca de cem metros da trilha.

Bobby explicou, então, que eles haviam seguido para o próximo ponto de partida e que ele mesmo havia feito a bola mergulhar na fenda.

Aqui o juiz de instrução o interrompeu, visto que seu depoimento teria sido uma repetição do testemunho do médico, mas o interrogou com minúcia sobre o grito que ouvira ou pensara ter ouvido.

— Foi só um grito.

— Um grito de socorro?

— Não, só uma espécie de berro. Na verdade, não tive muita certeza de que eu havia escutado aquilo.

— Um tipo de grito assustado?

— Sim, foi mais isso – Bobby respondeu, agradecido. – O tipo de som que um camarada poderia deixar escapar se uma bola o atingisse de um modo inesperado.

– Ou se ele pisasse em falso no nada quando pensava estar seguindo uma trilha?

– Sim.

Em seguida, tendo explicado que o homem de fato morrera cerca de cinco minutos após a saída do médico em busca de ajuda, a provação de Bobby chegou ao fim.

O juiz de instrução mostrava-se ansioso, agora, para dar cabo de um caso perfeitamente claro.

A sra. Leo Cayman foi chamada.

Bobby arquejou, com profundo desapontamento. Onde estava o rosto da foto que caíra do bolso do morto? Os fotógrafos, Bobby pensou com decepção, eram mentirosos da pior espécie. A foto obviamente devia ter sido tirada anos antes, mas mesmo assim era difícil acreditar que a encantadora beldade de olhos separados pudesse ter se transformado naquela mulher de aspecto atrevido, com sobrancelhas depiladas e cabelos obviamente pintados. O tempo, Bobby pensou de súbito, era uma coisa muito apavorante. Como estaria Frankie, por exemplo, dali a vinte anos? Ele estremeceu ligeiramente.

Enquanto isso, Amelia Cayman, moradora do número 17 de St. Leonard's Gardens, Paddington, já prestava testemunho.

O falecido era seu único irmão, Alexander Pritchard. Ela o vira pela última vez na véspera do dia trágico, quando ele anunciara sua intenção de fazer uma excursão a pé por Gales. Seu irmão chegara pouco antes do Oriente.

– Ele parecia estar num estado de espírito normal e alegre?

– E como! Alex estava sempre animado.

– Então, até onde a senhora sabe, ele não tinha nenhuma inquietação?

— Ah, não tinha, eu tenho certeza. Ele estava empolgado com a perspectiva da viagem.

— Não houve nenhum problema financeiro... ou outros problemas de qualquer tipo na vida dele nos últimos tempos?

— Bem, eu realmente não poderia dizer nada quanto a isso — respondeu a sra. Cayman. — Entenda, ele mal havia retornado, e antes disso eu não o via há dez anos, e ele nunca foi muito de escrever. Mas ele me levou para teatros e restaurantes em Londres, e me deu alguns presentes, então não creio que estivesse mal de dinheiro, e ele estava tão animado que eu não acredito que tenha havido qualquer outra coisa.

— Qual era a profissão do seu irmão, sra. Cayman?

A dama pareceu ficar ligeiramente embaraçada.

— Bem, não posso afirmar com segurança. Prospecção... isso é o que ele dizia. Alex vinha muito raramente à Inglaterra.

— Não lhe ocorre nenhuma razão que pudesse levá-lo a tirar a própria vida?

— Ah, não... E eu não consigo acreditar que ele tenha feito uma coisa dessas. Deve ter sido um acidente.

— Como a senhora explica o fato de que seu irmão não tinha nenhuma bagagem consigo, nem mesmo uma mochila?

— Ele não gostava de carregar mochilas. Pretendia enviar embrulhos pelo correio em dias alternados. Enviou um na véspera da partida com o necessário para dormir e um par de meias, só que endereçou o embrulho para Derbyshire em vez de Denbighshire, de modo que o pacote só chegou aqui hoje.

— Ah! Isso esclarece um ponto bastante curioso.

A sra. Cayman prosseguiu explicando como haviam chegado a ela por meio dos fotógrafos cujo nome aparecia na foto levada pelo irmão. Ela viera com seu marido para Marchbolt e no mesmo instante reconhecera o corpo do irmão.

Com estas últimas palavras, a mulher fungou de modo audível e começou a chorar.

O juiz investigador disse algumas palavras de conforto e a dispensou. Então se dirigiu ao júri. A tarefa dos jurados era determinar como havia morrido aquele homem. Por sorte, a questão parecia ser bastante simples. Não havia nenhum indício de que o sr. Pritchard estivesse preocupado ou deprimido, ou num estado de espírito em que corresse o risco de tirar a própria vida. Ao contrário, vinha se mostrando animado, com boa saúde, aguardando com expectativa sua longa caminhada. Era inquestionável, infelizmente, que quando subia uma névoa do mar a trilha junto ao penhasco ficava bastante perigosa, e os jurados possivelmente concordariam com ele que já estava na hora de encontrar uma solução para o problema.

O veredicto do júri foi pronunciado sem demora.

– Concluímos que o falecido veio a morrer por acidente, e gostaríamos de fazer um adendo indicando que, na nossa opinião, o Conselho Municipal deveria tomar imediatas providências para instalar uma cerca ou grade no trecho da trilha que costeia o precipício.

O juiz de instrução fez um gesto de aprovação com a cabeça.

O inquérito estava terminado.

Capítulo 5

O sr. e a sra. Cayman

Chegando ao vicariato cerca de meia hora depois, Bobby descobriu que sua ligação com a morte de Alex Pritchard ainda não terminara. Foi informado de que o sr. e a sra. Cayman haviam aparecido para vê-lo e estavam no gabinete com seu pai. Bobby encaminhou-se para lá e encontrou o pai tentando bravamente manter uma conversação adequada, mas aparentemente não apreciando muito a tarefa.

– Ah! – ele exclamou com certa dose de alívio. – Eis aqui Bobby.

O sr. Cayman se levantou e avançou na direção do jovem com a mão estendida. O sr. Cayman era um homem grandalhão e corado, com pretensos modos afáveis e um olhar frio e meio matreiro que desmentia bastante seus modos. Quanto à sra. Cayman, embora sua aparência atrevida e vulgar pudesse ser considerada atraente, pouco tinha em comum, agora, com aquele retrato antigo, e não restava nenhum vestígio daquela expressão melancólica. Na verdade, Bobby refletiu, se ela não tivesse reconhecido seu próprio retrato, seria difícil que mais alguém o fizesse.

– Fiz questão de vir com a patroa – disse o sr. Cayman, tomando a mão de Bobby num aperto doloroso e firme. – Precisava lhe dar apoio, sabe; é natural que ela esteja perturbada.

A sra. Cayman fungou.

– Viemos falar com você – prosseguiu o sr. Cayman. – Entenda, o meu pobre cunhado praticamente morreu nos seus braços, por assim dizer. Naturalmente ela queria saber tudo que você pudesse lhe contar sobre os últimos momentos do irmão.

– Sem dúvida – Bobby falou, pesaroso. – Ah, sem dúvida.

Ele forçou um sorriso com nervosismo e no mesmo instante percebeu um suspiro de seu pai – um suspiro de resignação cristã.

– Pobre Alex – disse a sra. Cayman, enxugando os olhos. – Pobre, pobre Alex.

– Pois é – disse Bobby. – Foi uma coisa terrível.

Ele se contorceu com desconforto.

– Entenda – falou a sra. Cayman, olhando para Bobby, esperançosa –, se ele falou quaisquer últimas palavras ou deixou alguma mensagem, eu gostaria de saber.

– Ah, é claro – disse Bobby –, mas, para falar a verdade, ele não disse nada.

– Nada em absoluto?

A sra. Cayman parecia desapontada e incrédula. Bobby ficou sem jeito.

– Não... bem... para falar a verdade, nada em absoluto.

– Foi melhor assim – disse o sr. Cayman, solene. – Morrer inconsciente... sem dor... ora, você deveria considerar isso uma bênção, Amelia.

– Suponho que sim – disse a sra. Cayman. – O senhor acha que ele não sentiu nenhuma dor?

– Tenho certeza disso – Bobby respondeu.

A sra. Cayman soltou um suspiro profundo.

– Bem, devemos ficar gratos por isso. Acho que eu tinha uma esperança de que ele tivesse deixado uma última mensagem, mas entendo que é melhor assim. Pobre Alex! Um homem tão afeito ao ar livre...

– Ele era mesmo, não? – Bobby comentou.

O jovem se lembrou do rosto bronzeado, dos olhos de um azul profundo. Uma personalidade atraente, a de Alex Pritchard, atraente até mesmo tão perto da morte. Era estranho que ele pudesse ser irmão da sra. Cayman e cunhado do sr. Cayman. Parecia ter sido digno de coisas melhores, Bobby pensou.

– Bem, ficamos lhe devendo muitíssimo, tenho certeza – disse a sra. Cayman.

– Ah, não foi nada – Bobby retrucou. – Quer dizer... bem, eu não poderia ter feito qualquer outra coisa... quer dizer...

Ele se atrapalhou ao máximo.

– Não esqueceremos o que você fez – disse o sr. Cayman.

Bobby precisou enfrentar mais uma vez o aperto doloroso. Recebeu a mão flácida da sra. Cayman. Seu pai prolongou as despedidas. Bobby acompanhou os Cayman até a porta da frente.

– E o que você faz da vida, meu jovem? – indagou o sr. Cayman. – Está em casa de licença? Algo desse tipo?

– Eu passo a maior parte do tempo procurando emprego – Bobby respondeu.

O jovem se calou por um momento antes de continuar:

– Eu estava na Marinha.

– A situação está difícil... está difícil hoje em dia – disse o sr. Cayman, sacudindo a cabeça. – Bem, lhe desejo muito boa sorte.

– Muito obrigado – Bobby falou com polidez.

Ele os observou enquanto se afastavam pelo caminho de entrada, tomado de ervas daninhas.

Parado ali de pé, caiu numa profunda ponderação. Várias ideias se entrechocaram de modo caótico em sua mente – reflexões confusas – a fotografia, o rosto da jovem com os olhos separados e cabelos claros – e dez ou quinze anos depois a sra. Cayman com sua maquiagem pesada, as sobrancelhas delineadas, aqueles olhos separados afundados em dobras de carne a tal ponto que lembravam olhos suínos, e os gritantes cabelos tingidos de hena. Todos os traços de inocência e juventude haviam desaparecido. Tudo era tão lastimável! Talvez aquilo decorresse do casamento com o salafrário afável que devia ser o sr. Cayman. Se ela tivesse se casado com outra pessoa, possivelmente teria envelhecido de uma forma mais harmoniosa. Um toque de grisalho nos cabelos, os olhos ainda separados sobressaindo num rosto claro e liso. Mas, talvez, de qualquer forma...

Bobby suspirou e balançou a cabeça.

– Isso é o pior do casamento – falou com voz melancólica.

– O que você disse?

Bobby despertou de sua meditação e notou a presença de Frankie, cuja aproximação não escutara.

– Oi – ele disse.

– Oi. Por que casamento? E casamento de quem?

– Eu estava fazendo uma reflexão de natureza geral – Bobby disse.

– A saber...?

– Sobre os efeitos devastadores do casamento.

– Quem foi devastado?

Bobby explicou. Frankie não se mostrou compreensiva.

– Bobagem. A mulher é exatamente igual à fotografia.

– Quando foi que você a viu? Você estava no inquérito?

– É claro que eu estava no inquérito. O que você acha? Já tem bem pouca coisa para fazer por aqui. Um inquérito é uma verdadeira dádiva. Eu nunca tinha presenciado um. Foi emocionante! Claro, teria sido melhor se tivesse sido um misterioso caso de envenenamento, com o relatório de um legista e tudo mais; mas não devemos ser tão exigentes quando esses simples prazeres cruzam o nosso caminho. Até o final fiquei esperando a suspeita de um crime, mas o caso todo pareceu ser bem normal, lamentavelmente.

– Que instinto sanguinário você tem, Frankie.

– Eu sei. Provavelmente é atavismo. (É assim mesmo que se diz? Nunca sei direito.) Você não acha? Tenho certeza de que eu sou atávica. O meu apelido na escola era Cara de Macaco.

– Por acaso macacos gostam de assassinatos? – Bobby questionou.

– Isso soa como uma correspondência num jornal dominical – disse Frankie. – "Solicitamos as opiniões de nossos correspondentes acerca do assunto."

– Sabe – disse Bobby, retornando ao tópico original –, não concordo com você quanto à senhora Cayman. A foto dela era encantadora...

– Retocada... só isso – Frankie o interrompeu.

– Bem, então estava tão retocada que era impossível dizer que as duas eram a mesma pessoa.

– Você está cego – Frankie falou. – O fotógrafo fez o que a arte fotográfica permite, mas mesmo assim o resultado ficou péssimo.

– Eu discordo totalmente de você – Bobby falou com frieza. – De qualquer forma, onde você a viu?

– No *Evening Echo*, aqui de Marchbolt.

– Provavelmente a reprodução estava ruim.

– Acho que você ficou completamente biruta – retrucou Frankie, irritada – por causa de uma vagabunda pintada e acabada... sim, eu falei *vagabunda*... como essa tal de Cayman.

— Frankie — disse Bobby —, eu estou surpreso com você. Na entrada do vicariato, ainda por cima... Um chão quase sagrado, por assim dizer.

— Bem, você não devia ter sido tão ridículo.

Houve uma pausa, e então o súbito ataque de mau humor de Frankie se abrandou.

— O que *é* ridículo — ela disse — é brigar por causa dessa maldita mulher. Eu vim sugerir uma partida de golfe. Que tal?

— Ok, chefe — Bobby respondeu num tom alegre.

Os dois partiram numa conversação amigável, discutindo coisas como tacadas enviesadas e retas e a maneira perfeita de fazer uma bola saltar antes do *green*.

A tragédia recente sumiu dos pensamentos de ambos até que Bobby, executando uma tacada leve e longa para encurtar pela metade a distância do décimo primeiro buraco, soltou de repente uma exclamação.

— O que foi?

— Nada. Eu acabei de me lembrar de uma coisa.

— O quê?

— Bem, aqueles dois, os Cayman... estiveram na minha casa para perguntar se o sujeito tinha dito alguma coisa antes de morrer... e eu falei que não tinha.

— E daí?

— E eu acabei de me lembrar que ele falou.

— Não é um de seus dias mais brilhantes, de fato.

— Veja bem, não foi o tipo de coisa que eles deram a entender. Foi por isso, eu acho, que aquilo me escapou.

— O que foi que ele disse? — Frankie perguntou, curiosa.

— Ele disse: "*Por que não pediram a Evans?*".

— Que coisa engraçada de se dizer. Mais nada?

— Não. Ele só abriu os olhos e disse isso... bem de repente... e aí morreu, o pobre coitado.

– Ora – disse Frankie, revolvendo a ideia em sua mente. – Não vejo por que se preocupar. Não era importante.

– Não, claro que não. Mesmo assim, eu gostaria de ter mencionado isso. Entenda, eu falei que ele não tinha dito absolutamente nada.

– Bem, dá no mesmo – Frankie falou. – Quero dizer, não é que tenha sido algo como "Diga para Gladys que eu sempre a amei", ou "O testamento está na cômoda de nogueira", ou qualquer uma das típicas e românticas Últimas Palavras que encontramos nos livros.

– Você acha que não vale a pena escrever para eles a respeito?

– Eu não perderia tempo com isso. Não tem como ser importante.

– Acho que você está certa – Bobby falou, voltando sua atenção para o jogo com renovado vigor.

Mas o assunto não saiu realmente de sua cabeça. A questão era pequena, mas o incomodava, fazia com que sentisse um pequeno desconforto. O ponto de vista de Frankie era, ele tinha certeza, o mais correto e sensato. O fato não tinha importância... deixe para lá. Mas sua consciência continuava lhe fazendo uma leve censura. Ele afirmara que o morto não havia dito nada. Isso não era verdade. Era tudo muito trivial e tolo, mas ele não conseguia se sentir completamente à vontade.

Por fim, naquela noite, agindo por impulso, sentou-se para escrever ao sr. Cayman.

Caro sr. Cayman, acabei de me lembrar que seu cunhado efetivamente falou algo antes de morrer. Acredito que as palavras exatas foram: "Por que não pediram a Evans?". Peço desculpas por não ter mencionado isso nesta manhã, mas eu não atribuíra grande importância às palavras na ocasião, e por isso, suponho, elas escaparam da minha memória.

Sinceramente,
ROBERT JONES.

Dois dias depois ele recebeu uma resposta:

Caro sr. Jones (escrevia o sr. Cayman), *sua carta do dia 6 em mãos. Muitíssimo obrigado por comunicar as últimas palavras do meu pobre cunhado com tamanha meticulosidade, a despeito de seu caráter trivial. O que a minha esposa esperava era que seu irmão pudesse ter lhe deixado alguma mensagem final. De todo modo, obrigado por ter sido tão conscencioso.*

Com os melhores cumprimentos,
LEO CAYMAN.

Bobby se sentiu menosprezado.

Capítulo 6

Fim de um piquenique

No dia seguinte, Bobby recebeu uma carta bastante diferente.

> *Está tudo arranjado, meu velho* (escreveu Badger em rabiscos iletrados que não davam crédito algum ao caro colégio que o educara). *Consegui de verdade cinco carros ontem por quinze libras o lote: um Austin, dois Morris e um par de Rovers. No momento eles não estão nem andando de verdade, mas podemos dar uma mexida neles que vai dar conta, eu acho. Que diabo, um carro é um carro, ora essa. Desde que ele leve o comprador pra casa sem pifar no caminho, ninguém pode reclamar. Eu estava pensando em abrir segunda que vem e estou contando com você, então não vai me deixar na mão, pode ser, meu velho? Preciso reconhecer que a velha tia Carrie foi muito gente fina. Uma vez eu quebrei a janela de um sujeitinho vizinho dela que tinha sido grosso por causa dos gatos dela, e ela nunca mais tirou isso da cabeça. Todo Natal ela me mandava uma nota de cinco... e agora isso.*
> *Certo que vamos nos dar bem. O negócio é tiro e queda. Quer dizer, um carro é um carro, ora essa. Dá pra comprar carro a preço de banana. É só botar uma mão de tinta em cima que os idiotas de sempre já acham bom. Nós vamos arrebentar. Então vê se não esquece. Segunda que vem. Eu estou contando com você.*
>
> *Seu amigo,*
> *BADGER.*

Bobby informou ao pai que iria para Londres na segunda-feira seguinte para começar num emprego. A descrição do emprego não despertou no vigário nada que se assemelhasse a um entusiasmo. Ele já tinha, é preciso salientar, topado com Badger Beadon no passado. Limitou-se a proferir para Bobby um longo sermão sobre a pertinência de que não se fizesse responsável por nada. Sem ser uma autoridade em questões comerciais ou financeiras, seu conselho era tecnicamente vago, mas o significado era inequívoco.

Na quarta-feira daquela semana, Bobby recebeu outra carta. A caligrafia do remetente era inclinada num estilo estrangeiro. O conteúdo foi um tanto surpreendente para o jovem.

A carta era da firma Henriquez e Dallo, de Buenos Aires, e, em suma, oferecia a Bobby um emprego com um salário de mil por ano.

Nos primeiros dois ou três minutos, ele pensou que só podia estar sonhando. Mil por ano. Releu a carta com mais cuidado. Mencionava-se a preferência por um ex-integrante da Marinha. Uma sugestão de que o nome dele havia sido indicado por alguém (alguém que não era nomeado). Bobby teria de aceitar imediatamente, e precisava estar preparado para ir a Buenos Aires dentro de uma semana.

– Puxa, mas que diabo! – Bobby exclamou, dando vazão a seus sentimentos de uma forma um tanto infeliz.

– Bobby!

– Desculpe, pai. Esqueci que o senhor estava aí.

O sr. Jones limpou a garganta.

– Eu gostaria de lhe salientar...

Bobby sentiu que o discurso – que tinha tudo para ser longo – precisava ser evitado a todo custo. Obteve o feito com uma simples declaração:

— Alguém está me oferecendo mil por ano.

O vigário ficou de boca aberta, incapaz de fazer qualquer comentário naquele momento.

"Agora ele sem dúvida perdeu a linha", Bobby pensou com satisfação.

— Meu caro Bobby, por acaso eu entendi bem? Você está dizendo que alguém está lhe oferecendo mil por ano? *Mil?*

— Acertou na primeira tacada, papai – disse Bobby.

— É impossível – o vigário retrucou.

Bobby não se ofendeu com essa franca incredulidade. Sua estimativa de seu próprio merecimento monetário pouco diferia da estimativa do pai.

— Eles devem ser completamente pirados – concordou com sinceridade.

— Quem... hã... quem é essa gente?

Bobby lhe passou a carta. O vigário, procurando nos bolsos o pincenê, olhou-a com desconfiança. Por fim, leu-a com cuidado duas vezes.

— Espantoso – comentou afinal. – Muitíssimo espantoso.

— Lunáticos – disse Bobby.

— Ah!, meu rapaz... – disse o vigário – No fim das contas, é uma enorme vantagem ser inglês. Honestidade. Isso é o que nós representamos. A Marinha difundiu esse ideal pelo mundo todo. O mundo é dos ingleses! Essa firma sul-americana tem noção do valor de um jovem cuja integridade é inabalável e cuja lealdade aos empregadores é assegurada. Você sempre pode confiar num inglês que joga no seu time...

— E que joga dentro das regras – Bobby falou.

O vigário olhou com desconfiança para o filho. A frase, uma máxima excelente, de fato estivera na ponta de sua língua, mas havia transparecido algo no tom de Bobby que lhe soava como não de todo sincero.

O jovem, no entanto, parecia estar falando com a mais perfeita seriedade.

— Ainda assim, pai — ele disse —, por que eu?

— Como assim, por que você?

— Existem inúmeros ingleses na Inglaterra — disse Bobby. — Sujeitos honestos, conhecedores de todas as regras. Por que foram pensar em mim?

— Provavelmente o seu antigo oficial-comandante o recomendou.

— Sim, deve ser isso — Bobby falou, ainda em dúvida. — Mas não faz diferença, de qualquer forma, porque não posso aceitar o emprego.

— Não pode aceitar? Meu rapaz, como assim?

— Bem, entenda, eu já estou comprometido. Com Badger.

— Badger? Badger Beadon? Tolice, meu caro Bobby. Isso é sério.

— É difícil, eu reconheço — Bobby falou com um suspiro.

— Qualquer acordo infantil que você tenha feito com o jovem Beadon não pode ser levado em conta nem por um segundo.

— *Eu* levo em conta.

— O jovem Beadon é completamente irresponsável. Ele foi mais de uma vez, segundo eu sei, uma fonte de consideráveis problemas e despesas para os pais.

— Ele não teve muita sorte. Ele confia demais nas pessoas.

— Sorte... sorte! Eu diria que esse jovem nunca botou a mão na massa em sua vida toda.

— Bobagem, pai. Ora, ele se levantava às cinco da manhã para alimentar aquelas galinhas infernais. Não foi culpa dele se todas pegaram bouba ou crupe ou seja lá o que fosse.

– Eu nunca aprovei esse projeto de oficina. Puro disparate. Você precisa desistir disso.

– Não posso, senhor. Eu prometi. Não posso deixar o velho Badger na mão. Ele está contando comigo.

A discussão prosseguiu. O vigário, influenciado pelo preconceito em relação a Badger, era incapaz de encarar qualquer promessa feita para o jovem como um compromisso. Via o filho como um rapaz obstinado, determinado com todas as forças a levar uma vida ociosa na pior das companhias possíveis. Bobby, por outro lado, repetia impassivelmente, e sem originalidade, que "não podia deixar o velho Badger na mão".

Por fim o vigário saiu da sala, irritado, e Bobby se sentou naquele mesmo instante para escrever à firma Henriquez e Dallo recusando a oferta.

Suspirou enquanto escrevia. Estava deixando escapar uma chance que provavelmente nunca mais iria se repetir. Mas não lhe ocorria qualquer alternativa.

Mais tarde, no campo de golfe, apresentou o problema para Frankie. Ela o escutou com atenção.

– Você precisaria ir à América do Sul?
– Sim.
– E teria gostado disso?
– Sim, por que não?

Frankie suspirou.

– De qualquer forma – ela falou num tom decidido –, acho que você fez o mais certo.

– Em relação a Badger, você quer dizer?
– Isso.
– Eu não podia deixar o velhinho na mão, podia?
– Não, mas tenha cuidado para que o velhinho, como você diz, não o meta numa encrenca.

– Ah! Eu terei cuidado. Seja como for, não vou correr perigo. Não tenho quaisquer recursos.

– Isso deve ser divertido – disse Frankie.

– Por quê?

– Não sei por quê. Isso só me soa bem legal, livre, irresponsável. Mas acho que, pensando bem, também não tenho muitos recursos. Quer dizer, meu pai me dá uma mesada, e tenho várias casas para morar, e roupas e criadas e algumas horrendas joias de família e um belo crédito nas lojas; mas tudo isso é a família, na verdade. Não sou *eu*.

– Não, mas mesmo assim... – Bobby se calou.

– Ah, é bem diferente, eu sei.

– Sim – disse Bobby –, é bem diferente.

De súbito ele se sentiu muito deprimido.

Os dois andaram em silêncio até o ponto de partida seguinte.

– Estou indo à cidade amanhã – Frankie falou enquanto Bobby posicionava sua bola.

– Amanhã? Ah... e eu ia convidar você para um piquenique.

– Eu gostaria de ir. Mas já está tudo arranjado. O meu pai teve um ataque de gota de novo, sabe...

– Você devia ficar para cuidar dele – disse Bobby.

– O meu pai não gosta que cuidem dele. Fica terrivelmente incomodado. Prefere o segundo lacaio, que tolera tudo e não se importa que joguem coisas nele ou que o chamem de maldito idiota.

Bobby desferiu uma tacada medonha e a bola afundou no banco de areia.

– Que azar – Frankie comentou antes de lançar com elegância uma bola reta que passou direto por cima do banco.

— A propósito — ela falou —, nós poderíamos fazer algo juntos em Londres. Você vai logo para lá?

— Na segunda. Mas... bem... não vai dar, você não acha?

— Como assim, não vai dar?

— Bem, é que eu vou ficar trabalhando como mecânico na maior parte do tempo. Quer dizer...

— Mesmo assim — Frankie retrucou —, acho que você é tão capaz de ir a um coquetel e se embebedar quanto qualquer um dos meus amigos.

Bobby limitou-se a balançar a cabeça.

— Eu faço uma festinha com cerveja e salsicha se você preferir — Frankie falou para incentivá-lo.

— Ah, tente entender, Frankie, não adianta... Quer dizer, você não tem como misturar as turmas. A sua turma é diferente da minha turma.

— Eu lhe garanto — Frankie retrucou — que a minha turma é bem variada.

— Você está fingindo não entender.

— Você pode levar Badger junto se quiser.

— Você tem uma espécie de preconceito contra o Badger.

— Arrisco dizer que é a gagueira dele. Gente que gagueja sempre me faz gaguejar também.

— Tente entender, Frankie, não vai dar certo e você sabe que não dá. Por aqui até que tudo bem. Não tem muito para fazer, e acho que eu sou melhor do que nada. Quer dizer, você sempre é super decente comigo e tudo mais, e eu fico grato. Mas o que eu quero dizer é que eu sei que não sou ninguém... quer dizer...

— Quando você terminar de vez de dar expressão ao seu complexo de inferioridade — Frankie disse com frieza —, quem sabe você tenta usar um ferro nove em vez desse taco de aproximação para sair da areia.

— Por acaso eu... Ah! Que droga!

Ele botou o taco de aproximação no saco tirou o ferro nove. Frankie ficou observando com maliciosa satisfação enquanto ele fazia, com incompetência, cinco tentativas seguidas de lançar a bola. Nuvens de areia se levantaram em volta dos dois.

— O buraco é seu — disse Bobby, recolhendo a bola.

— Acho que é — Frankie retrucou. — E com isso a vitória é minha.

— Vamos jogar o buraco extra?

— Não, acho que não. Tenho muita coisa para fazer.

— É claro. Você deve ter mesmo.

Os dois caminharam em silêncio até a sede do clube.

— Bem... — disse Frankie, estendendo a mão. — Adeus, meu caro. Foi maravilhoso poder usar você enquanto eu estive por aqui. Talvez eu volte a enxergar você por aí quando eu não tiver nada melhor para fazer.

— Ora essa, Frankie...

— Talvez você acabe se dignando a comparecer à minha festa de traje típico. Acredito que dá para comprar botões de madrepérola bem baratos na Woolworth's.

— Frankie...

Suas palavras foram abafadas pelo ruidoso motor do Bentley no qual Frankie acabara de dar partida. Ela se foi com um etéreo aceno da mão.

— Que inferno! — Bobby exclamou num tom sentido.

Frankie, ele ponderou, havia se comportado de uma maneira ultrajante. Talvez ele não tivesse se manifestado com grande tato, mas, que diabo, o que dissera era mais do que verdadeiro.

Talvez, no entanto, ele não devesse ter dito nada.

Os três dias seguintes lhe pareceram interminavelmente longos.

O vigário contraíra uma inflamação na garganta que o deixava obrigado a falar aos sussurros – isso quando sequer falava alguma coisa. Falava muito pouco, obviamente suportando a presença de seu quarto filho como devia fazer um bom cristão. Duas ou três vezes, citou Shakespeare no sentido de que os dentes de uma serpente etc.

No sábado, Bobby sentiu que já não podia mais suportar a tensão da vida doméstica. Obteve da sra. Roberts – que com seu marido "administrava" o vicariato – um pacote de sanduíches, e, suplementando esse farnel com uma garrafa de cerveja que comprou em Marchbolt, saiu para um piquenique solitário.

Sentira terrivelmente a falta de Frankie naqueles últimos dias. As pessoas mais velhas eram o fim... Ficavam batendo na mesma tecla sem parar.

Bobby se deitou numa encosta repleta de samambaias e ponderou se deveria comer o lanche primeiro e dormir depois ou dormir primeiro e comer depois.

Enquanto cogitava, o assunto se resolveu com o jovem pegando no sono sem perceber.

Quando ele acordou, eram três e meia! Bobby sorriu amarelo ao imaginar como seu pai iria desaprovar aquele jeito de passar o dia. Uma boa caminhada pelo campo – algo como uns vinte quilômetros – era o tipo de coisa que um jovem saudável devia fazer. Isso levava inevitavelmente ao famoso comentário: "E agora, eu creio, fiz por merecer este almoço".

"Que idiotice", Bobby pensou. "Por que fazer por merecer um almoço fazendo uma caminhada interminável que você não quer nem mesmo começar? Qual é o mérito disso? Se você gosta muito de andar, então é pura autoindulgência, e, se você não gosta, é uma burrice sair caminhando."

Sendo assim, ele atacou seu lanche imerecido e o comeu com gosto. Com um suspiro de satisfação, abriu a tampa da garrafa de cerveja. Cerveja estranhamente amarga, mas sem dúvida refrescante...

Ele se deitou de novo, tendo atirado a garrafa de cerveja vazia numa moita de urze.

Relaxando ali ao ar livre, sentia-se quase como um deus. O mundo a seus pés. Era uma frase feita, mas uma boa frase. Podia fazer qualquer coisa – qualquer coisa que quisesse. Projetos de grande esplendor e ousada iniciativa lampejaram em sua mente.

Então ficou sonolento de novo. Uma letargia o arrebatou.

Ele dormiu...

Um sono pesado, anestesiante...

Capítulo 7

Escapando da morte

Conduzindo seu grande Bentley verde, Frankie estacionou junto ao meio-fio na frente de uma vasta e antiquada mansão sob cujo pórtico se lia "St. Asaph's".

Frankie desceu e, virando-se, pegou um grande ramalhete de lírios. Então tocou a campainha. Uma mulher com uniforme de enfermeira veio abrir a porta.

– Eu poderia falar com o sr. Jones? – Frankie indagou.

Os olhos da enfermeira assimilaram o Bentley, os lírios e Frankie com enorme interesse.

– Que nome devo anunciar?
– Lady Frances Derwent.

A enfermeira ficou impressionada – seu paciente cresceu em sua estima.

Ela levou Frankie escada acima até um quarto no primeiro andar.

– Uma visita, sr. Jones. E quem o senhor imagina que é? Uma bela surpresa para o senhor...

Disse tudo isso no costumeiro tom "radiante" usado nas casas de repouso.

– Puxa! – Bobby exclamou, bastante surpreso. – Se não é Frankie!

– Oi, Bobby. Eu trouxe as flores de praxe. Elas meio que fazem lembrar um cemitério, mas eu não tive muita escolha.

– Ah, Lady Frances – disse a enfermeira –, elas são adoráveis. Vou colocá-las na água.

A enfermeira saiu do quarto.

Frankie se sentou numa óbvia cadeira de visitantes.

– Bem, Bobby – ela falou. – Que história é essa?

– Boa pergunta – disse Bobby. – Eu sou a grande sensação deste lugar. Oito grãos de morfina, nada menos! Vão escrever sobre mim no *Lancet* e no *BMJ*...

– O que é o *BMJ*? – Frankie o interrompeu.

– O *British Medical Journal*.

– Certo. Vá em frente. Recite mais algumas siglas.

– Você sabia, minha garota, que meio grão é uma dose fatal? Eu devia ter morrido umas dezesseis vezes. É verdade que já ocorreram recuperações com dezesseis grãos... ainda assim, oito é uma bela dose, você não acha? Eu sou o herói daqui. Nunca houve um caso que se assemelhasse ao meu.

– Que bom para eles.

– Não é? Isso lhes dá um assunto para conversar com todos os outros pacientes.

A enfermeira retornou carregando os lírios em vasos.

– É verdade, não é mesmo, enfermeira? – Bobby perguntou. – Que vocês nunca viram um caso como o meu?

– Ah, o senhor nem devia estar aqui! – exclamou a enfermeira. – Devia estar é no cemitério. Mas só os bons é que morrem cedo, como dizem.

Ela riu de sua própria piada e saiu.

– Viu só? – disse Bobby. – Você vai ver, eu vou ficar famoso na Inglaterra toda.

Ele seguiu falando. Todos os sinais do complexo de inferioridade que revelara em seu último encontro com Frankie haviam desaparecido por completo agora. O jovem obtinha um sólido e egoísta prazer em relatar todos os detalhes de seu caso.

– Já basta – disse Frankie, reprimindo seu amigo. – Não ligo a mínima para lavagens estomacais. Ouvindo você, uma pessoa pensaria que ninguém nunca foi envenenado antes.

— Pouquíssimos já foram envenenados com oito grãos de morfina e voltaram para contar — Bobby salientou. — Que diabo, você nem começou a ficar impressionada.

— Bem revoltante para quem tentou envenenar você — disse Frankie.

— Pois é. Desperdício de uma ótima morfina.

— Estava na cerveja, não estava?

— Sim. Veja só, alguém me encontrou dormindo como um morto, tentou me acordar e não conseguiu. Então se alarmou, me carregou até uma casa de fazenda e mandou chamar um médico...

— Dessa parte em diante eu sei tudo — Frankie falou às pressas.

— A princípio, imaginaram que eu tinha tomado aquele negócio deliberadamente. Depois, quando ouviram a minha história, saíram em busca da garrafa de cerveja e a encontraram onde eu a jogara e fizeram uma análise... aparentemente, a borra no fundo era mais do que suficiente para isso.

— Nenhuma pista de como a morfina foi parar na cerveja?

— Nenhuma em absoluto. Interrogaram o pessoal do bar onde eu a comprei e abriram outras garrafas e tudo estava na mais perfeita ordem.

— Alguém deve ter colocado esse troço na cerveja enquanto você estava dormindo...

— É isso. Eu lembro que o papel no gargalo não estava grudado direito.

Frankie balançou a cabeça, pensativa.

— Bem — ela disse —, isso mostra que o que eu disse no trem naquele dia estava certo.

– O que você disse?

– Que aquele homem... Pritchard... tinha sido empurrado no penhasco.

– Não foi no trem. Você disse isso na estação – Bobby retrucou com voz fraca.

– Dá no mesmo.

– Mas por quê...

– Querido... é óbvio. Por que alguém iria querer que *você* fosse eliminado? Você não é herdeiro de uma fortuna ou qualquer coisa.

– Talvez eu seja. Alguma tia-avó de quem nunca ouvi falar, da Nova Zelândia ou sei lá onde, pode ter me deixado todo o seu dinheiro.

– Bobagem. Não sem conhecer você. E se ela não conhecia você, por que deixar dinheiro para um quarto filho? Ora, nestes tempos difíceis nem mesmo um clérigo deveria ter um quarto filho. Não, está tudo bastante claro. Ninguém se beneficia com a sua morte, por isso essa hipótese pode ser descartada. Depois temos a vingança. Você não seduziu a filha de um farmacêutico, por acaso?

– Não que eu me lembre – Bobby retrucou com dignidade.

– Pois é. Com tantas seduções, fica complicado manter a conta. Mas eu diria de antemão que você nunca seduziu ninguém.

– Você está me fazendo corar, Frankie. E por que teria de ser justamente a filha de um farmacêutico?

– Livre acesso a morfina. Não é tão fácil botar as mãos em morfina.

– Bem, eu não seduzi nenhuma filha de farmacêutico.

– E você não tem inimigos, até onde sabe?

Bobby balançou a cabeça.

– Bem, viu só? – Frankie falou, triunfante. – Só pode ser por causa do homem que foi empurrado no penhasco. O que a polícia acha?

– Acham que deve ter sido um maluco.

– Bobagem. Malucos não andam por aí com suprimentos ilimitados de morfina para colocar dentro da primeira garrafa de cerveja que aparecer. Não, alguém empurrou Pritchard penhasco abaixo. Você chegou um ou dois minutos depois, e ele pensou que você o vira dar o empurrão e assim resolveu eliminar você.

– Acho que essa dedução não dá pé, Frankie.

– Por que não?

– Bem, para começar, eu não vi nada.

– Sim, mas ele não sabia disso.

– E se eu tivesse visto alguma coisa, eu teria contado no inquérito.

– Acho que sim... – Frankie falou a contragosto.

A jovem ficou pensando por alguns momentos.

– Talvez ele tenha pensado que você tinha visto alguma coisa que lhe pareceu não ser nada, mas que na verdade era algo. Eu me expressei sem a menor lógica, mas você entende a ideia?

Bobby confirmou com a cabeça.

– Sim, eu entendi o que você quer dizer, mas não me parece muito provável, por algum motivo.

– Eu tenho certeza de que o negócio do penhasco tem alguma relação com isso. Você estava lá... a primeira pessoa lá...

– Thomas estava lá também – Bobby lembrou. – E ninguém tentou envenená-lo.

– Talvez ainda tentem – Frankie retrucou com jovialidade. – Ou talvez tenham tentado e falharam.

– Tudo isso parece muito forçado.

— Acho que é bem lógico. Quando a gente vê duas coisas bizarras acontecendo num lugar estagnado como Marchbolt... espere... há uma terceira coisa!

— O quê?

— O emprego que lhe ofereceram. É uma coisa bem pequena, é claro, mas foi estranho, você tem que admitir. Nunca ouvi falar numa firma estrangeira que fosse especializada em ir atrás de desqualificados ex-oficiais da Marinha.

— Você disse desqualificados?

— Você ainda não tinha saído no *BMJ* naquela altura. Mas entende aonde eu quero chegar? Você viu algo que não devia ter visto... ou pelo menos é o que eles (quem quer que sejam) pensam. Pois bem. Primeiro eles tentam se livrar de você lhe oferecendo um emprego no exterior. Depois, quando isso não dá certo, tentam eliminar você de uma vez por todas.

— Isso não é um tanto drástico? Um risco muito grande de se assumir, de qualquer jeito?

— Ah!, mas os assassinos são sempre extremamente arrojados. Quanto mais assassinatos cometem, mais assassinatos querem cometer.

— Como em *A terceira mancha de sangue* – Bobby falou, lembrando-se de um de seus livros de ficção favoritos.

— Sim, e na vida real também... Smith e suas esposas e Armstrong e aquela gente.

— Sim, só que, Frankie, que raio foi que o assassino acha que eu vi?

— Essa, claro, é a questão – Frankie admitiu. – Concordo que não deve ter sido o empurrão em si, porque você teria relatado isso. Deve ser algo sobre o próprio sujeito. Talvez ele tivesse um sinal de nascença ou dedos ultraflexíveis ou alguma estranha peculiaridade física.

– A sua cabeça está cheia de histórias do dr. Thorndyke, pelo que eu estou vendo. Não pode ter sido nada disso, porque tudo que eu pudesse ter visto a polícia teria visto também.

– Teria mesmo. Essa foi uma especulação idiota. É muito difícil, não é?

– É uma teoria satisfatória – disse Bobby. – E faz com que eu me sinta importante, mas, mesmo assim, não acredito que seja muito mais do que uma teoria.

– Tenho certeza de que estou certa – Frankie se levantou. – Agora eu preciso me mandar. Você quer que eu venha vê-lo de novo amanhã?

– Ah, por favor! A conversinha maliciosa das enfermeiras é sempre muito monótona. Aliás, você não voltou de Londres rápido demais?

– Meu querido, tão logo fiquei sabendo do que aconteceu com você eu voltei a mil por hora. É muito emocionante ter um amigo romanticamente envenenado.

– Não sei se morfina é algo tão romântico assim – Bobby falou, rememorando.

– Bem, eu venho amanhã. Devo lhe dar um beijo ou não?

– Não é contagioso – disse Bobby, encorajando-a.

– Então vou cumprir sem restrições o meu dever com o doente.

Ela lhe deu um leve beijo.

– Vejo você amanhã.

A enfermeira entrou com o chá de Bobby enquanto a jovem saía.

– Já vi fotos dela nos jornais várias vezes. Mas ela não é lá muito parecida com os retratos. E já a vi dirigindo por aí, mas eu nunca tinha visto a moça tão de perto, por assim dizer. Ela não é nem um pouco arrogante, não é mesmo?

– Ah, não! – disse Bobby. – Eu jamais chamaria Frankie de arrogante.

– Eu disse à Irmã, disse mesmo, que ela é muito normal. Nem um pouco convencida. Eu disse à Irmã, ela é que nem eu ou você, disse mesmo.

Discordando silenciosa e terminantemente dessa opinião, Bobby não retrucou. A enfermeira, frustrada por não receber resposta, deixou o quarto.

Bobby ficou a sós com seus pensamentos.

Terminou seu chá. Depois repassou em sua mente as possibilidades da teoria espantosa de Frankie, recusando, de modo relutante, qualquer uma delas. Então olhou em volta em busca de alguma outra distração.

Seu olhar se deteve nos vasos de lírios. Uma tremenda doçura da parte de Frankie lhe trazer todas aquelas flores, e eram adoráveis, claro, mas Bobby preferia que tivesse ocorrido a ela lhe trazer alguns romances policiais. Ele fixou seu olhar na mesa de cabeceira. Havia um romance de Ouida, um exemplar de *John Halifax, cavalheiro* e o *Marchbolt Weekly Times* da semana anterior. Pegou *John Halifax, cavalheiro*.

Cinco minutos depois, colocou o livro de lado. Para uma mente nutrida com *A terceira mancha de sangue*, *O caso do arquiduque assassinado* e *A estranha aventura da adaga florentina*, *John Halifax, cavalheiro*, o livro ficava devendo em matéria de dinamismo.

Com um suspiro, Bobby pegou o *Marchbolt Weekly Times*.

Alguns instantes depois, pressionou a campainha embaixo do travesseiro com um vigor que fez a enfermeira irromper correndo quarto adentro.

– Qual é o problema, sr. Jones? Está passando mal?

– Ligue para o castelo – Bobby exclamou. – Diga para Lady Frances que ela precisa voltar para cá o quanto antes.

– Ah, sr. Jones... O senhor não pode mandar um recado desse jeito.

– Não posso? – Bobby retrucou. – Se me deixassem levantar desta maldita cama, a senhora logo veria se eu posso ou não posso. Mas como não me deixam, a senhora precisa fazer isso por mim.

– Mas ela nem deve ter chegado ainda...

– A senhora não conhece aquele Bentley.

– Ela não deve ter tomado ainda seu chá.

– Ouça uma coisa, minha querida jovem – disse Bobby –, não fique aí parada discutindo comigo. Vá ligar como eu lhe pedi. Diga que ela precisa vir para cá o quanto antes porque eu tenho algo muito importante para lhe dizer.

Vencida, mas a contragosto, a enfermeira saiu. Tomou algumas liberdades com a mensagem de Bobby.

Se não fosse nenhum incômodo para Lady Frances, o sr. Jones gostaria de saber se ela se importaria de voltar visto que o jovem queria lhe contar algo, mas, é claro, Lady Frances não deveria se submeter a nenhuma espécie de transtorno.

Lady Frances respondeu sucintamente que voltaria de pronto.

– Podem apostar – a enfermeira falou às colegas –, ela tem uma queda pelo moço! Esse é o negócio.

Frankie apareceu muito ansiosa.

– O que significa essa intimação desesperada? – ela indagou.

Bobby estava sentado na cama, um borrão vermelho em cada bochecha. Acenou o exemplar do *Marchbolt Weekly Times* que tinha na mão.

– Veja isso aqui, Frankie.

Frankie olhou.

– Sim? – ela indagou.

— Esse é o retrato ao qual você se referia quando disse que estava retocado mas era bem semelhante à tal sra. Cayman.

O dedo de Bobby apontou a reprodução meio desfocada de uma fotografia. Embaixo se lia: "Retrato encontrado com o morto e por meio do qual ele foi identificado. Sra. Amelia Cayman, irmã do morto".

— Foi o que eu disse, e continua sendo verdade. Não consigo ver nada de arrebatador nesse rosto.

— E eu muito menos.

— Mas você disse...

— Eu sei o que eu disse. Mas Frankie... — a voz de Bobby assumiu um tom imponente —, *esta não é a fotografia que eu coloquei de volta no bolso do morto...*

Os dois se entreolharam.

— Então, nesse caso... — Frankie começou devagar.

— Ou havia duas fotografias...

— O que não é provável...

— Ou então...

Os dois fizeram uma pausa.

— *Aquele homem...* qual é o nome dele? — Frankie perguntou.

— Bassington-ffrench! — disse Bobby.

— *Eu* tenho certeza!

Capítulo 8

O enigma de uma fotografia

Os dois ficaram olhando um para o outro enquanto tentavam se ajustar à nova situação.

– Não pode ter sido mais ninguém – disse Bobby. – Nenhuma outra pessoa teve a oportunidade.

– A menos, como nós dissemos, que existissem *duas* fotografias.

– Nós concordamos que isso é improvável. Se existissem duas fotografias, teriam tentado identificá-lo por meio de ambas... não por apenas uma.

– De qualquer forma, isso é bem fácil de descobrir – disse Frankie. – Podemos perguntar à polícia. Vamos supor por enquanto que só existia uma fotografia, aquela que você viu e colocou de volta no bolso do homem. Ela estava lá quando você o deixou, e não estava lá quando a polícia chegou, portanto a única pessoa que *poderia* ter levado a foto consigo e colocado a outra no lugar foi esse tal Bassington-ffrench. Como ele era, Bobby?

O rapaz franziu a testa num esforço de recordação.

– Um sujeito sem nada de incomum. Voz agradável. Um cavalheiro e tudo mais. Na verdade, mal cheguei a observá-lo. Ele disse que era um forasteiro... e algo sobre estar querendo comprar uma casa.

– Isso nós podemos verificar, de todo modo – Frankie falou. – Wheeler & Owen são os únicos corretores de imóveis.

De súbito ela estremeceu.

– Bobby, você já pensou? Se Pritchard foi empurrado... *Bassington-ffrench deve ter sido quem o empurrou...*

— Isso é bem sinistro... – disse Bobby. – Ele parecia ser um sujeito tão simpático e agradável... Mas veja bem, Frankie, nós não temos certeza de que ele foi realmente empurrado.

— Eu tenho certeza!

— Você teve desde o início.

— Não, eu só queria que fosse assim porque isso deixava tudo mais emocionante. Mas agora está mais ou menos provado. Se foi assassinato, tudo se encaixa. O seu aparecimento inesperado, que atrapalha os planos do assassino. A sua descoberta da fotografia e, por consequência, a necessidade de eliminar você.

— Tem uma falha nisso – disse Bobby.

— Por quê? Você foi a única pessoa que viu a fotografia. Tão logo Bassington-ffrench ficou sozinho com o corpo, ele trocou a fotografia que só você tinha visto.

Mas Bobby continuou balançando a cabeça.

— Não, isso não se sustenta. Vamos admitir de momento que aquela fotografia fosse tão importante que eu precisava ser "eliminado", como diz você. Soa um tanto absurdo, mas suponho que seja bem possível. Bem, então o que quer que devesse ser feito precisaria ser feito *de imediato*. O fato de eu ter ido a Londres e não ter visto o *Marchbolt Weekly Times* ou os outros jornais que publicaram a fotografia foi puro acaso... uma possibilidade com a qual ninguém poderia contar. O mais provável era que eu dissesse de imediato: "Essa não é a fotografia que eu vi". Por que esperar até depois do inquérito, quando tudo estava satisfatoriamente resolvido?

— Isso faz algum sentido – Frankie admitiu.

— E tem outro ponto. Não tenho absoluta certeza, claro, mas eu quase poderia jurar que, quando recoloquei a fotografia no bolso do morto, Bassington-ffrench não estava por perto. Ele só chegou uns cinco ou dez minutos depois.

— Ele poderia estar observando você o tempo todo — Frankie argumentou.

— Não vejo como isso teria sido possível — Bobby falou devagar. — Só há realmente um único lugar de onde se pode ver de cima exatamente o ponto em que estávamos. Mais além, o penhasco projeta saliências e recua por baixo, de modo que você não consegue enxergar nada por cima. Só existe aquele lugar, e quando Bassington-ffrench chegou eu pude ouvi-lo de imediato. Os passos ecoam lá embaixo. Ele podia já estar por perto, mas até então não estava nos olhando de cima... posso jurar.

— Então você acha que ele não sabia que você tinha visto a fotografia?

— Não imagino como ele poderia saber.

— E ele não poderia ter receado que você o tivesse visto fazendo aquilo... o assassinato, eu quero dizer... porque, como você diz, isso é absurdo. Você jamais teria deixado de fazer a denúncia. Ao que parece, deve ter sido algo completamente diferente.

— Só que eu não sei o que pode ter sido.

— Algo que eles só ficaram sabendo depois do inquérito. Não sei por que motivo eu falo "*eles*".

— Por que não? Afinal de contas, os Cayman devem estar envolvidos também. Provavelmente é uma quadrilha. Gosto de quadrilhas.

— Que mau gosto — Frankie retrucou distraidamente. — Um assassino trabalhando sozinho tem muito mais classe. Bobby!

— Sim?

— O que foi que Pritchard disse... pouco antes de morrer? Sabe, o que você me contou aquele dia no campo de golfe. Aquela pergunta engraçada...

— "*Por que não pediram a Evans?*"

— É. Será que foi *isso*?

– Mas isso é ridículo.

– Soa ridículo, mas pode ser realmente importante. Bobby, eu tenho *certeza* de que é isso! Ah, não, estou sendo uma idiota... você não chegou a contar isso aos Cayman, certo?

– Para falar a verdade, eu contei – Bobby falou devagar.

– Você *contou*?

– Sim. Escrevi para eles naquela noite. Dizendo, é claro, que provavelmente não era nada importante.

– E o que aconteceu?

– Cayman me escreveu uma resposta polidamente concordando, é claro, que não era nada de mais, mas me agradecendo pela preocupação. Eu me senti um tanto menosprezado.

– E dois dias depois você recebeu aquela carta de uma firma subornando-o para ir trabalhar na América do Sul?

– Sim.

– Bem – disse Frankie –, não sei o que mais você pode querer. Eles tentam isso primeiro; você recusa a oferta, e o próximo passo é que eles ficam seguindo você e aproveitam uma boa oportunidade para despejar uma enorme dose de morfina na sua garrafa de cerveja.

– Então os Cayman *estão* envolvidos?

– É claro que os Cayman estão envolvidos!

– É – Bobby falou, pensativo. – Se a sua reconstituição está correta, eles devem estar envolvidos. De acordo com a nossa nova teoria, o negócio é o seguinte: o morto X é empurrado deliberadamente no abismo... presumivelmente por BF (desculpe essas iniciais). É importante que X não seja identificado corretamente, de modo que o retrato da sra. C é colocado em seu bolso e o retrato da bela desconhecida é removido. (Quem seria ela, eu me pergunto?)

– Não perca o fio da meada – Frankie falou num tom severo.

– A sra. C espera a publicação da foto e se apresenta como a irmã mortificada, identificando X como seu irmão que veio do exterior.

– Você não acredita que ele realmente seja irmão dela?

– Nem por um segundo! Ora, isso me intrigou desde o começo. Os Cayman são de uma classe completamente diferente. O morto era... bem, parece uma coisa medonha de se dizer, e vai soar como se eu estivesse falando de uma venerável autoridade anglo-indiana, mas o morto era um *pukka sahib*.

– E os Cayman, definitivamente, não eram?

– *Definitivamente.*

– E aí, justo quando tudo tinha dado certo sob o ponto de vista dos Cayman... a bem-sucedida identificação do cadáver, o veredicto de morte acidental, tudo um mar de rosas... *você* aparece para esculhambar tudo – Frankie cismou.

– "*Por que não pediram a Evans?*" – Bobby repetiu a pergunta, pensativo. – Ora, eu não consigo entender que raio pode haver nisso para meter medo em alguém.

– Ah, isso é porque você não sabe! É como fazer palavras cruzadas. Você escreve uma dica e acha que é uma idiotice de tão simples e que todo mundo vai adivinhar na mesma hora, e fica incrivelmente surpreso quando as pessoas simplesmente não chegam perto de acertar. "*Por que não pediram a Evans?*" deve ter sido uma frase muito significativa para eles, e eles não perceberam que não significava absolutamente nada para você.

– Porque eles são muito tolos.

– Ah, e como. Mas é bem possível que tenham pensado que, se Pritchard disse isso, poderia ter dito mais alguma coisa que você acabaria lembrando no devido tempo. Seria mais seguro eliminar você.

– Eles se arriscaram demais. Por que não arquitetaram outro "acidente"?

– Não, não. Isso teria sido uma estupidez. Dois acidentes a menos de uma semana um do outro? Isso poderia ter sugerido uma ligação entre os dois, e aí as pessoas começariam a desconfiar do primeiro. Não, acho que existe uma simplicidade nua e crua no método deles que na verdade revela uma grande esperteza.

– Mas você acabou de dizer que não é fácil arranjar morfina.

– E não é mesmo. Você precisa assinar registros de posse de veneno e coisas assim. Ah, é claro, eis uma pista! Quem quer que seja o criminoso tinha fácil acesso a um suprimento de morfina.

– Um médico, uma enfermeira, ou um farmacêutico – Bobby sugeriu.

– Bem, eu estava pensando mais em medicamentos importados ilicitamente.

– Você não pode fazer tanta mistura de tipos diferentes de crime – disse Bobby.

– Veja, a ausência de uma motivação seria o ponto principal. A sua morte não beneficia ninguém. Então o que é que a polícia iria pensar?

– Um maluco – Bobby falou. – E isso é o que eles pensam mesmo.

– Está vendo? Na verdade, é absurdamente simples.

Bobby começou a rir de repente.

– Você está achando graça do quê?

– De como eles devem ter ficado revoltados! Toda aquela morfina... o bastante para matar cinco ou seis pessoas... e aqui estou eu, vivo e vendendo saúde.

– Uma das pequenas ironias da vida que a gente não consegue prever – Frankie concordou.

– A questão é: o que vamos fazer agora? – Bobby perguntou de modo prático.

– Ah, milhares de coisas! – Frankie retrucou prontamente.

– Tais como...?

– Bem... vamos investigar a fotografia... se existe uma só e não duas... e sobre a procura de uma casa por parte de Bassington-ffrench.

– Isso provavelmente vai se mostrar impecável e livre de suspeita.

– Por que você diz isso?

– Veja bem, Frankie, pense um pouquinho. Bassington-ffrench *só pode* estar acima de qualquer suspeita. *Só pode* estar limpo e ter uma conduta impecável. Não apenas não pode haver nada que o ligue de qualquer modo ao morto, como ele tem que ter um motivo razoável para estar aqui. Deve ter inventado a história da casa no susto, mas aposto que tomou alguma providência nesse sentido. Não pode haver qualquer indício de um "estranho misterioso visto nas proximidades do acidente". Imagino que Bassington-ffrench seja seu nome verdadeiro, e que ele é o tipo de pessoa que estaria acima de qualquer suspeita.

– Sim – Frankie retrucou, pensativa. – É uma ótima dedução. Não deve existir nada em absoluto que ligue Bassington-ffrench a Alex Pritchard. Agora, se nós soubéssemos quem o morto realmente era...

– Ah, aí poderia ser diferente.

– De forma que era muito importante que o corpo não fosse reconhecido... daí toda essa encenação dos Cayman. Mesmo assim, estavam correndo um grande risco.

– Você esquece que a sra. Cayman o identificou tão logo isso foi humanamente possível. Depois disso, mesmo que tivessem aparecido fotos dele nos jornais (você sabe como as reproduções são bem pouco nítidas), as pessoas apenas diriam: "Curioso... esse tal de Pritchard, que caiu do penhasco, de fato é extraordinariamente parecido com o sr. X".

– Mas não deve ser só isso – Frankie falou astutamente. – X decerto era um homem cuja falta não seria sentida de imediato. Quero dizer, provavelmente ele não era um homem próximo da família, cuja esposa ou parentes fossem procurar a polícia sem demora para comunicar seu desaparecimento.

– Fico feliz por você, Frankie. Não, por certo ele mal tinha partido para o exterior ou quem sabe mal tinha chegado (sua pele estava maravilhosamente bronzeada... como um caçador de grandes animais... ele parecia esse tipo de pessoa), e provavelmente não tinha parentes próximos que soubessem por onde andava.

– Estamos fazendo deduções magníficas – disse Frankie. – Espero que não estejamos deduzindo tudo errado.

– É bem provável – Bobby retrucou. – Mas acredito que o que dissemos até agora é razoavelmente fundamentado e sensato... isto é, levando em consideração a tremenda improbabilidade da coisa toda.

Frankie afastou a tremenda improbabilidade com um gesto da mão.

– O negócio é: o que vamos fazer agora? – ela falou. – Parece-me que temos três ângulos de ataque.

– Prossiga, Sherlock.

– O primeiro é *você*. Eles já cometeram um atentado contra a sua vida. Provavelmente vão tentar de novo. Aí poderemos obter, como dizem, "uma linha" de ataque contra eles. Usando você como isca, é claro.

– Não, muito obrigado, Frankie – Bobby retrucou com fervor. – Tive muita sorte desta vez, mas poderei não ser tão sortudo de novo se optarem agora por um instrumento contundente. Eu estava pensando em tomar muito cuidado comigo mesmo no futuro. A ideia da isca pode ser descartada.

– Eu temia que você fosse dizer isso – Frankie retrucou com um suspiro. – Os rapazes de hoje em dia são tristemente degenerados. É o que o meu pai diz. Não gostam de desconforto ou de fazer coisas perigosas e desagradáveis. É uma pena.

– Uma grande pena – Bobby concordou, mas falando com firmeza. – Qual é o segundo plano da operação?

– Trabalhar a partir da pista *"Por que não pediram a Evans?"* – disse Frankie. – Provavelmente o morto veio até aqui procurar Evans, seja lá quem ele for. Ora, se nós pudéssemos encontrar Evans...

– Quantos Evans – Bobby a interrompeu – você acha que existem em Marchbolt?

– Setecentos, eu diria – Frankie admitiu.

– No mínimo! Nós poderíamos fazer algo nesse sentido, mas tenho lá minhas dúvidas.

– Poderíamos fazer uma lista de todos e visitar os mais prováveis.

– E lhes perguntar... o quê?

– Essa é a dificuldade – Frankie falou.

– Precisamos saber um pouco mais – disse Bobby. – Aí essa sua ideia poderia se mostrar útil. Qual é a opção três?

– Esse homem chamado Bassington-ffrench. Nele nós *temos* de fato um caminho tangível para seguir. É um nome incomum. Vou perguntar para o meu pai. Ele conhece todos esses nomes de família do condado e seus vários ramos.

– Sim – disse Bobby. – Poderíamos fazer algo nesse sentido.

– De todo modo, vamos mesmo fazer alguma coisa?

– Claro que vamos. Você acha que eu vou deixar me darem oito grãos de morfina sem fazer nada?

– É assim que se fala – disse Frankie.

– Além disso – Bobby falou –, preciso compensar a indignidade da lavagem estomacal.

– Já chega – disse a jovem. – Se eu deixar que você continue, você vai ficar mórbido e indecente de novo.

– Você não tem nem um pingo de compaixão feminina – Bobby retrucou.

Capítulo 9

A respeito do sr. Bassington-ffrench

Frankie não perdeu tempo lançando-se ao trabalho. Atacou seu pai naquela mesma noite.

– Pai – ela falou –, o senhor conhece os Bassington-ffrench?

Lord Marchington, que estava lendo um artigo de política, não assimilou de todo a pergunta.

– São mais os americanos do que os franceses – ele afirmou num tom severo. – Toda essa palhaçada de conferências... jogando fora o tempo e o dinheiro do país...

Frankie abstraiu sua mente até que Lord Marchington, disparando como uma locomotiva por um trilho costumeiro, parou o trem, por assim dizer, numa estação.

– Os Bassington-ffrench – Frankie repetiu.

– O que há com eles? – Lord Marchington perguntou.

Frankie não sabia o que havia com eles. Sabendo muito bem que seu pai adorava contradizer tudo, declarou:

– São uma família de Yorkshire, não são?

– Que disparate... são de Hampshire. Existe um ramo em Shrospshire, é claro, e há o bando irlandês. Os seus amigos são de qual?

– Não tenho certeza – disse Frankie, aceitando a implicação de amizade com diversas pessoas desconhecidas.

– Não tem certeza? Como assim? Devia ter certeza.

– As pessoas se deslocam tanto hoje em dia – Frankie retrucou.

— Elas se deslocam... se deslocam... não sabem fazer outra coisa. No meu tempo, bastava perguntar às pessoas. Assim você situava o sujeito... o camarada dizia que era do ramo de Hampshire... muito bem, sua vó se casou com meu primo em segundo grau. Criava-se um elo.

— Aposto que era uma delícia – disse Frankie. – Mas hoje em dia realmente não existe mais tempo para pesquisas genealógicas e geográficas.

— Não... hoje em dia vocês não têm tempo para nada que não seja beber os seus coquetéis venenosos.

Lord Marchington soltou um uivo repentino de dor enquanto mexia a perna acometida de gota, que não havia melhorado com a livre ingestão do vinho do Porto da família.

— São ricos? – Frankie perguntou.

— Os Bassington-ffrench? Não sei dizer. O bando de Shropshire passou por um belo aperto, se não me engano... impostos sucessórios e uma coisa ou outra. Um integrante do ramo de Hampshire se casou com uma herdeira. Uma americana.

— Um deles esteve por aqui outro dia – informou Frankie. – Procurando uma casa, eu creio.

— Que engraçado. Por que alguém iria querer uma casa por aqui?

Eis, pensou Frankie, a questão.

No dia seguinte, ela foi até o escritório dos senhores Wheeler & Owen, corretores de imóveis.

O sr. Owen em pessoa saltou de pé para recebê-la. Frankie lhe deu um sorriso amável e se atirou numa cadeira.

— E o que podemos muito prazerosamente fazer pela senhorita, Lady Frances? Não deseja vender o castelo, espero. Ha! Ha! – o sr. Owen riu de sua própria espirituosidade.

— Eu gostaria que pudéssemos – disse Frankie. – Não, para falar a verdade, acredito que um amigo meu esteve aqui outro dia... o sr. Bassington-ffrench. Ele estava procurando uma casa.

— Ah, sim, de fato! Eu me lembro perfeitamente do nome. Dois efes minúsculos.

— Isso mesmo – disse Frankie.

— Ele pediu detalhes a respeito de várias pequenas propriedades, com vistas a adquirir uma. Tinha de voltar à cidade no dia seguinte, de modo que não podia visitar todas as casas, mas, pelo que eu entendi, não tinha grande pressa. Desde que ele esteve aqui, uma ou duas propriedades adequadas foram colocadas no mercado e eu lhe mandei as características, mas não recebi resposta.

— O senhor escreveu para Londres... ou para... hã... para o endereço no campo? – Frankie perguntou.

— Pois deixe-me ver.

Ele chamou um auxiliar.

— Frank, o endereço do sr. Bassington-ffrench.

— Ilmo. Sr. Roger Bassington-ffrench, Merroway Court, Staverley, Hants – informou com loquacidade o auxiliar.

— Ah! – disse Frankie. – Então não era o meu sr. Bassington-ffrench. Esse deve ser o primo dele. Achei esquisito ele ter aparecido por aqui sem me procurar.

— Com efeito... com efeito – disse o sr. Owen, compreensivo.

— Deixe-me ver, deve ter sido na quarta-feira que ele veio falar com o senhor...

— Isso mesmo. Pouco antes das seis e meia da tarde. Nós fechamos às seis e meia. Lembro precisamente porque foi o dia em que ocorreu aquele triste acidente. O homem que caiu do penhasco. O sr. Bassington-ffrench havia inclusive permanecido junto ao corpo até a chegada da polícia. Parecia muito perturbado quando chegou aqui. Uma tragédia muito triste, essa, e já era tempo de alguém fazer algo a respeito daquele trecho da trilha. O Conselho Municipal tem sido amplamente criticado, eu posso lhe garantir, Lady Frances. Muitíssimo perigoso. Como é que não temos mais acidentes do que já tivemos, isso eu não consigo entender.

– É extraordinário – disse Frankie.

Ela saiu do escritório mergulhada em pensamentos. Como Bobby profetizara, todas as ações do sr. Bassington-ffrench pareciam ser imaculadas e acima de qualquer suspeita. Ele era um dos Bassington-ffrench de Hampshire, fornecera o endereço certo e efetivamente mencionara para o corretor sua participação na tragédia. Seria possível, afinal de contas, que o sr. Bassington-ffrench fosse a pessoa completamente inocente que aparentava ser?

Frankie teve um escrúpulo de dúvida. Então o refutou.

"Não", ela disse consigo. "Um homem que quisesse comprar uma casinha teria vindo aqui mais no início do dia, ou então teria ficado até o dia seguinte. Não iria procurar um corretor de imóveis no fim da tarde, às seis e meia, e partir para Londres no dia seguinte. Por que sequer fazer a viagem? Por que não escrever?"

Não, ela concluiu, Bassington-ffrench era culpado.

Sua próxima visita foi à delegacia de polícia.

O inspetor Williams era um antigo conhecido, tendo rastreado com êxito uma criada com falsas referências que fugira levando algumas joias de Frankie.

– Boa tarde, inspetor.

– Boa tarde, milady. Não há nada de errado, eu espero.

– Não por enquanto, mas estou pensando em assaltar o banco sem demora, porque estou ficando mal de dinheiro.

O inspetor soltou uma gargalhada estrondosa em reconhecimento à espirituosidade da jovem.

– Para falar a verdade, eu vim lhe fazer algumas perguntas por pura curiosidade – disse Frankie.

– É mesmo, Lady Frances?

– Pois me diga uma coisa, inspetor... aquele homem que caiu do penhasco... Pritchard ou seja lá qual era o nome dele...

– Pritchard, isso mesmo.

– Ele tinha consigo somente *uma* fotografia, não é? Alguém me disse que ele tinha três...

– Era uma mesmo – disse o inspetor. – Uma fotografia da irmã dele. Ela veio identificá-lo.

– Que absurdo falarem que havia três!

– Ah, não é nada de mais, milady. Os exageros desses repórteres não têm limite, e no mais das vezes eles entendem tudo errado.

– Pois é – disse Frankie. – Já ouvi histórias bem bizarras.

Ela se calou por um momento e deixou sua imaginação correr solta.

– Ouvi falar que os bolsos do sujeito estavam estufados de papéis que o revelavam como agente bolchevique, e tem outra história de que os bolsos estavam cheios de drogas, e ainda uma outra dizendo que ele tinha os bolsos cheios de cédulas falsas.

O inspetor riu com gosto.

– Essa é boa.

– Acho que ele realmente devia ter nos bolsos as coisas de sempre...

– E bem poucas coisas. Um lenço sem marca. Alguns trocados, um maço de cigarros e alguns títulos do tesouro soltos, sem carteira. Nenhuma carta. Teríamos passado trabalho para identificá-lo se não fosse pela foto. Uma foto providencial, pode-se dizer.

– Eu me pergunto... – Frankie falou.

Em vista do que sabia, ela considerou "providencial" um adjetivo especialmente inadequado. Mudou de assunto.

– Ontem eu fui visitar o sr. Jones, o filho do vigário. Aquele que foi envenenado. Que coisa extraordinária...

– Ah! – o inspetor exclamou. – Tem razão, foi extraordinária. Nunca ouvi falar que nada parecido tivesse acontecido antes. Um jovem simpático sem nenhum inimigo, ou pelo menos é o que a gente imagina... Sabe, Lady Frances, existem umas criaturas bem esquisitas circulando por aí. Mesmo assim, nunca ouvi falar num maníaco homicida que agisse dessa forma.

– Existe alguma pista quanto ao envenenador?

Frankie, de olhos arregalados, era pura curiosidade.

– É tão interessante ouvir tudo isso – ela acrescentou.

O inspetor inflou o peito de tanta satisfação. Agradava-lhe aquela conversa amigável com a filha de um conde. Não havia nada de presunçoso ou esnobe em Lady Frances.

– Um carro foi visto nas redondezas – disse o inspetor. – Um Talbot sedã azul-escuro. A placa de um Talbot azul-escuro foi anotada em Lock's Corner. Placa GG 8282, seguindo na direção de St. Botolph's.

– E no seu entender...

– GG 8282 é a placa do carro do bispo de Botolph's.

Frankie acalentou por alguns instantes a ideia de um bispo assassino que sacrificava filhos de clérigos, mas a rejeitou com um suspiro.

– O senhor não suspeita do bispo, é claro... – ela falou.

– Descobrimos que o carro do bispo não saiu da garagem do palácio em nenhum momento naquela tarde.

– Então era uma placa falsificada.

– Sim. Temos isso como ponto de partida, sem dúvida.

Tendo expressado admiração, Frankie se despediu. Não fez nenhum comentário desqualificador, mas pensou consigo:

"Por certo existe uma enorme quantidade de Talbots azul-escuros na Inglaterra".

Chegando em casa, pegou uma lista telefônica de Marchbolt no lugar habitual, na escrivaninha da biblioteca, e a levou para seu quarto. Examinou-a por algumas horas.

O resultado não foi satisfatório.

Existiam 482 Evans em Marchbolt.

– Que droga! – Frankie exclamou.

Ela começou a fazer planos para o futuro.

Capítulo 10

Preparativos para um acidente

Uma semana depois, Bobby juntara-se a Badger em Londres. Recebera diversos comunicados enigmáticos de Frankie, a maioria em rabiscos tão ilegíveis que ele não pôde fazer muito mais do que tentar adivinhar seu significado. Entretanto, a ideia geral parecia indicar que Frankie tinha um plano, e que ele (Bobby) não deveria fazer nada até receber notícias dela. Melhor assim, porque Bobby certamente não teria tido tempo para fazer qualquer coisa, visto que o azarado Badger já conseguira enredar a si mesmo e seu negócio com a maior engenhosidade possível, e Bobby se mantinha ocupado desemaranhando a extraordinária barafunda na qual seu amigo parecia estar afundado.

Nesse meio-tempo, o jovem se mantinha rigorosamente em alerta. O efeito dos oito grãos de morfina foi tornar-se um consumidor extremamente desconfiado em matéria de comida ou bebida e também induzi-lo a trazer para Londres um revólver, cuja posse considerava maçante ao extremo.

Estava justamente começando a sentir que o negócio todo não passara de um pesadelo extravagante quando o Bentley de Frankie desceu rugindo pelo beco e estacionou na frente da oficina. Bobby, com seu macacão sujo de graxa, saiu para recebê-la. Frankie estava sentada ao volante, e ao lado dela via-se um jovem de aspecto bastante sombrio.

– Oi, Bobby – disse Frankie. – Este é George Arbuthnot. Ele é médico, e vamos precisar dele.

Bobby se retraiu um pouco enquanto George Arbuthnot e ele reconheciam vagamente a presença um do outro.

— Você tem certeza de que vamos precisar de um médico? — ele perguntou. — Não está sendo um pouquinho pessimista?

— Eu não quis dizer que vamos precisar dele dessa forma — Frankie retrucou. — Preciso dele para um plano que eu bolei. Me diga uma coisa, tem algum lugar onde nós possamos conversar?

Bobby olhou em volta.

— Bem, tem o meu quarto — ele falou em dúvida.

— Excelente — disse Frankie.

Ela desceu do carro, acompanhada de George Arbuthnot, seguiu Bobby subindo alguns degraus externos que os conduziram até um quarto microscópico.

— Não sei — Bobby falou, olhando em volta com desconfiança — se tem algum lugar para sentar.

Não havia. A única cadeira estava tomada por algo que consistia, aparentemente, na totalidade das roupas de Bobby.

— A cama serve — disse Frankie.

Ela se deixou cair na cama.

George Arbuthnot fez o mesmo e a cama rangeu em protesto.

— Já tenho tudo planejado — disse Frankie. — Para começar, nós precisamos de um carro. Um dos seus carros serve.

— Você está querendo dizer que quer comprar um dos nossos carros?

— Sim.

— É realmente muito legal da sua parte, Frankie — Bobby falou com calorosa gratidão. — Mas não precisa.

Eu realmente me imponho como regra não explorar os meus amigos.

– Você entendeu tudo errado – disse Frankie. – Não é nada disso. Eu sei o que você quer dizer... é como comprar roupas e chapéus horrorosos de uma amiga que acabou de abrir uma loja. Uma chateação, mas é um mal necessário. Só que não é nada disso. Eu realmente preciso de um carro.

– E o Bentley?

– O Bentley não presta.

– Você está louca – Bobby retrucou.

– Não, não estou. O Bentley não presta para o uso que eu quero fazer.

– Que uso?

– Arrebentar o carro.

Bobby gemeu e levou a mão à cabeça.

– Eu não pareço estar muito bem hoje.

George Arbuthnot falou pela primeira vez. Sua voz era profunda e melancólica.

– Ela quer dizer – falou – que vai se acidentar com o carro.

– Como ela sabe? – Bobby perguntou freneticamente.

Frankie deu um suspiro exasperado.

– De alguma forma – ela disse –, parece que não estamos falando a mesma língua. Agora ouça em silêncio, Bobby, e tente compreender o que eu vou dizer. Sei que o seu cérebro é praticamente insignificante, mas você deve ser capaz de entender se você se concentrar de verdade.

Ela fez uma pausa e então continuou:

– Eu estou no rastro de Bassington-ffrench.

– Sou todo ouvidos.

– Bassington-ffrench, o nosso Bassington-ffrench em pessoa, mora em Merroway Court, no vilarejo de

Staverley, em Hampshire. Merroway Court pertence ao irmão de Bassington-ffrench, e o nosso Bassington-ffrench mora lá com seu irmão e a esposa dele.

– Esposa de quem?

– Esposa do irmão, é claro. A questão não é essa. A questão é como você ou eu ou nós dois vamos conseguir nos infiltrar na casa. Já estive por lá e fiz um reconhecimento do terreno. Staverley é um mero vilarejo. Estranhos que aparecessem lá para passar algum tempo se destacariam de longe. É o tipo de coisa que simplesmente não funciona. De modo que eu elaborei um plano. O que vai acontecer é o seguinte: Lady Frances Derwent, dirigindo seu carro com mais imprudência do que perícia, bate contra o muro perto dos portões de Merroway Court. Destruição completa do carro, destruição não tão completa de Lady Frances, que é carregada para dentro da casa, abalada pela concussão e pelo choque, e não pode ser removida sob hipótese alguma.

– Quem diz que ela não pode ser removida?

– George. Agora você percebe onde George entra na história. Não podemos nos arriscar que um médico afirme não haver nada de errado comigo. Ou que alguma alma prestativa leve o meu corpo prostrado para um hospital nas proximidades. Não, o que vai acontecer é o seguinte: George está passando, também de carro (é melhor que você nos venda mais um), presencia o acidente, desce do carro e assume a responsabilidade. "Eu sou médico. Afastem-se todos." (Isto é, se houver alguém para ser afastado.) "Precisamos levá-la para dentro dessa casa, como é o nome mesmo, Merroway Court? Vamos lá. Decerto terei condições de fazer um exame adequado." Sou carregada para o melhor quarto desocupado, com os Bassington-ffrench solidários ou resistindo amargamente, mas, em todo caso, George se impõe. George me examina e dá o veredito. Felizmente, não é tão sério quanto ele pensava. Nenhum osso quebrado, mas perigo de concussão. De modo algum devo ser removida por dois ou três dias. Depois terei condições de voltar para Londres. E aí George se despede, cabendo a mim a partir de então a tarefa de me congraçar com os moradores da casa.

– E onde eu entro na história?

– Você não entra.

– Mas ouça...

– Minha querida criança, tenha em mente, por favor, que Bassington-ffrench conhece você. Ele nunca viu a minha cara. E eu conto com uma vantagem tremenda, porque tenho um título. Você percebe o quanto isso é útil? Não sou simplesmente uma jovem qualquer tentando ser admitida na casa com propósitos misteriosos. Sou filha de um conde, e, portanto, sou altamente respeitável. E o George é médico de verdade, totalmente acima de qualquer suspeita.

– Ah, acho que é isso mesmo... – Bobby retrucou com ar de tristeza.

– É um plano muito bem tramado, eu creio – Frankie falou com orgulho.

– E eu não faço absolutamente nada? – Bobby perguntou.

Ainda se sentia magoado – como um cão que tivesse sido inesperadamente privado de um osso. Aquele crime, Bobby pensou, era mais seu do que de qualquer outra pessoa, e agora ele estava sendo deixado de fora.

– É claro que você faz alguma coisa, querido. Você deixa crescer o seu bigode.

– Ah! Eu deixo crescer o meu bigode, é?

– Sim. Quanto tempo vai levar?

– Duas ou três semanas, eu acho.

– Céus! Eu não tinha ideia de que o processo era tão lento. Você não consegue acelerar o crescimento?

– Não. Por que não posso usar um falso?

– Eles têm sempre um aspecto tão falso e ficam tortos ou caem ou cheiram a cola. Espere... na verdade, acho que existe um que você pode grudar fio por fio, por assim dizer, e é quase impossível de ser descoberto. Acho que um fabricante de perucas para teatro conseguiria colocar um em você.

– Ele provavelmente pensaria que eu sou um fugitivo da justiça.

– Não importa o que ele vai pensar.

– Quando eu já tiver o bigode, o que é que eu faço?

– Coloque um uniforme de chofer e vá com o Bentley para Staverley.

– Ah, entendi.

O rosto de Bobby se iluminou.

– Veja só, a minha ideia é a seguinte – disse Frankie. – Ninguém olha para um chofer do mesmo jeito que olha para uma *pessoa*. Em todo caso, Bassington-ffrench só viu você por um ou dois minutos, e decerto estava inquieto demais, pensando se conseguiria trocar a tempo a fotografia, para ficar observando você. Para ele, você era só um jovem idiota jogando golfe. Não é como aconteceu com os Cayman, que se sentaram na sua frente para conversar com você e ficaram deliberadamente tentando avaliá-lo. Posso apostar qualquer coisa que, vendo você com um uniforme de chofer, Bassington-ffrench não o reconheceria mesmo sem o bigode. Ele poderia até pensar que o seu rosto era parecido com o de alguém... não mais do que isso. E com o bigode nós por certo estaremos em perfeita segurança. Agora me diga, o que você acha do plano?

Bobby revolvia o plano em sua mente.

— Para lhe dizer a verdade, Frankie — ele falou, generoso —, acho que é ótimo.

— Nesse caso — Frankie retrucou energicamente —, tratemos de comprar os carros. Ora, acho que George quebrou a sua cama.

— Não importa — disse Bobby, hospitaleiro. — Nunca foi uma cama decente.

Os três desceram à garagem, onde um jovem de aspecto nervoso e sorriso afável, curiosamente desprovido de queixo, saudou-os com um vago "He, he, he!". Sua aparência era ligeiramente desfigurada pelo fato de que seus olhos tinham uma distinta relutância a olhar na mesma direção.

— Oi, Badger — disse Bobby. — Você se lembra de Frankie, não?

Badger claramente não se lembrava, mas voltou a fazer "He, he, he" de modo afável.

— Na última vez que vi você — disse Frankie —, você estava com a cabeça enfiada na lama e nós tivemos de puxá-lo pelas pernas.

— Não, é mesmo? — Badger retrucou. — Ora, isso d-d-deve ter sido em G-g-g-Gales.

— Isso mesmo — disse Frankie. — Foi.

— Sempre fui um p-p-péssimo c-c-c-cavaleiro — disse Badger. — Ainda s-s-s-sou.

— Frankie quer comprar um carro — Bobby falou.

— Dois carros — disse Frankie. — George precisa de um também. — O dele está batido no momento.

— Podemos alugar um para ele — disse Bobby.

— Bem, venham ver o que t-t-temos em estoque — disse Badger.

— Eles são uma graça — Frankie comentou, deslumbrada com os matizes sensacionais de verde-maçã e escarlate.

— Eles são uma graça *à primeira vista* — Bobby retrucou, lúgubre.

— Fazemos um b-b-b-belo preço por este C-C--Chrysler usado — disse Badger.

— Não, esse não — disse Bobby. — Seja lá o que ela comprar, precisa rodar no mínimo sessenta quilômetros.

Badger lançou um olhar de reprovação para seu amigo.

— O Standard está basicamente no último suspiro — ponderou Bobby. — Mas acho que chegaria lá com tranquilidade. O Essex é meio bom demais para um serviço desses. Roda pelo menos uns trezentos antes de enguiçar.

— Certo — disse Frankie. — Vou ficar com o Standard.

Badger puxou seu amigo de lado.

— O q-q-que você acha em matéria de p-p-preço? — murmurou. — Não quero explorar d-d-demais uma amiga sua. D-d-d-dez libras?

— Dez libras está ótimo — disse Frankie, intrometendo-se na discussão. — Pago agora.

— Quem é ela mesmo? — Badger perguntou num sussurro alto.

Bobby lhe cochichou em resposta.

— É a p-p-primeira vez que vejo alguém com t-t--t-título p-p-pagando em dinheiro vivo — Badger falou com respeito.

Bobby seguiu os outros dois até o Bentley.

— Quando é que vai acontecer esse negócio? — ele indagou.

— Quanto antes melhor — disse Frankie. — Nós tínhamos pensado em amanhã à tarde.

— Ouça, será que eu não posso estar lá? Coloco uma barba se você quiser.

— De modo algum — disse Frankie. — A barba provavelmente estragaria tudo caindo no momento errado.

Mas não vejo nada contra você ser um motociclista... todo paramentado com boné e óculos de proteção. O que acha, George?

George Arbuthnot falou pela segunda vez.

– Está bem – ele disse. – Quanto mais gente melhor.

Sua voz soou ainda mais melancólica do que antes.

Capítulo 11

O acidente ocorre

O encontro dos conspiradores do grande acidente estava marcado para um ponto a cerca de um quilômetro e meio do vilarejo de Staverley, onde a estrada que levava para Staverley se desviava da estrada principal para Andover.

Os três chegaram ao local em segurança, embora o Standard de Frankie tivesse mostrado inequívocos sinais de decrepitude a cada colina.

O horário combinado era uma da tarde.

– Não queremos ser interrompidos quando estivermos fazendo a encenação – Frankie dissera. – Eu diria que dificilmente acontece alguma coisa naquela estrada, mas na hora do almoço por certo estaremos em perfeita segurança.

Seguiram pela estrada secundária por quase um quilômetro e então Frankie apontou o local que havia escolhido para o acidente.

– Não poderia ser melhor, na minha opinião – ela disse. – A estrada desce direto essa colina e aí, como se pode ver, faz uma curva muito abrupta e acentuada em volta daquele muro saliente. O muro é efetivamente o muro de Merroway Court. Se dermos partida no carro e o deixarmos descer a colina, ele vai bater direto no muro e decerto algo bem drástico vai ocorrer.

– Eu diria que sim – Bobby concordou. – Mas alguém deveria ficar vigiando na curva para se certificar de que ninguém esteja se aproximando na direção contrária.

— É verdade — disse Frankie. — Não queremos envolver ninguém mais na confusão ou quem sabe até machucar uma pessoa. George pode descer com seu carro até lá embaixo e virá-lo como se estivesse vindo da outra direção. Aí, quando ele acenar seu lenço, esse será o sinal de que está tudo em ordem.

— Você está tão pálida, Frankie... — Bobby falou com ansiedade. — Tem certeza de que está bem?

— Eu me maquiei assim — Frankie explicou. — Preparada para uma concussão. Você não vai querer que eu seja carregada casa adentro com o rosto radiando saúde...

— Como são maravilhosas as mulheres — Bobby comentou com apreço. — Você parece um macaquinho doente.

— Que grosseria da sua parte — disse Frankie. — Pois bem, vou descer agora para dar uma olhada no portão de entrada de Merroway Court, que fica deste lado do muro. Por sorte não há porteiro. Quando George acenar seu lenço e eu acenar o meu, você dá partida no carro.

— Combinado — disse Bobby. — Vou ficar no estribo para guiar o carro até o aceleramento se intensificar e aí eu salto fora.

— Trate de não se machucar — disse Frankie.

— Vou ser extremamente cuidadoso. Ficaria tudo bem complicado se tivéssemos um acidente real no lugar do falso.

— Bem, vá em frente, George — pediu Frankie.

George assentiu com a cabeça, entrou no outro carro e desceu lentamente a colina. Bobby e Frankie ficaram observando-o enquanto se afastava.

— Você... você vai se cuidar, não vai, Frankie? — Bobby disse com uma aspereza súbita. — Quer dizer... não vá fazer nenhuma bobagem.

– Vou me cuidar bem. Prudência total. Aliás, acho melhor não escrever direto para você. Vou escrever para George ou para minha criada ou para qualquer pessoa que possa lhe repassar a carta.

– Eu me pergunto se George vai se dar bem em sua profissão...

– E por que não se daria?

– Ele não parece ter adquirido ainda um mínimo de loquacidade para tratar de pacientes.

– Acho que ele vai acabar desenvolvendo isso – disse Frankie. – É melhor eu ir agora. Avisarei quando eu quiser que você venha com o Bentley.

– Vou me dedicar ao bigode. Até logo, Frankie.

Os dois se entreolharam por um momento. Em seguida, Frankie assentiu com a cabeça e começou a caminhar colina abaixo.

George havia dado meia-volta com o carro e recuado para trás do muro.

Frankie desapareceu por um momento e então reapareceu na estrada, acenando um lenço. Um segundo lenço ondulou ao fundo na curva.

Bobby engatou a terceira no carro e então, de pé no estribo, soltou o freio. O carro avançou de má vontade, contido por estar engrenado. A descida, no entanto, era suficientemente íngreme. O motor deu partida. O carro ganhou velocidade. Bobby firmou a direção. No último instante, saltou.

O carro desceu a colina e bateu contra o muro com uma força considerável. Correra tudo bem – o acidente foi um sucesso.

Bobby viu Frankie correr rapidamente até a cena do crime e se estatelar entre os destroços. George fez a curva com seu carro e o estacionou.

Com um suspiro, Bobby montou em sua motocicleta e se foi na direção de Londres.

Na cena do acidente, as coisas estavam agitadas.

– Devo rolar um pouco na estrada – Frankie perguntou – para ficar empoeirada?

– Pode ser – disse George. – Me dê aqui o seu chapéu.

Ele pegou o chapéu e o amassou sem dó. Frankie soltou um fraco grito de angústia.

– Eis a concussão – George explicou. – Agora fique bem parada onde você está. Acho que ouvi uma campainha de bicicleta.

Com efeito, naquele momento um rapaz com cerca de dezessete anos apareceu apitando na curva. Ele parou de chofre, encantado com o espetáculo prazeroso que seus olhos contemplaram.

– Opa! – ele exclamou. – Foi um acidente?

– Não – George retrucou com sarcasmo. – A jovem bateu seu carro contra o muro de propósito.

Vendo nesse comentário, como era esperado, mais uma ironia do que a simples verdade comunicada, o rapaz comentou com gosto:

– A coisa parece feia, não parece? Ela está morta?

– Ainda não – disse George. – Precisa ser levada imediatamente para algum lugar. Eu sou médico. Que propriedade é essa aqui?

– Merroway Court. Pertence ao sr. Bassington-ffrench. Ele é juiz de paz.

– Ela precisa ser levada até a casa imediatamente – George falou, autoritário. Vamos, deixe aí a sua bicicleta e me dê uma mão.

Com a maior disposição, o rapaz encostou sua bicicleta no muro e se prontificou. Juntando forças,

George e o rapaz carregaram Frankie pela entrada da propriedade até uma bela mansão de aspecto antiquado.

A aproximação dos dois tinha sido observada, pois um mordomo idoso veio ao encontro deles.

– Houve um acidente – George falou de modo lacônico. – Existe algum quarto para onde eu possa carregar esta dama? Ela precisa ser examinada imediatamente.

O mordomo correu de volta para o vestíbulo com afobação. George e o rapaz o seguiram de perto, carregando ainda o corpo inerte de Frankie. O mordomo entrou num aposento à esquerda, de onde saiu uma mulher. Era alta, de cabelos ruivos, com cerca de trinta anos. Seus olhos eram de um azul claro e suave.

Ela reagiu à situação com rapidez.

– Temos um quarto desocupado no térreo – afirmou. – Podem levá-la para lá? Devo telefonar para um médico?

– Eu sou médico – George explicou. – Eu estava passando de carro e presenciei o acidente.

– Ah, que tremenda sorte! Venham por aqui, sim?

Ela os conduziu até um quarto aprazível cujas janelas davam para o jardim.

– Ela está muito ferida? – indagou.

– Ainda não posso dizer.

A sra. Bassington-ffrench entendeu a indireta e se retirou. O rapaz acompanhou-a e se lançou a uma descrição do acidente como se tivesse sido uma efetiva testemunha.

– O carro estourou direto na parede. Ficou todo arrebentado. Lá ficou ela, deitada no chão, com o chapéu todo amassado. O cavalheiro ia passando de carro...

Ele seguiu de improviso até que a mulher se livrou dele com meia coroa.

Enquanto isso, Frankie e George conversavam em sussurros cuidadosos.

– George, querido, isso não vai prejudicar a sua carreira, vai? Não vão cassar o seu registro ou seja lá o que for, vão?

– É provável – disse George, soturno. – Isto é, se chegarem a descobrir.

– Não vão – disse Frankie. – Não se preocupe, George. Não vou deixar você mal.

Ela acrescentou, pensativa:

– Você fez muito bem a sua parte. Nunca o vi falando tanto antes.

George suspirou. E consultou seu relógio.

– Vou esperar mais três minutos para concluir o meu exame – ele falou.

– E quanto ao carro?

– Vou providenciar numa oficina que venham removê-lo.

– Ótimo.

George continuou a vigiar seu relógio. Por fim afirmou com um ar de alívio:

– Está na hora.

– George – disse Frankie –, você foi um anjo. Não sei por que fez isso.

– Nem eu – disse George. – Foi uma coisa bem tola.

George inclinou a cabeça para ela.

– Tchau. Divirta-se.

– Será que eu vou conseguir? – Frankie retrucou.

Ela estava pensando na voz fria e impessoal com um ligeiro sotaque americano.

George saiu em busca da dona da voz. Encontrou-a esperando por ele na sala de visitas.

– Bem – ele falou de modo abrupto. – Fico feliz por dizer que não é tão ruim quanto eu temia. Concussão muito leve, já passando. Ela deveria repousar onde está por um ou dois dias, no entanto – ele fez uma pausa. – Parece que a jovem se chama Lady Frances Derwent.

– Ah, imagine só! – exclamou a sra. Bassington-ffrench. – Então eu conheço alguns primos dela, os Draycott, muito bem.

– Não sei se lhe será inconveniente tê-la aqui – disse George. – Mas se ela *pudesse* permanecer onde está por um ou dois dias...

George fez outra pausa.

– Ah, é claro. Não vejo problema nenhum, dr. ...?

– Arbuthnot. Aliás, vou tomar providências quanto ao carro. Passarei por uma oficina.

– Muito obrigada, dr. Arbuthnot. Que tremenda sorte que o senhor estivesse passando. Acho que um médico deveria examiná-la amanhã só para ver se está tudo indo bem com ela.

– Não creio que seja necessário – disse George. – Ela só precisa de descanso.

– Mas eu ficaria mais tranquila. E a família dela deveria tomar conhecimento.

– Vou cuidar disso – George falou. – E quanto à questão do acompanhamento médico... bem, parece que ela é cientista cristã e não aceita médicos de modo algum. Não ficou muito satisfeita quando me viu atendendo-a.

– Minha nossa! – exclamou a sra. Bassington-ffrench.

– Mas ela vai ficar absolutamente bem – George tranquilizou-a. – A senhora pode acreditar no que eu digo.

– Se o senhor realmente pensa isso, dr. Arbuthnot... – disse a sra. Bassington-ffrench, com certa dúvida.

– Penso mesmo – George afirmou. – Até logo. Ah, minha nossa, deixei um dos meus instrumentos no quarto.

Ele entrou rapidamente no quarto e foi até a cabeceira.

– Frankie – falou num sussurro apressado –, você é uma cientista cristã. Não se esqueça.

– Mas por quê?

– Precisei improvisar. Não havia outro jeito.

– Certo – disse Frankie. – Não vou esquecer.

Capítulo 12

No campo inimigo

"Bem, aqui estou eu", pensou Frankie. "Inserida com segurança no campo do inimigo. Agora é comigo."

Houve uma batida na porta e a sra. Bassington-ffrench entrou.

Frankie se soergueu ligeiramente em seus travesseiros.

– Lamento muitíssimo – ela falou com voz fraca. – Estar lhe causando todo esse transtorno...

– Bobagem – disse a sra. Bassington-ffrench.

Frankie, voltando a escutar aquela voz arrastada, calma e atraente, marcada por um leve sotaque americano, lembrou-se que Lord Marchington dissera que um dos Bassington-ffrench de Hampshire havia se casado com uma herdeira americana.

– O dr. Arbuthnot afirmou que a senhorita ficará boa dentro de um ou dois dias, basta que permaneça em repouso.

Frankie sentiu que deveria, naquele momento, falar algo acerca de "erro" ou "mente mortal", mas ficou com medo de dizer a coisa errada.

– Ele parece simpático – falou. – Foi muito bondoso.

– Pareceu ser um jovem dos mais capacitados – disse a sra. Bassington-ffrench. – Foi muita sorte que ele estivesse passando bem no momento.

– Sim, não foi mesmo? Não que eu realmente precisasse dele, é claro.

– Mas a senhorita não deve ficar falando – continuou a anfitriã. – Vou mandar a minha criada lhe trazer algumas coisas e então a senhorita poderá se deitar com mais conforto.

– É uma imensa bondade sua.

– De modo algum.

Frankie sentiu um escrúpulo momentâneo enquanto a mulher se retirava.

"Uma criatura simpática e bondosa", disse consigo. "E, fantasticamente, não suspeita de nada."

Pela primeira vez, sentiu estar aplicando um truque sujo em sua anfitriã. Sua mente se ocupara tanto com a visão de um Bassington-ffrench assassino empurrando uma vítima descuidada num precipício que personagens menores do drama não haviam passado por sua imaginação.

"Bem", pensou Frankie, "preciso ir até o fim agora. Mas eu gostaria que ela não tivesse sido tão simpática."

A moça passou uma tarde e uma noite enfadonhas deitada em seu quarto escurecido. A sra. Bassington-ffrench apareceu na porta uma ou duas vezes para ver como ela estava, mas não chegou a entrar.

No dia seguinte, porém, Frankie permitiu que fossem abertas as janelas e revelou desejar companhia, e sua anfitriã veio ficar com ela por algum tempo. As duas descobriram vários amigos e conhecidos mútuos, e ao final do dia Frankie sentiu, com um escrúpulo de culpa, que haviam se tornado amigas.

A sra. Bassington-ffrench mencionou diversas vezes o marido e o filho pequeno, Tommy. Parecia ser uma mulher simples, com profundo apego pelo lar, mas, por algum motivo, Frankie julgou que ela não era de todo feliz. Surgia uma expressão ansiosa em seus olhos, por vezes, que não era típica de uma mente tranquila.

No terceiro dia Frankie se levantou e foi apresentada ao soberano da casa.

Era um homem grande, de queixo imponente, com um ar bondoso mas um tanto distraído. Parecia passar grande parte do tempo trancado em seu gabinete. No entanto, Frankie o considerou muito afeiçoado à mulher, embora se preocupasse bem pouco com os interesses dela.

Tommy, o filho pequeno, tinha sete anos, e era uma criança saudável e travessa. Sylvia Bassington-ffrench obviamente o venerava.

– É tão adorável aqui – Frankie falou com um suspiro.

Ela estava deitada numa espreguiçadeira no jardim.

– Não sei se foi a pancada na cabeça ou outra coisa, mas eu simplesmente não sinto a menor vontade de me mexer. Gostaria de ficar aqui deitada por dias a fio.

– Bem, então fique – Sylvia Bassington-ffrench retrucou com seu tom calmo e desinteressado. – Não, estou falando sério mesmo. Não tenha pressa para voltar à cidade. Entenda – prosseguiu –, para mim é um grande prazer tê-la aqui. Você é tão divertida e radiante. A sua presença me anima bastante.

O pensamento "Então ela precisa de animação" lampejou na mente de Frankie.

Ao mesmo tempo, a jovem se sentiu envergonhada.

– Sinto que nós realmente nos tornamos amigas – continuou a outra.

Frankie se sentiu ainda mais envergonhada.

Era uma maldade o que ela estava fazendo... maldade – maldade – maldade. Ela precisava desistir! Voltar à cidade...

Sua anfitriã prosseguiu:

– Não vai ser tão enfadonho assim por aqui. Amanhã retorna o meu cunhado. Você vai gostar dele, eu tenho certeza. Todos gostam de Roger.

– Ele mora aqui?

– De vez em quando. É uma criatura inquieta. Considera-se o vagabundo da família, e de certo modo talvez isso seja verdade. Ela nunca permanece muito tempo num emprego... de fato, acho que nunca trabalhou de verdade ao longo da vida toda. Mas certas pessoas são bem assim... especialmente nas famílias antigas. E geralmente são pessoas encantadoras. Roger é magnificamente simpático. Não sei o que eu teria feito sem ele nessa primavera, quando Tommy ficou doente.

– Qual foi o problema com Tommy?

– Ele teve uma queda feia do balanço. O balanço decerto estava amarrado num galho podre, que acabou cedendo. Roger ficou transtornado porque ele é quem estava empurrando o garoto na ocasião... empurrando forte o balanço, sabe, bem como as crianças gostam. Pensamos a princípio que a coluna de Tommy tinha sofrido algum dano, mas acabou sendo uma lesão insignificante, e ele está ótimo agora.

– Ele certamente parece ótimo – disse Frankie, sorrindo ao escutar uma leve gritaria ao longe.

– Pois é. Ele parece estar em perfeitas condições. É um alívio tão grande. Ele é muito azarado em matéria de acidentes. Quase se afogou no último inverno.

– Não diga! – Frankie exclamou, pensativa.

Ela parou de acalentar a ideia de voltar a Londres. O sentimento de culpa diminuíra.

Acidentes!

Frankie especulou: será que Roger Bassington-ffrench era um especialista em acidentes?

Falou:

– Se você me garante que está falando sério, eu adoraria permanecer um pouco mais. Mas o seu marido não vai se importar que eu fique me intrometendo desse modo?

– Henry? – os lábios da sra. Bassington-ffrench se retorceram numa expressão estranha. – Não, Henry não vai se importar. Henry não se importa com nada hoje em dia.

Frankie olhou para ela com curiosidade.

"Se me conhecesse melhor, por certo me contaria algo", pensou consigo. "Creio que mil coisas estranhas devem estar acontecendo nesta casa."

Henry Bassington-ffrench juntou-se às duas para o chá, e Frankie o analisou com grande atenção. Havia certamente algo de esquisito naquele homem. Era um tipo comum – o cavalheiro rural simples, jovial e esportivo. Mas um homem como aquele não deveria ficar sentado daquele modo, com tiques nervosos, os nervos obviamente tensos, ora mergulhado em pensamentos dos quais era impossível despertá-lo, ora dando respostas amargas e sarcásticas a qualquer coisa que lhe dissessem. Não que agisse sempre assim. Mais tarde naquela noite, durante o jantar, mostrou-se sob uma luz bem diferente. Brincou, riu, contou histórias e se revelou, para um homem de suas habilidades, simplesmente fulgurante. Fulgurante demais, Frankie julgou. Tal brilho era anormal e incongruente com a personalidade dele.

"Seus olhos são tão esquisitos", ela pensou. "Eles me assustam um pouco."

Entretanto, certamente ela não suspeitava de *Henry* Bassington-ffrench... fora o seu irmão, e não ele, quem estivera em Marchbolt naquele dia fatal.

Quanto ao irmão, Frankie aguardava com ávido interesse a oportunidade de vê-lo. No entender dela e de Bobby, o homem era um assassino. Ela iria ficar frente a frente com um assassino.

Sentiu-se nervosa por um momento.

Mas, afinal de contas, como poderia ele adivinhar?

Como poderia ele, de qualquer forma, relacioná-la com um crime executado com sucesso?

"Você está vendo assombrações onde não há nada", ela disse consigo.

Roger Bassington-ffrench chegou pouco antes do chá na tarde seguinte.

Frankie não o viu antes da hora do chá. Ainda se esperava que ela "descansasse" no período da tarde.

Quando ela saiu para o gramado onde o chá era servido, Sylvia disse com um sorriso:

– Eis a nossa convalescente. Este é o meu cunhado, Lady Frances Derwent.

Frankie contemplou o homem alto, jovem e esguio com pouco mais de trinta anos e olhos muito simpáticos. Embora entendesse o que Bobby queria dizer afirmando que ele devia ter no rosto um monóculo e um bigodinho, ela mesma inclinou-se a dar mais atenção ao azul intenso de seus olhos. Apertaram-se as mãos.

Ele disse:

– Estive ouvindo todos os detalhes de como a senhorita tentou derrubar o muro do parque.

– Admito – disse Frankie – que sou a pior motorista do mundo. Mas eu estava dirigindo um calhambeque velho imprestável. O meu carro estava no conserto, e eu comprei um carro barato de segunda mão.

– Ela foi resgatada dos destroços por um médico jovem e muito bonito – disse Sylvia.

– Ele foi um doce – Frankie concordou.

Tommy apareceu naquele momento e se jogou em cima do tio com guinchos de alegria.

– Você me trouxe um trem Hornby? Você disse que ia trazer! Você disse que ia trazer.

— Ah, Tommy! Você não deve ficar pedindo coisas — disse Sylvia.

— Não tem problema, Sylvia. Era uma promessa. Eu trouxe o seu trem sim, meu velho.

Ele olhou casualmente para sua cunhada.

— Henry não vem para o chá?

— Acho que não — havia um traço de constrangimento na voz dela. — Ele não está se sentindo muito bem hoje, eu imagino.

Então acrescentou de modo impulsivo:

— Ah, Roger, fico contente por você estar de volta.

Ele colocou a mão no braço dela por um instante.

— Está tudo bem, Sylvia, minha garota.

Após o chá, Roger brincou de trem com o sobrinho. Frankie os observava, sua mente tumultuada.

Certamente aquele não era o tipo de homem capaz de empurrar pessoas em penhascos! Aquele jovem encantador não poderia ser um assassino de sangue frio!

Mas também... ela e Bobby por certo estavam errados desde o começo. Isto é, errados quanto a essa parte da questão.

Frankie agora estava certa de que não era Bassington-ffrench quem empurrara Pritchard no penhasco.

Então quem era?

Continuava convicta de que ele tinha sido empurrado. Quem o fizera? E quem havia colocado morfina na cerveja de Bobby?

Com a ideia da morfina, de repente lhe ocorreu uma explicação para o estranho olhar de Henry Bassington-ffrench, com suas pupilas minúsculas.

Seria Henry Bassington-ffrench um viciado em drogas?

Capítulo 13

Alan Carstairs

Por mais estranho que parecesse, ela obteve a confirmação de sua teoria já no dia seguinte, e por meio de Roger.

Os dois haviam jogado tênis um contra o outro e estavam sentados, bebericando refrescos gelados.

Haviam falado sobre vários assuntos superficiais, e Frankie assimilava cada vez mais o charme de alguém que, como Roger Bassington-ffrench, viajara pelo mundo inteiro. O vagabundo da família, ela não pôde deixar de pensar, contrastava muito favoravelmente com seu irmão sisudo e ponderoso.

Caíra um silêncio enquanto esses pensamentos passavam pela mente de Frankie. O silêncio foi rompido por Roger – que falou, dessa vez, com um tom de voz completamente diferente.

– Lady Frances, vou fazer uma coisa bastante peculiar. Eu a conheço há menos de 24 horas, mas sinto instintivamente que a senhorita é a pessoa para quem posso pedir um conselho.

– Um conselho? – Frankie repetiu, surpresa.

– Sim. Não consigo me decidir entre dois procedimentos.

Ele fez uma pausa. Estava inclinado à frente, balançando a raquete entre os joelhos, a testa levemente franzida. Parecia preocupado e aborrecido.

– Trata-se do meu irmão, Lady Frances.

– Sim?

– Ele está usando drogas. Eu tenho certeza disso.

– O que o faz pensar isso? – Frankie perguntou.

— Tudo. Sua aparência. Suas extraordinárias mudanças de humor. E a senhorita notou os olhos dele? As pupilas estão sempre minúsculas.

— Eu já tinha notado isso — Frankie admitiu. — E o que o senhor pensa que é?

— Morfina ou alguma forma de ópio.

— Isso vem ocorrendo faz tempo?

— Pelos meus cálculos, começou uns seis meses atrás. Lembro que ele se queixava bastante de insônia. Não sei como foi que ele veio a tomar o negócio pela primeira vez, mas acho que deve ter começado logo depois.

— Como ele consegue a droga? — perguntou Frankie, pragmática.

— Acho que ele a recebe pelo correio. A senhorita já notou como ele fica particularmente nervoso e irritado certos dias na hora do chá?

— Sim, já notei.

— Suspeito que é quando ele terminou seu suprimento e está esperando mais. Depois, quando já passou o correio das seis da tarde, ele se fecha em seu gabinete e emerge para o jantar num estado de espírito completamente diferente.

Frankie confirmou com a cabeça. Lembrava-se da vivacidade anormal da conversação em certos momentos nos jantares.

— Mas de onde vem o suprimento? — ela perguntou.

— Ah, isso eu não sei. Nenhum médico respeitável o abasteceria. Existem em Londres, eu acho, várias fontes de onde seria possível obter um suprimento pagando-se um bom preço.

Frankie concordou com a cabeça, pensativa.

Lembrava-se de ter dito a Bobby algo sobre um grupo de traficantes de drogas e de como ele retrucara que não se podia misturar tantos crimes. Era esquisito que logo no início de suas investigações já tivessem topado com vestígios de algo assim.

Era esquisito que o principal suspeito a fizesse atentar ao fato. Isso a deixava mais inclinada do que nunca a absolver Roger Bassington-ffrench da acusação de assassinato.

Restava, no entanto, a inexplicável questão da fotografia trocada. Os indícios contra ele, ela lembrou a si mesma, eram ainda exatamente os mesmos. Sua personalidade era o único indício favorável. E todo mundo dizia que os assassinos eram pessoas encantadoras!

Ela rechaçou essas reflexões e se voltou para o companheiro.

– Por que o senhor está me contando tudo isso? – ela perguntou francamente.

– Porque eu não sei o que fazer em relação a Sylvia – ele retrucou com simplicidade.

– O senhor acha que ela não sabe?

– É claro que ela não sabe. Será que eu deveria lhe contar?

– É muito difícil...

– *É* difícil. Foi por isso que achei que a senhorita poderia me ajudar. Sylvia caiu de amores pela senhorita. Ela não liga muito para ninguém aqui nas redondezas, mas gostou à primeira vista da senhorita. O que devo fazer, Lady Frances? A verdade será um tremendo fardo na vida dela.

– Se ela soubesse, poderia fazer alguma coisa – Frankie sugeriu.

– Duvido. Num caso de vício em drogas, ninguém, nem mesmo a pessoa mais próxima e mais estimada, tem a mínima influência.

– Esse é um ponto de vista um tanto pessimista, não é?

— É um fato. Existem outros meios, é claro. Se Henry aceitasse ser internado... e até existe uma clínica perto daqui. Dirigida por um certo dr. Nicholson.

— Mas ele nunca aceitaria, não é mesmo?

— Poderia aceitar. Se você pegar um viciado em morfina num dia de extremo remorso, ele faz qualquer coisa para se curar. Até creio que Henry poderia ser induzido com mais facilidade a isso caso pensasse que Sylvia não sabe de nada... se a revelação a ela fosse usada contra Henry com uma espécie de ameaça. Se a cura fosse bem-sucedida (o caso dele seria tratado como um problema "nervoso", é claro), Sylvia não precisaria tomar conhecimento.

— Ele teria de se afastar muito para o tratamento?

— A clínica que eu citei fica a uns cinco quilômetros daqui, do outro lado do vilarejo. É dirigida por um canadense... o dr. Nicholson. Um homem muito inteligente, acredito. E, felizmente, Henry gosta dele. Silêncio... Sylvia está vindo.

A sra. Bassington-ffrench juntou-se a eles, comentando:

— Gastaram bastante energia?

— Três sets — disse Frankie. — E eu levei a pior em todos.

— A senhorita joga muito bem — disse Roger.

— Sou terrivelmente preguiçosa para o tênis — disse Sylvia. — Precisamos convidar os Nicholson um dia desses. Ela gosta muito de jogar. O quê?... O que foi?

Ela percebera que os outros dois haviam trocado um rápido olhar.

— Nada... Só que eu estava justamente falando a Lady Frances sobre os Nicholson.

— É melhor você chamá-la de Frankie, como eu faço — disse Sylvia. — Não é curioso como, sempre que a gente fala de alguma pessoa ou coisa, alguém faz o mesmo logo depois?

– Eles são canadenses, não são? – Frankie perguntou.

– Ele é, certamente. Eu imagino que ela seja inglesa, mas não estou certa. Ela é uma criaturinha linda... totalmente encantadora, com olhos adoráveis, grandes e melancólicos. Por algum motivo, não acredito que seja muito feliz. Deve ter uma vida deprimente.

– Ele dirige uma espécie de sanatório, não é mesmo?

– Sim... para casos de nervos e pessoas drogadas. Ele é muito bem-sucedido, eu creio. Um homem impressionante.

– Você gosta dele?

– Não – Sylvia respondeu abruptamente. – Não gosto.

Instantes depois, acrescentou com bastante veemência:

– Nem um pouco.

Mais tarde, mostrou para Frankie a fotografia de uma encantadora mulher de olhos grandes que estava em cima do piano.

– É Moira Nicholson. Um rosto atraente, não é mesmo? Um homem que esteve aqui certo tempo atrás com alguns amigos nossos ficou enfeitiçado por essa foto. Queria ser apresentado a ela, eu acho.

Ela riu.

– Vou convidá-los para jantar aqui amanhã à noite. Gostaria de saber o que você acha dele.

– Dele?

– Sim. Como eu lhe disse, não gosto dele, mas se trata de um homem bastante atraente.

Algo no tom de sua voz fez Frankie lhe lançar um olhar de relance, mas Sylvia Bassington-ffrench havia se virado e estava retirando algumas flores mortas de um vaso.

"Preciso organizar as minhas ideias", Frankie pensou enquanto passava um pente por seus espessos cabelos escuros ao se arrumar naquela noite para o jantar. "E", acrescentou de modo resoluto, "já está na hora de fazer algumas experiências."

Roger Bassington-ffrench era ou não era o vilão pelo qual ela e Bobby o haviam tomado? Ela e Bobby concordavam que quem quer que tivesse tentado eliminar este último por certo contava com fácil acesso a morfina. Ora, de certa forma isso valia para Roger Bassington-ffrench. Se o irmão recebia morfina pelo correio, seria mais do que fácil, para Roger, furtar um pacote de modo a usá-lo para seus próprios fins.

"Memorando", Frankie escreveu numa folha de papel:

"(1) Descobrir onde Roger estava no dia 16 – dia em que Bobby foi envenenado".

Ela pensava já ter uma boa ideia de como podia fazer isso sem levantar suspeitas.

"(2)", escreveu. "Apresentar retrato do morto e observar as eventuais reações. Também verificar se R.B.F. admite ter estado em Marchbolt na ocasião."

Ela se sentia levemente nervosa no tocante à segunda resolução. Significava quase abrir o jogo. Por outro lado, a tragédia se dera na região em que ela vivia, e mencioná-la casualmente seria a coisa mais natural do mundo.

Frankie amassou a folha de papel e a queimou.

No jantar, conseguiu introduzir o primeiro tópico de maneira bastante natural.

– Sabe – ela disse a Roger com franqueza –, não consigo me livrar da sensação de que já nos vimos antes. E nem faz tanto tempo assim... Será que não foi, por acaso, na festa de Lady Shane no Claridge's? Foi no dia 16.

— Não poderia ter sido no dia 16 – Sylvia retrucou rapidamente. — Roger estava aqui nesse dia. Eu me lembro porque nós fizemos uma festa infantil, e simplesmente não sei o que eu teria feito sem Roger.

Ela lançou um olhar agradecido para seu cunhado, que o retribuiu com um sorriso.

— Não me parece que eu tenha encontrado a senhorita antes – ele disse a Frankie, pensativo, e acrescentou: — Estou certo de que, se tivesse, por certo me recordaria.

Seu tom era bastante simpático.

"Um tópico esclarecido", Frankie pensou. "Roger Bassington-ffrench não estava em Gales no dia em que Bobby foi envenenado."

O segundo tópico apareceu mais tarde sem a menor dificuldade. Frankie conduziu a conversa para o cotidiano no campo, a monotonia inerente, e o interesse despertado por qualquer novidade emocionante na região.

— Na minha região, um homem caiu do penhasco no mês passado – ela comentou. — Ficamos arrepiados dos pés à cabeça. Fui assistir ao inquérito cheia de animação, mas foi tudo bem enfadonho, na verdade.

— Não foi num lugar chamado Marchbolt? – Sylvia perguntou de súbito.

Frankie confirmou com a cabeça.

— Derwent Castle fica bem perto de Marchbolt, pouco mais de dez quilômetros – ela explicou.

— Roger, só pode ter sido esse o seu morto! – Sylvia exclamou.

Frankie olhou para ele com uma expressão interrogativa.

— Na verdade, eu estive no local do acidente – disse Roger. — Fiquei com o corpo até a chegada da polícia.

— Pensei que um dos filhos do vigário tivesse ficado com ele – disse Frankie.

– Ele precisava sair para tocar órgão ou algo assim... de modo que eu assumi seu posto.

– É simplesmente extraordinário – Frankie falou. – Eu de fato ouvi falar que outra pessoa tinha estado lá, mas não cheguei a escutar o nome. Então foi *o senhor?*

Instalou-se um clima de "Que coisa curiosa, o mundo não é mesmo pequeno?".

Nos momentos seguintes, cheios de exclamações, todos concordaram que o mundo era mesmo pequeno. Frankie sentiu que estava se saindo bastante bem.

– Talvez tenha sido lá que você me viu antes... em Marchbolt – Roger sugeriu.

– Na verdade eu não estava lá na ocasião do acidente – Frankie retrucou. – Voltei de Londres alguns dias depois. O senhor esteve no inquérito?

– Não. Voltei para Londres na manhã seguinte à tragédia.

– Ele teve uma ideia absurda de comprar uma casa por lá – disse Sylvia.

– Um disparate completo – disse Henry Bassington--ffrench.

– Nem um pouco – Roger retrucou com bom humor.

– Você sabe perfeitamente bem, Roger, que assim que comprasse a casa você sentiria uma vontade irresistível de viajar e partiria para o exterior de novo.

– Ah, um dia eu ainda vou me fixar, Sylvia.

– Quando esse dia chegar, será melhor você se fixar perto de nós – disse Sylvia. – E não em Gales.

Roger riu. Então se voltou para Frankie.

– Alguma descoberta interessante sobre o acidente? Não concluíram que foi um suicídio ou algo assim?

– Não, foi tudo dolorosamente normal, e uns parentes horrorosos apareceram e identificaram o sujeito. Ao que parece, ele estava fazendo uma excursão a pé. Uma grande tristeza, na verdade, porque era um homem incrivelmente bonito. Vocês viram o retrato dele nos jornais?

– Acho que eu vi – Sylvia respondeu de modo vago. – Mas não me lembro.

– Eu tenho um recorte do nosso jornal lá em cima.

Frankie era pura avidez. Subiu correndo as escadas e desceu com o recorte na mão. Entregou-o para Sylvia. Roger se aproximou e olhou por sobre o ombro de Sylvia.

– Não concordam que é um homem bonito? – Frankie perguntou como se fosse uma adolescente.

– É mesmo – disse Sylvia. – Ele é muito parecido com aquele homem, Alan Carstairs, você não acha, Roger? Eu me lembro de ter dito isso na ocasião.

– Aqui se percebe uma forte semelhança – concordou Roger. – Mas na realidade ele não era tão parecido assim, sabe.

– Não podemos nos basear nessas fotografias de jornal, não é mesmo? – Sylvia falou enquanto devolvia o retrato.

Frankie concordou que não se podia.

A conversa mudou para outros assuntos.

Frankie foi se deitar indecisa. Todos pareciam ter reagido com perfeita naturalidade. O golpe da procura de uma casa por parte de Roger não tinha sido nenhum segredo.

A única coisa que ela conseguira obter com êxito era um nome. O nome Alan Carstairs.

Capítulo 14

O dr. Nicholson

Frankie abordou Sylvia na manhã seguinte.

Começou perguntando despreocupadamente:

– Qual era o nome daquele homem que você mencionou ontem à noite? Alan Carstairs, era isso? Tenho certeza de que já ouvi antes esse nome.

– Deve ter ouvido mesmo. Ele é até uma celebridade a seu modo, eu acredito. É canadense... um naturalista, caçador de grandes animais, explorador. Mas não o conheço de verdade. Alguns amigos nossos, os Rivington, trouxeram-no para almoçar aqui certo dia. Um homem muito atraente... alto e bronzeado, com belos olhos azuis.

– Eu estava certa de que já tinha ouvido falar dele.

– Ele nunca tinha vindo à Inglaterra antes, acredito. No ano passado, fez uma excursão pela África com aquele milionário John Savage, aquele que pensou estar com câncer e se matou de modo tão trágico... Carstairs já viajou pelo mundo todo. África Oriental, América do Sul, simplesmente por todos os cantos, eu acredito.

– Deve ser um sujeito muito fascinante, aventureiro – disse Frankie.

– Ah, sem dúvida. Atraente ao extremo.

– Que engraçado ele ser tão parecido com o homem que caiu do penhasco em Marchbolt – disse Frankie.

– Eu me pergunto se todo mundo tem um sósia.

As duas compararam exemplos, citando Adolf Beck e referindo ligeiramente o filme *The Lyons Mail*. Frankie teve o cuidado de não fazer referências adicionais a Alan

Carstairs. Demonstrar um interesse demasiado por ele seria fatal.

Entretanto, sentia no íntimo que agora estava progredindo.

Estava mais do que convencida de que Alan Carstairs tinha sido a vítima da tragédia no penhasco em Marchbolt. Ele preenchia todos os requisitos. Não tinha quaisquer parentes ou amigos íntimos no país, e seu desaparecimento provavelmente não seria percebido por algum tempo. Não seria notada de imediato a falta de um homem que percorria frequentemente a África Oriental e a América do Sul. Além do mais, Frankie notara que, embora Sylvia Bassington-ffrench tivesse comentado sobre a semelhança da reprodução do jornal, sequer por um momento lhe ocorrera que de fato aquele fosse o próprio sujeito.

Essa, pensou Frankie, era uma questão psicológica bastante interessante. Raramente suspeitamos que as pessoas que são "notícia" possam ser pessoas que conhecemos ou vemos com frequência.

Muito bem, então. Alan Carstairs era o morto. O próximo passo era descobrir mais a respeito de Alan Carstairs. Sua ligação com os Bassington-ffrench parecia ter sido das mais superficiais. Alguns amigos o haviam trazido ali muito por acaso. Qual era o nome mesmo? Os Rivington. Frankie guardou o nome na memória para uso futuro.

Aquele era certamente um caminho possível na investigação. Mas seria bom proceder com calma. As indagações a respeito de Alan Carstairs precisavam ser feitas de modo muito discreto.

"Não quero ser envenenada ou levar uma paulada na cabeça", Frankie pensou com uma careta. "Eles não hesitaram nem por um segundo em acabar com Bobby praticamente a troco de nada..."

Seus pensamentos voaram no rumo da frase tantalizante que dera início ao negócio todo.

Evans! Quem era Evans? Onde Evans entrava na história?

"Uma quadrilha de traficantes", Frankie decidiu. Talvez algum parente de Carstairs tivesse sido uma vítima, e ele se determinou a desbaratá-la. Talvez ele tivesse vindo à Inglaterra com esse fim. Evans poderia ter sido um integrante da quadrilha que se aposentara para ir morar em Gales. Carstairs o subornara para denunciar os outros e Evans consentira, e Carstairs foi ao encontro dele, e alguém o seguiu e o matou.

Seria esse alguém Roger Bassington-ffrench? Parecia muito improvável. Os Cayman, por sua vez, eram bem mais condizentes com a imagem que Frankie fazia de uma quadrilha de traficantes de drogas.

Entretanto... a fotografia... Se ao menos houvesse alguma explicação para aquela fotografia...

O dr. Nicholson e sua esposa eram esperados para o jantar naquela noite. Frankie estava terminando de se vestir quando ouviu o carro dos visitantes se aproximando na entrada da casa. Sua janela dava para o lado da frente, e ela olhou para fora.

Um homem alto acabara de descer do assento do motorista de um Talbot azul-escuro.

Frankie recuou a cabeça para dentro, pensativa.

Carstairs era canadense. O dr. Nicholson era canadense. E o dr. Nicholson tinha um Talbot azul-escuro.

Era um absurdo firmar uma hipótese com base nisso, mas não seria levemente sugestivo?

O dr. Nicholson era um homem grandalhão com uma postura que sugeria grandes reservas de força. Sua fala era lenta, de um modo geral mal falava, mas ele dava um jeito, de alguma forma, de fazer com que cada palavra soasse significativa. Usava lentes grossas, e por trás delas os olhos de um azul muito claro cintilavam reflexivamente.

Sua esposa era uma criaturinha com talvez 27 anos, bonita, realmente linda. Parecia, Frankie pensou, ligeiramente nervosa, conversando de forma um tanto frenética como se quisesse esconder esse fato.

– Eu soube que a senhorita sofreu um acidente, Lady Frances – o dr. Nicholson falou enquanto sentava-se a seu lado à mesa do jantar.

Frankie explicou a catástrofe. Perguntou a si mesma que motivo tinha para se sentir tão nervosa enquanto lhe respondia. A postura do médico era interessada e normal. Que motivo ela tinha para sentir como se estivesse ensaiando uma defesa para uma acusação que sequer tinha sido feita? Haveria alguma razão no mundo para que o médico não acreditasse em seu acidente?

– Que lástima – ele disse ao terminar de ouvi-la, tendo, talvez, ouvido uma história mais detalhada do que o que parecia ser rigorosamente necessário. – Mas a senhorita parece ter se recuperado muito bem.

– Não vamos admitir que ela já esteja curada. Queremos mantê-la conosco – disse Sylvia.

O olhar do médico se deslocou para Sylvia. Algo semelhante a um débil sorriso passou por seus lábios, mas desapareceu quase no mesmo instante.

– Eu a manteria por aqui pelo maior tempo possível – ele falou com voz grave.

Frankie estava sentada entre seu anfitrião e o dr. Nicholson. Henry Bassington-ffrench mostrava-se decididamente num dia ruim. Suas mãos se contorciam, ele não comia quase nada e não tomava parte na conversa.

A sra. Nicholson, na frente, não soube como lidar com a situação e se voltou para Roger com evidente alívio. Ficou falando com ele de uma maneira inconstante, mas Frankie notou que seus olhos nunca se afastavam por muito tempo do rosto do marido.

O dr. Nicholson falava sobre a vida no campo.

– A senhorita sabe o que é uma cultura, Lady Frances?

– O senhor está se referindo ao aprendizado dos livros? – Frankie perguntou, um tanto perplexa.

– Não, não. Eu estava me referindo a germes. Eles se desenvolvem, sabe, num soro especialmente preparado. O campo, Lady Frances, é um pouco semelhante. Há tempo e espaço e ócio infinito... condições adequadas, perceba, para o desenvolvimento de uma cultura.

– O senhor está se referindo a coisas ruins? – Frankie perguntou, perplexa.

– Depende, Lady Frances, do tipo de germe cultivado.

"Que conversa idiota", Frankie pensou, "e não sei por que isso me dá um calafrio, mas dá!"

Ela falou com petulância:

– Então creio que estou desenvolvendo todos os tipos de qualidades sinistras.

O dr. Nicholson olhou para ela e disse com tranquilidade:

– Ah, não, acredito que não, Lady Frances. Creio que a senhorita estaria sempre ao lado da lei e da ordem.

Será que houvera uma suave ênfase na palavra *lei*?

De súbito, do outro lado da mesa, a sra. Nicholson disse:

– O meu marido se orgulha de ser um bom avaliador de personalidade.

O dr. Nicholson assentiu de leve com a cabeça.

— Isso mesmo, Moira. As pequenas coisas me interessam.

Ele se voltou para Frankie de novo:

— Eu já ouvira falar do seu acidente, sabe... Fiquei muito intrigado com uma circunstância.

— Sim? — Frankie retrucou, seu coração batendo com força.

— O médico que estava passando... aquele que a trouxe para dentro de casa.

— Sim?

— Ele decerto tem uma personalidade curiosa... para ter dado meia-volta antes de sair para socorrer a senhorita.

— Não entendo.

— Claro que não entende. A senhorita estava inconsciente. Mas Reeves, o rapazinho mensageiro, vinha de Staverley com sua bicicleta, e nenhum carro passou por ele. No entanto, ele fez a curva e viu o desastre, mas o carro do médico estava voltado na mesma direção em que ele seguia... para Londres. A senhorita percebe? O médico não veio da direção de Staverley, de modo que só pode ter vindo do outro sentido, descendo a colina. Mas, nesse caso, seu carro devia estar apontando para Staverley. Só que não estava. Portanto, ele deve ter dado meia-volta.

— A menos que tivesse vindo de Staverley algum tempo antes — disse Frankie.

— Aí o carro dele já devia estar ali parado quando a senhorita desceu a colina. Estava?

Os olhos azul-claros a observavam com grande atenção através das lentes grossas.

— Eu não me lembro — Frankie respondeu. — Acho que não.

– Você está parecendo um detetive, Jasper – disse a sra. Nicholson. – E tudo isso por causa de uma insignificância.

– As coisas pequenas me interessam – Nicholson falou.

Ele se virou para sua anfitriã, e Frankie respirou aliviada.

Por que ele a constrangera daquela maneira? De que modo ele conseguira descobrir tudo aquilo sobre o acidente? "As coisas pequenas me interessam", ele dissera. Será que era só isso?

Frankie se lembrou do Talbot sedã azul-escuro e do fato de que Carstairs era canadense. Pareceu-lhe que o dr. Nicholson era um homem sinistro.

Ela manteve-se afastada dele depois do jantar, aferrando-se à gentil e frágil sra. Nicholson. Notou que os olhos da sra. Nicholson ainda observavam o tempo todo seu marido. Seria amor, Frankie perguntou, ou medo?

Nicholson dedicou-se a Sylvia, e, às dez e meia, respondeu aos olhares da esposa. Os dois se levantaram para sair.

– Bem – disse Roger, depois que eles haviam saído – o que achou do nosso dr. Nicholson? Uma personalidade muito vigorosa, não é mesmo?

– Concordo com Sylvia – disse Frankie. – Acho que não gosto muito dele. Gosto mais dela.

– Bonita, mas um tanto tolinha – Roger retrucou. – Ou ela o venera ou então morre de medo dele... não sei qual das duas coisas.

– Foi justamente a dúvida que eu tive – Frankie concordou.

– Não gosto dele – disse Sylvia –, mas devo admitir que ele tem muita... *força*. Acredito que já curou drogados de um jeito magnífico. Pessoas cujos parentes estavam no auge do desespero. Entraram lá em sua última esperança e saíram absolutamente curadas.

– Sim! – Henry Bassington-ffrench exclamou de repente. – E por acaso vocês sabem o que acontece lá dentro? Têm alguma ideia do sofrimento medonho, do tormento mental? Eles pegam um homem que está habituado a uma droga e o privam dela... eles o privam dela... até que ele enlouquece de fúria por causa da abstinência e tenta estourar a cabeça na parede. Isso é o que ele faz... o seu "vigoroso" doutor tortura as pessoas... tortura... faz da vida delas um inferno... enlouquece as pessoas...

Ele tremia violentamente. De súbito, deu as costas e saiu da sala.

Sylvia Bassington-ffrench exibia uma expressão sobressaltada.

– Qual é o problema com Henry? – ela perguntou, perplexa. – Parece estar transtornado.

Frankie e Roger não ousavam olhar um para o outro.

– Ele não parecia bem desde o início da noite – Frankie arriscou.

– É verdade, eu notei. Ele está passando por uma fase bem ruim. Eu gostaria que ele não tivesse abandonado a equitação. Ah, aliás, o dr. Nicholson convidou Tommy para ficar com eles amanhã, mas não gosto muito que ele fique lá... não com todos aqueles doentes dos nervos e drogados.

– Não creio que o doutor fosse lhe permitir entrar em contato com os pacientes – disse Roger. – Ele parece gostar muito de crianças.

– Sim, acho que é uma grande frustração ele não ter filhos. Provavelmente para ela também. Ela parece muito triste... e terrivelmente delicada.

– Ela é como uma Madona triste – Frankie falou.

– Sim, essa é uma ótima descrição dela.

– Se o dr. Nicholson gosta tanto de crianças, ele deve ter vindo à festa infantil, não? – Frankie perguntou despreocupadamente.

– Infelizmente, ele esteve fora por um ou dois dias bem naquela ocasião. Acho que precisou ir a Londres para uma conferência.

– Ah.

Todos foram para seus quartos. Antes de se deitar, Frankie escreveu para Bobby.

Capítulo 15

Uma descoberta

Bobby havia enfrentado dias maçantes. Sua inatividade forçada lhe causava uma exasperação extrema. Estava detestando ficar quieto em Londres sem fazer nada.

George Arbuthnot telefonara para lhe contar, de modo bastante lacônico, que tudo correra bem. Dois dias mais tarde, recebera uma carta de Frankie através da criada desta, com a carta tendo sido enviada disfarçadamente para ela na casa de Lord Marchington em Londres.

Desde então, não tivera mais notícias.

– Uma carta para você – Badger anunciou.

Bobby correu ao encontro dele, animado, mas a carta estava endereçada com a caligrafia de seu pai e tinha o carimbo de Marchbolt.

Naquele momento, no entanto, ele avistou a silhueta da criada de Frankie, elegantemente vestida de preto, descendo pelo beco. Cinco minutos depois ele rasgava o envelope da segunda carta de Frankie.

> *Querido Bobby* (escrevia Frankie), *acho que já está na hora de você vir para cá. Deixei instruções em casa para lhe entregarem o Bentley quando você pedir. Arranje uma libré de motorista – as nossas são sempre num verde-escuro. Coloque na conta do meu pai na Harrods. Tente se concentrar bem na tarefa do bigode. Um bigode faz uma diferença enorme no rosto de qualquer um.*
>
> *Venha para cá e pergunte por mim. Você pode me trazer um pretenso bilhete do meu pai. Informe que*

o carro já está funcionando de novo. A garagem aqui só tem espaço para dois automóveis, e, como está ocupada pelo Daimler da família e pelo carro esportivo de Roger Bassington-ffrench, felizmente está cheia, de modo que você terá de ficar em Staverley.
Enquanto estiver lá, tente obter a maior quantidade possível de informações locais – particularmente sobre um certo dr. Nicholson que dirige uma clínica para viciados em drogas. Diversas circunstâncias suspeitas a respeito dele – o sujeito tem um sedã Talbot azul-escuro, estava fora de casa no dia 16, quando a sua cerveja foi adulterada, e demonstra um interesse absolutamente minucioso pelas circunstâncias do meu acidente.
Acho que identifiquei o cadáver!!!
Au revoir, meu companheiro detetive.

Lembranças carinhosas da sua
plenamente contundida
FRANKIE.

P.S. Eu mesma enviarei esta carta.

O estado de espírito de Bobby se elevou ao máximo.

Tirando seu macacão e comunicando para Badger a notícia de sua partida imediata, ele já estava prestes a sair correndo quando se lembrou de que não abrira ainda a carta do pai. Abriu o envelope com um entusiasmo bastante moderado, visto que as cartas do vigário eram movidas por um espírito mais de dever do que de prazer, exalando uma atmosfera de clemência cristã que era altamente deprimente.

O vigário transmitia conscienciosas notícias dos acontecimentos em Marchbolt, descrevendo seus próprios problemas com o organista e comentando sobre a falta de espírito cristão de um dos sacristães. A nova encadernação dos hinários também foi mencionada. E o vigário esperava que Bobby estivesse se dedicando ao trabalho varonilmente, tentando fazer o bem, e mantinha-se sempre seu muito afetuoso pai.

Havia um pós-escrito:

Aliás, alguém apareceu para pedir o seu endereço em Londres. Eu não estava em casa na ocasião, e ele não deixou o nome. A sra. Roberts o descreve como um homem alto de ombros caídos e pincenê. Pareceu lamentar muito não encontrá-lo e muito ansioso por vê-lo de novo.

Um homem alto de ombros caídos e pincenê. Bobby vasculhou sua memória em busca de alguém dos seus conhecidos que pudesse se encaixar nessa descrição, mas não conseguiu pensar em ninguém.

De súbito, uma suspeita instantânea lampejou em sua mente. Seria esse o prenúncio de um novo atentado contra sua vida? Estariam seus misteriosos inimigos, ou seu misterioso inimigo, tentando localizá-lo?

Ele se sentou e começou a refletir seriamente. O inimigo, quem quer que fosse, acabara de descobrir que ele havia deixado sua residência. Sem suspeitar de nada, a sra. Roberts entregara seu novo endereço.

De modo que ele, quem quer que fosse, já devia estar de vigia nas redondezas. Se Bobby saísse, seria seguido – e, na presente situação, isso seria péssimo.

– Badger – Bobby falou.

– Diga, meu velho.

– Venha aqui.

Os cinco minutos seguintes foram empregados num trabalho verdadeiramente pesado. Ao final de dez minutos, Badger conseguia repetir suas instruções de cor.

Quando Badger já estava com todas as palavras na ponta da língua, Bobby entrou num Fiat esportivo de 1902 e desceu o beco a toda velocidade. Estacionou o Fiat na St. James's Square e caminhou direto para o seu clube. Ali, fez alguns telefonemas, e duas horas depois recebeu alguns embrulhos. Afinal, por volta das três e meia da tarde, um chofer de libré verde-escura veio caminhando até St. James's Square e se dirigiu rapidamente para um grande Bentley que tinha sido estacionado ali cerca de meia hora antes. O fiscal do estacionamento lhe fez um aceno com a cabeça – o cavalheiro que deixara o carro havia comentado, gaguejando ligeiramente, que seu chofer viria buscá-lo dentro em pouco.

Bobby soltou a embreagem e arrancou com suavidade. O Fiat abandonado continuava recatadamente esperando seu dono. Bobby, apesar do intenso desconforto em seu lábio superior, começou a se divertir. Seguiu na direção norte, não na sul, e logo a possante máquina já estava avançando pela Great North Road.

Tratava-se somente de uma precaução extra que ele estava tomando. Tinha quase certeza de que ninguém o seguia. Pouco depois, fez um desvio à esquerda e rumou para Hampshire por várias estradas secundárias.

Foi logo depois do chá que o motor do Bentley se fez ouvir na entrada de Merroway Court, tendo ao volante um chofer empertigado e correto.

– Vejam só – Frankie falou num tom tranquilo –, chegou o carro.

Ela foi até a porta da frente. Sylvia e Roger acompanharam-na.

– Está tudo em ordem, Hawkins?

O chofer tocou seu boné com a mão.

– Sim, milady. Foi feita uma revisão completa.

– Está ótimo, então.

O chofer apresentou um bilhete.

– É de Lord Marchington, milady.

Frankie o pegou.

– Você vai ficar, Hawkins, na... como é o nome mesmo?... Anglers' Arms, em Staverley. Eu telefono de manhã se precisar do carro.

– Pois não, vossa senhoria.

Bobby recuou o carro, deu meia-volta e acelerou rumo à saída.

– Sinto muito que não tenhamos lugar aqui – disse Sylvia. – É um carro adorável.

– Você deve chegar a uma bela velocidade com ele – disse Roger.

– Eu chego – Frankie admitiu.

Ela estava satisfeita: não se manifestara o menor tremor de reconhecimento no rosto de Roger. E teria ficado surpresa se isso tivesse ocorrido. Nem mesmo ela reconheceria Bobby se o encontrasse casualmente. O pequeno bigode tinha um aspecto bem natural, e isso, somado à postura formal tão pouco característica de Bobby, completava o disfarce realçado pela libré de motorista.

A voz também se mostrara magnífica, muito diferente da voz de Bobby. Frankie começou a pensar que Bobby era bem mais talentoso do que havia julgado até então.

Enquanto isso, Bobby obtivera com êxito seu alojamento na Anglers' Arms.

Era missão dele, agora, representar o papel de Edward Hawkins, chofer de Lady Frances Derwent.

Em relação ao comportamento dos motoristas particulares na vida privada, Bobby não tinha noção nenhuma, mas imaginou que certa altivez não seria uma característica desproposital. Ele tentou se sentir uma criatura superior e agir de acordo. A reação admirada de várias jovens empregadas na Anglers' Arms teve um efeito distintamente incentivador, e ele logo descobriu que Frankie e seu acidente haviam fornecido o principal tópico de conversação em Staverley desde então. Bobby relaxou diante do proprietário, um homem robusto e cordial chamado Thomas Askew, e deixou escapar algumas informações.

– O jovem Reeves passou por lá e viu como aconteceu – declarou o sr. Askew.

Bobby abençoou a falsidade natural dos jovens. Agora o famoso acidente era validado por uma testemunha ocular.

– Ele pensou que sua hora tinha chegado – prosseguiu o sr. Askew. – O carro veio descendo a colina direto pra cima dele... e aí pegou o muro em vez dele. Um espanto aquela jovem dama não ter morrido.

– Sua senhoria tem sete vidas – disse Bobby.

– Ela já teve muitos acidentes?

– Teve sorte – disse Bobby. – Mas eu lhe garanto, sr. Askew, que toda vez que sua senhoria decide assumir o volante no meu lugar, como às vezes ela faz... bem, me dá a certeza de que a minha hora chegou.

Diversas pessoas presentes balançaram a cabeça de modo sensato e disseram que não se admiravam e que era justamente o que teriam pensado.

– Muito agradável este seu estabelecimento, sr. Askew – Bobby falou com gentileza e condescendência. – Muito agradável e aconchegante.

O sr. Askew exprimiu sua satisfação.

– Merroway Court é a única grande propriedade nas vizinhanças?

– Bem, nós temos a granja, sr. Hawkins. Não que dê pra chamar de propriedade exatamente. Não tem nenhuma família morando lá. Não, ela esteve vazia por anos até que o doutor americano ficou com ela.

– Um doutor americano?

– Isso mesmo... Nicholson é o nome dele. E se o senhor quiser saber mesmo, sr. Hawkins, tem umas coisas muito esquisitas acontecendo lá.

Nesse momento a garçonete comentou que o dr. Nicholson lhe dava arrepios, dava sim.

– Acontecendo, sr. Askew? – Bobby repetiu. – O que o senhor quer dizer com "acontecendo"?

O sr. Askew sacudiu a cabeça, lúgubre.

– Tem gente lá que não quer estar lá. São internados pelos parentes. Eu lhe garanto, sr. Hawkins, os gemidos, os berros e as lamúrias que dá pra ouvir de lá o senhor nem seria capaz de acreditar.

– Por que a polícia não interfere?

– Ah, veja bem, a impressão é que está tudo dentro da normalidade. Doentes dos nervos e assim por diante. Doidos que não são tão doidos assim. O diretor é médico e está tudo dentro da normalidade, por assim dizer...

Aqui o estalajadeiro afundou o rosto atrás de um caneco de cerveja e emergiu outra vez para balançar a cabeça como quem enfrenta sérias dúvidas.

– Ah! – Bobby exclamou num tom sombrio e significativo. – Se a gente soubesse tudo que se passa nesses lugares...

E se dedicou também a um caneco de estanho.

A garçonete se intrometeu com avidez:

– Isso é o que eu sempre digo, sr. Hawkins. O que é que acontece por lá? Ora, uma noite dessas uma pobre criaturinha fugiu... só de camisola ela estava... e o médico e algumas enfermeiras saíram atrás dela. "Ah, não deixem que eles me levem de volta!", foi o que ela ficou gritando. Dava pena. E que ela era riquíssima e que os parentes tinham internado ela. Mas levaram a coitada de volta e o médico explicou que ela tinha uma mania de perseguição... foi assim que ele chamou. Meio que imaginando que todo mundo estava contra ela. Mas muitas vezes eu me perguntei... sim, muitas vezes eu me perguntei...

– Ah! – exclamou o sr. Askew. – É bem fácil dizer...

Alguém presente explicou que não havia como saber o que se passava em lugares como aquele. E outra pessoa falou que era isso mesmo.

Por fim a reunião se desfez, e Bobby anunciou sua intenção de sair para uma caminhada antes de se deitar.

A granja ficava, ele sabia, do outro lado do vilarejo em relação a Merroway Court, de modo que ele encaminhou seus passos para essa direção. O que ouvira naquela noite lhe parecia digno de atenção. Muito daquilo podia ser descartado, é claro. Os vilarejos costumam ter preconceitos contra recém-chegados, e ainda mais se o recém-chegado tiver uma nacionalidade diferente. Se Nicholson administrava uma clínica para curar drogados, segundo todas as probabilidades sons estranhos seriam ouvidos nas redondezas – gemidos e até mesmo berros poderiam ser percebidos sem qualquer razão sinistra para eles, mas, mesmo assim, a história da jovem fugitiva causava uma impressão desagradável em Bobby.

E se a granja fosse realmente um lugar onde as pessoas eram mantidas a contragosto? Alguns casos genuínos poderiam ser admitidos como camuflagem.

Nesse ponto de suas meditações, Bobby chegou a um muro alto com um portão de ferro forjado na entrada. Ele se aproximou e tentou abrir um dos lados do portão. Estava trancado. Ora, afinal de contas, por que não?

No entanto, de alguma forma, o toque daquele portão trancado lhe transmitiu uma sensação levemente sinistra. O lugar era como uma prisão.

Bobby avançou um pouco mais pela estrada, medindo o muro com os olhos. Seria possível escalá-lo? O muro era liso e alto, não apresentava quaisquer fendas de sustentação. Ele balançou a cabeça. De súbito, topou com uma portinha. Sem maiores esperanças, tentou abri-la. Para sua surpresa, a porta cedeu. Não estava trancada.

"Um pequeno descuido aqui", Bobby pensou com um sorriso forçado.

Ele se enfiou pela abertura, fechando a porta com suavidade atrás de si.

Viu-se numa trilha que seguia por entre arbustos. Avançou por ela, que serpenteava bastante – com efeito, a trilha o fazia lembrar o caminho de *Alice através do espelho*.

De repente, sem o menor aviso, a trilha fazia uma curva brusca e emergia num espaço aberto nas proximidades da casa. A noite estava enluarada, e o espaço estava iluminado com clareza. Quando deu por si, Bobby já se viu totalmente exposto pela luz do luar.

Ao mesmo tempo, um vulto de mulher contornou o canto da casa. Ela dava passos muito suaves, olhando para os dois lados com – ou assim pareceu ao espectador Bobby – a prontidão alerta e nervosa de um animal acossado. De súbito ela estacou e esperou, oscilando como se fosse desabar.

Bobby correu ao seu encontro e a segurou. Os lábios da mulher estavam brancos, e o jovem sentiu que nunca vira um medo tão tenebroso em um semblante humano.

– Está tudo bem – ele disse, tranquilizador, com uma voz muito baixa. – Está tudo bem.

A jovem, pouco mais do que uma menina, soltou um leve gemido com as pálpebras semicerradas.

– Eu estou tão assustada... – ela murmurou. – Eu sinto um medo terrível.

– O que houve? – Bobby perguntou.

A jovem limitou-se a sacudir a cabeça e repetir com voz fraca:

– Eu estou tão assustada... Eu sinto um medo horrível.

De súbito, um som pareceu chegar aos ouvidos da moça. Ela se empertigou num salto, afastando-se de Bobby. Então se voltou para ele.

– Vá embora daqui – ela disse. – Vá embora o quanto antes.

– Eu quero ajudar você – Bobby falou.

– Quer mesmo?

Ela olhou para Bobby por alguns instantes, um olhar estranho e comovente. Era como se estivesse sondando a alma do rapaz.

Então sacudiu a cabeça.

– Ninguém pode me ajudar.

– Eu posso – disse Bobby. – Eu faria qualquer coisa. Só me diga o que é que a deixa tão assustada.

Ela balançou a cabeça.

– Agora não. Ah, rápido!... eles estão vindo! Você não vai conseguir me ajudar a menos que vá embora neste instante. Agora mesmo... agora mesmo.

Bobby cedeu à urgência da jovem.

Com um sussurrado "Eu estou no Anglers' Arms", mergulhou de volta na trilha. A última imagem que viu dela foi um gesto urgente lhe pedindo que se apressasse.

Subitamente ele ouviu um som de passos mais à frente na trilha. Alguém entrara pela portinha e se aproximava pelo caminho. Bobby mergulhou abruptamente nos arbustos ao lado da trilha.

Ele não se equivocara. Um homem vinha seguindo pela trilha. Passou perto de Bobby, mas estava escuro demais para que o jovem conseguisse ver seu rosto.

Quando o homem já passara, Bobby retomou sua retirada. Sentiu que não conseguiria fazer nada mais naquela noite.

De todo modo, sua mente estava imersa num turbilhão.

Pois ele havia reconhecido a jovem – ele a tinha reconhecido acima de qualquer dúvida possível.

Tratava-se da jovem da fotografia que tão misteriosamente desaparecera.

Capítulo 16

Bobby se torna um advogado

— Sr. Hawkins?

— Sim – disse Bobby, sua voz ligeiramente abafada por um grande bocado de ovos com bacon.

— Telefonema para o senhor.

Bobby bebeu um gole apressado de café, limpou a boca e se levantou. O telefone ficava num pequeno corredor escuro. Ele pegou o receptor.

— Alô – disse a voz de Frankie.

— Alô, Frankie – foi a resposta descuidada de Bobby.

— Aqui é Lady Frances Derwent – disse a voz com frieza. – É Hawkins quem fala?

— Sim, milady.

— Vou precisar do carro às dez horas para me levar até Londres.

— Muito bem, vossa senhoria.

Bobby recolocou o receptor no lugar.

"Quando é que se deve dizer 'milady' e quando se deve dizer 'vossa senhoria'?", ele cogitou. "Eu deveria saber, mas não sei. É o tipo de coisa que pode fazer com que um chofer ou mordomo de verdade me desmascare."

Na outra extremidade, Frankie pendurou o receptor e se virou para Roger Bassington-ffrench.

— É um aborrecimento – ela observou num tom ameno – precisar ir até Londres hoje. Tudo por causa da inquietação do meu pai.

— Mesmo assim – disse Roger –, você estará de volta hoje à noite?

— Sim, claro!

– Eu estava meio que pensando em lhe pedir uma carona até a cidade – Roger retrucou despreocupadamente.

Frankie esperou uma fração de segundo antes dar sua resposta – com aparente prontidão.

– Ora, é claro – ela disse.

– Mas, pensando bem, não acho bom ir hoje – Roger prosseguiu. – Henry está com uma aparência ainda mais esquisita do que a de sempre. Por algum motivo, não gosto muito da ideia de deixar Sylvia sozinha com ele.

– Pois é – disse Frankie.

– Você mesma vai dirigir? – Roger perguntou casualmente enquanto os dois se afastavam do telefone.

– Sim, mas levarei Hawkins. Tenho algumas compras para fazer também, e é um aborrecimento quando eu mesma estou dirigindo... não consigo deixar o carro em lugar nenhum.

– Sim, é claro.

Roger não disse mais nada, mas, quando o carro se aproximou, com Bobby muito formal e correto no volante, ele acompanhou-a na saída pela porta da frente.

– Até logo – disse Frankie.

Naquela circunstância, ela não pensou em estender-lhe uma mão, mas Roger tomou a dela e a segurou por um minuto.

– Você *vai* voltar, não vai? – ele perguntou com uma insistência curiosa.

Frankie riu.

– É claro. O meu "até logo" é só até esta noite.

– Não vá sofrer nenhum outro acidente.

– Se você achar melhor, posso deixar que Hawkins dirija.

Ela se jogou no assento ao lado de Bobby, que tocou seu boné com a mão. O carro se deslocou rumo à saída, com Roger ainda de pé na escada, observando.

– Bobby – disse Frankie –, você acha possível que Roger tenha uma queda por mim?

– Ele tem? – Bobby perguntou.

– Bem, só me passou pela cabeça...

– Você deve conhecer os sintomas muito bem – falou Bobby.

Mas falou distraído. Frankie lhe lançou um rápido olhar.

– Alguma coisa... aconteceu? – ela perguntou.

– Sim, aconteceu. Frankie, eu encontrei o original da fotografia!

– Você está querendo dizer... *a* foto... aquela da qual você tanto falou... aquela que estava no bolso do morto?

– Isso.

– *Bobby!* Eu tenho algumas coisas para lhe contar, mas nada que se compare a isso. Onde você a encontrou?

Bobby torceu a cabeça para trás por sobre o ombro.

– Na casa de repouso do dr. Nicholson.

– Conte tudo.

Cuidadosa e meticulosamente, Bobby descreveu os acontecimentos da noite anterior. Frankie o escutou sem fôlego.

– Então nós *estamos* na pista certa – ela disse. – E o dr. Nicholson *está* envolvido em tudo isso! Eu tenho medo daquele homem.

– Como ele é?

– Ah! Grande, imponente... e fica observando a pessoa. Muito fixamente por trás dos óculos. E você sente que ele sabe tudo sobre você.

– Onde você o conheceu?

– Ele veio jantar.

Frankie descreveu o jantar e a insistência do dr. Nicholson nos detalhes do "acidente".

— Senti que ele suspeitava de algo — Frankie concluiu.

— Certamente é esquisito que ele queira entrar em detalhes desse jeito – disse Bobby. – O que você acha que está por trás de todo esse negócio, Frankie?

— Bem, eu estou começando a pensar que a sua sugestão de uma quadrilha de traficantes, em relação à qual eu fui tão arrogante na ocasião, não é um palpite tão ruim assim afinal de contas.

— Com o dr. Nicholson como chefe da quadrilha?

— Sim. O negócio da casa de repouso seria um belo disfarce para esse tipo de coisa. Ele teria no estabelecimento um certo suprimento de drogas com absoluta legitimidade. Ao passo que finge curar viciados em drogas, ele poderia na verdade estar abastecendo seus pacientes com o troço.

— Isso parece mais do que plausível – Bobby concordou.

— Eu não lhe contei sobre Henry Bassington-ffrench.

Bobby ouviu atentamente uma descrição das idiossincrasias do anfitrião de Frankie.

— A mulher dele não suspeita de nada?

— Tenho certeza de que não suspeita.

— Como ela é? Inteligente?

— Nunca pensei nisso efetivamente. Não, acho que ela não é muito inteligente. No entanto, de certa maneira, ela parece bastante sagaz. Uma mulher franca e agradável.

— E o nosso Bassington-ffrench?

— Esse é um mistério para mim – Frankie falou devagar. – Você não acha, Bobby, que é bem possível que nós estejamos totalmente enganados a respeito dele?

— Absurdo – Bobby retrucou. – Reviramos a questão toda e chegamos à conclusão de que ele só pode ser o vilão da história.

— Por causa da fotografia?

— Por causa da fotografia. Ninguém mais *poderia* ter trocado a fotografia por outra.

— Eu sei – disse Frankie. – Mas esse único incidente é tudo que temos contra ele.

— É o bastante.

— Suponho que sim. No entanto...

— Sim?

— Não sei, mas tenho uma sensação esquisita de que ele é inocente... de que não está envolvido no caso de jeito nenhum.

Bobby olhou para ela com frieza.

— Você tinha dito que ele estava caído por você ou que você estava caída por ele? – perguntou polidamente.

Frankie ficou vermelha.

— Não seja tão absurdo, Bobby. Eu só pensei que podia existir alguma explicação inocente, isso é tudo.

— Eu não vejo como. Especialmente agora que nós de fato encontramos a jovem nas redondezas. Isso parece encerrar a discussão. Se ao menos nós tivéssemos algum indício quanto à identidade do morto...

— Ah, mas eu tenho. Eu lhe contei na minha carta. Tenho quase certeza de que o morto era um sujeito chamado Alan Carstairs.

Ela mergulhou na narrativa outra vez.

— Pois é – disse Bobby –, nós estamos realmente progredindo. Agora precisamos tentar, mais ou menos, reconstituir o crime. Vamos colocar os fatos na mesa e ver que tipo de proveito conseguimos tirar deles.

Ele se calou por um momento e o carro diminuiu de velocidade, como que num sinal de simpatia. Então voltou a pisar no acelerador e falou ao mesmo tempo:

— Primeiro, vamos supor que você está certa em relação a Alan Carstairs. Ele certamente preenche os requisitos. É o tipo certo, levava uma vida errante, tinha bem poucos amigos e conhecidos na Inglaterra, e, caso desaparecesse, provavelmente sua falta não seria sentida, ele não seria procurado. Até aí tudo bem. Alan Carstairs vem para Staverley com os... como você disse que era o nome deles?

– Rivington. Nisso nós temos um caminho possível para investigar. Na verdade, acho que deveríamos partir desse ponto.

– Faremos isso. Muito bem, Carstairs vem para Staverley com os Rivington. Ora, existe algo por trás disso?

– Você está se perguntando se ele os trouxe para cá deliberadamente?

– Isso mesmo. Ou foi só por mero acaso? Será que ele foi trazido para cá pelos Rivington e então topou com a jovem por acaso, como eu topei? Presumo que ele já conhecesse a jovem, caso contrário não teria consigo a foto dela.

– A alternativa seria – falou Frankie, pensativa – ele já estar rastreando Nicholson e sua quadrilha.

– E usou os Rivington como um meio de aparecer naturalmente nesta região.

– É uma teoria bem possível – disse Frankie. – Ele poderia estar na pista dessa quadrilha.

– Ou simplesmente na pista da jovem.

– Da jovem?

– Sim. Ela poderia ter sido raptada. Ele poderia ter vindo à Inglaterra para encontrá-la.

– Bem, só que, se ele a localizou em Staverley, por que iria para Gales?

– Obviamente, ainda resta muita coisa que não sabemos – Bobby retrucou.

– Evans... – disse Frankie, pensativa. – Não conseguimos desencavar nada sobre Evans. O fator Evans deve ter a ver com Gales.

Ambos ficaram em silêncio por alguns instantes. Então Frankie se deu conta da paisagem em volta.

– Minha nossa, nós já estamos em Putney Hill... Parece que se passaram cinco minutos. Para onde nós vamos e o que vamos fazer?

– Diga você. Eu nem mesmo sei por que viemos à cidade.

– A viagem à cidade era só uma desculpa para poder conversar com você. Eu não podia me arriscar a ser vista caminhando pelas vielas de Staverley numa íntima conversação com o meu chofer. Usei a pseudocarta do meu pai como desculpa para ir de carro até Londres e conversar com você no caminho, e até isso quase foi arruinado com o desejo de Bassington-ffrench de me acompanhar.

– Isso teria estragado tudo.

– Na verdade, não teria. Nós o teríamos deixado onde quer que ele pedisse e aí teríamos seguido para Brook Street e conversado lá. Acho melhor fazermos isso, de todo modo. A sua oficina pode estar sendo vigiada.

Bobby concordou e relatou o fato de que haviam perguntado por ele em Marchbolt.

– É melhor optarmos pela residência londrina dos Derwent – disse Frankie. – Não há ninguém lá exceto a minha criada e dois caseiros.

Eles guiaram até a Brook Street. Frankie tocou a campainha e abriram a porta para ela, com Bobby permanecendo do lado de fora. Dentro em pouco, Frankie abriu a porta de novo e o chamou com um gesto. Os dois subiram as escadas até a grande sala de visitas e levantaram algumas das persianas e removeram a capa de um dos sofás.

– Tem outra coisa que eu esqueci de lhe contar – disse Frankie. – No dia 16, o dia em que você foi envenenado, Bassington-ffrench estava em Staverley, mas

Nicholson tinha viajado... estava supostamente numa conferência em Londres. E o carro dele é um Talbot azul-escuro.

– E ele tem acesso à morfina – Bobby falou.

Os dois trocaram olhares significativos.

– Não é exatamente uma prova, eu acho – disse Bobby –, mas se encaixa muito bem.

Frankie foi até uma mesinha e voltou com uma lista telefônica.

– O que você vai fazer?

– Procurar o nome Rivington.

Ela virou as páginas com agilidade.

– A. Rivington & Filhos, Construtores. B.A.C. Rivington, cirurgião dentista. D. Rivington, Shooters Hill, acho que não. Srta. Florence Rivington. Cel. H. Rivington, D.S.O., esse tem mais jeito de ser, Tite Street, Chelsea.

Ela continuou sua procura.

– Tem um M. R. Rivington, Onslow Square. Esse é uma possibilidade. E tem um William Rivington em Hampstead. Acho que Onslow Square e Tite Street são os mais prováveis. Precisamos falar com os Rivington sem demora, Bobby.

– Acho que você está certa. Mas o que é que nós vamos dizer? Invente uma boa mentira, Frankie. Não sou muito bom nesse tipo de coisa.

Frankie refletiu por alguns instantes.

– Eu creio – ela disse – que você vai ter que participar. Você acha que consegue representar o sócio minoritário de uma firma de advocacia?

– Esse parece ser um papel bem cavalheiresco – Bobby retrucou. – Eu estava com medo de que você inventasse algo bem pior do que isso. Mesmo assim, você não concorda que é um pouco despropositado?

– Como assim?

— Bem, os advogados não costumam fazer visitas pessoais, costumam? Certamente eles sempre escrevem e cobram por cada carta, ou então escrevem pedindo que a pessoa marque uma hora no escritório.

— Esta específica firma de advocacia não é convencional — disse Frankie. — Espere um pouco.

Ela saiu da sala e voltou com um cartão.

— *"Sr. Frederick Spragge"* — ela disse, entregando-o para Bobby. — Você é um jovem membro da firma Spragge, Spragge, Jenkinson e Spragge, de Bloomsbury Square.

— Você inventou essa firma, Frankie?

— Por certo que não. São os advogados do meu pai.

— E se eles acabarem me desmascarando?

— Não há como. Não existe nenhum jovem Spragge. O único Spragge tem uns cem anos, e de qualquer maneira ele come na minha mão. Eu ajeito tudo com ele se algo der errado. Ele é um grande esnobe... adora lordes e duques, por mais ínfimo que seja o dinheiro que lhes arranca.

— E quanto às roupas? Devo ligar para Badger e lhe pedir que me traga algo?

Frankie pareceu ficar em dúvida.

— Não quero insultá-lo pelas suas roupas, Bobby — ela disse —, ou esfregar a sua pobreza na sua cara, nada disso. Mas será que elas vão transmitir uma imagem convincente? Eu acho, pessoalmente, que deveríamos atacar o roupeiro do meu pai. As roupas dele não vão cair mal em você.

Quinze minutos depois, Bobby, trajando um fraque com calças listradas — conjunto de corte requintadamente impecável que lhe assentava de modo passável —, examinava-se perante o espelho do aparador de Lord Marchington.

— O seu pai se sai muito bem na escolha das roupas — ele comentou graciosamente. — Com o poder de

Savile Row sobre mim, sinto um enorme crescimento da minha autoconfiança.

– Creio que você terá que manter o bigode – disse Frankie.

– O bigode está grudado em mim – Bobby retrucou. – É uma obra de arte que não poderia ser recriada às pressas.

– Melhor mantê-lo, então. Se bem que um rosto barbeado dá uma aparência mais jurídica.

– É melhor do que uma barba – Bobby falou. – Pois bem, Frankie, será que seu pai poderia me emprestar um chapéu?

Capítulo 17

A sra. Rivington fala

— E se – Bobby falou, parando no vão da porta – o próprio sr. M.R. Rivington de Onslow Square for também um advogado? Esse seria um golpe duro.

— Melhor tentar o coronel da Tite Street primeiro – Frankie disse. – Ele não vai saber nada sobre advogados.

Sendo assim, Bobby pegou um táxi para Tite Street. O coronel Rivington não estava. A sra. Rivington, no entanto, estava em casa. Bobby entregou à elegante criada seu cartão, no qual escrevera: *"Da parte dos srs. Spragge, Spragge, Jenkinson & Spragge. Muito urgente"*.

O cartão e as roupas de Lord Marchington provocaram a impressão esperada na criada. Nem por um segundo ela suspeitou de que Bobby tivesse aparecido para vender miniaturas ou arrebanhar clientes para seguradoras. O jovem foi conduzido a uma bela sala de visitas, luxuosamente mobiliada, e pouco depois a sra. Rivington – bela e luxuosamente vestida e maquiada – entrou no aposento.

— Preciso lhe pedir desculpas pelo incômodo, sra. Rivington – disse Bobby. – Mas o assunto era um tanto urgente, e desejávamos evitar a demora do correio.

Que qualquer advogado desejasse evitar uma demora parecia ser algo tão nitidamente impossível, que Bobby especulou ansiosamente, por um momento, se a sra. Rivington perceberia a farsa.

A sra. Rivington, no entanto, era obviamente uma mulher mais dotada de beleza do que de inteligência, e aceitava os fatos como lhe eram apresentados.

— Ah, sente-se, por favor! — ela pediu. — Recebi agora mesmo um telefonema do seu escritório informando que o senhor estava a caminho.

Bobby aplaudiu mentalmente o lampejo brilhante que havia ocorrido a Frankie em cima da hora. Ele se sentou e tentou assumir um ar jurídico.

— Trata-se do sr. Alan Carstairs, nosso cliente — ele declarou.

— Ah, sim?

— Talvez ele tenha mencionado que somos seus representantes.

— Será que mencionou? Creio que sim — disse a sra. Rivington, arregalando os enormes olhos azuis; ela era claramente de um tipo sugestionável. — Mas, é claro, já ouvi falar nos senhores. Os senhores representaram Molly Maltravers quando ela atirou naquele costureiro tenebroso, não é mesmo? O senhor decerto sabe de todos os detalhes, não?

Ela o encarou com franca curiosidade. Bobby teve a impressão de que a sra. Rivington seria presa fácil.

— Sabemos de muitos detalhes que nunca chegam ao tribunal — ele falou sorrindo.

— Ah, devem saber mesmo — a sra. Rivington olhou para o jovem com inveja. — Diga-me, por acaso ela realmente... quero dizer, ela estava vestida como aquela mulher falou?

— Essa história foi desmentida no tribunal — Bobby afirmou num tom solene.

Ele baixou ligeiramente o canto de uma pálpebra.

— Ah, eu entendo — arquejou a sra. Rivington, maravilhada.

— Quanto ao sr. Carstairs — disse Bobby, sentindo que já estabelecera relações amigáveis e que podia dar prosseguimento à missão –, ele deixou a Inglaterra subitamente, como talvez a senhora saiba.

A sra. Rivington balançou a cabeça.

– Ele deixou a Inglaterra? Eu não sabia. Faz algum tempo que não o vemos.

– Ele lhes contou por quanto tempo esperava ficar aqui?

– Ele disse que poderia ficar aqui por uma ou duas semanas, ou poderiam ser seis meses ou um ano.

– Onde ele estava hospedado?

– No Savoy.

– E a senhora o viu pela última vez... quando?

– Ah, faz umas três semanas, ou um mês. Não consigo recordar.

– E o levaram para Staverley um dia?

– É claro! Foi a última vez, acredito, que nós o vimos. Ele ligou para saber quando poderia nos ver. Acabara de chegar a Londres. E Hubert ficou desolado porque nós faríamos uma viagem à Escócia no dia seguinte, e estávamos indo a Staverley para almoçar e jantar com umas pessoas tenebrosas das quais não conseguíamos nos livrar, e ele queria ver Carstairs porque gostava muito dele, e assim eu disse: "Querido, vamos levá-lo à casa dos Bassington-ffrench conosco. Eles não vão se importar". E foi o que nós fizemos. E, é claro, eles não se importaram.

Ela se calou, ofegante.

– Ele lhes contou seus motivos para estar na Inglaterra? – Bobby perguntou.

– Não. Ele tinha algum motivo? Ah, sim, já sei. Nós achamos que era algo a ver com aquele milionário, aquele amigo dele que teve uma morte tão trágica. Um médico lhe disse que ele tinha câncer e ele se matou. É uma tremenda maldade um médico fazer uma coisa dessas, o senhor não concorda? E muitas vezes eles estão totalmente enganados. O nosso médico falou outro dia que a minha filhinha estava com sarampo, e no fim das contas era uma espécie de brotoeja. Eu falei a Hubert que por mim eu trocava de médico.

Ignorando o fato de que a sra. Rivington tratava os médicos como se fossem livros de biblioteca, Bobby voltou ao ponto em questão.

– O sr. Carstairs conhecia os Bassington-ffrench?

– Ah, não! Mas acho que gostou deles. Embora tenha se mostrado muito esquisito e sorumbático no caminho de volta. Suponho que alguém havia dito algo que o deixou perturbado. Ele é canadense, sabe, e muitas vezes me parece que os canadenses são tão suscetíveis...

– A senhora não sabe o que foi que o perturbou?

– Não faço a menor ideia. As coisas mais tolas às vezes nos perturbam, não é mesmo?

– Ele deu alguma caminhada pelas redondezas? – Bobby perguntou.

– Ah, não! Mas que ideia estranha! – ela o encarou fixamente.

Bobby tentou de novo:

– Houve alguma festa? Ele conheceu algum dos vizinhos?

– Não, éramos só nós e eles. Mas é esquisito que o senhor diga que...

– Sim? – Bobby a encorajou enquanto ela fazia uma pausa.

– Porque ele fez uma quantidade incrível de perguntas a respeito de um pessoal que morava lá perto.

– A senhora se lembra do nome?

– Não, não me lembro. Não era ninguém muito interessante... um médico qualquer.

– Dr. Nicholson?

– Acho que era esse o nome. Ele queria saber tudo a respeito dele e da esposa, quando haviam chegado lá... as mais diversas coisas. Parecia tão esquisito, já que ele não os conhecia e, via de regra, ele não era um homem nem um pouco curioso. Mas, é claro, talvez ele só estivesse puxando conversa, sem conseguir pensar em nada para dizer. Todo mundo age assim de vez em quando.

Bobby concordou que todo mundo agia assim, e perguntou de que maneira o assunto dos Nicholson havia surgido, mas a sra. Rivington não foi capaz de lhe responder. Ela saíra para o jardim com Henry Bassington-ffrench e, ao entrar, encontrara os outros falando sobre os Nicholson.

Até ali a conversa avançara sem dificuldade, Bobby interrogava a dama sem qualquer camuflagem, mas então ela manifestou uma repentina curiosidade.

– Mas o que é que o senhor quer saber sobre o sr. Carstairs? – ela perguntou.

– Na verdade, preciso do endereço dele – Bobby explicou. – Como a senhora sabe, somos seus representantes e acabamos de receber um telegrama bem importante de Nova York... a senhora deve saber, houve há pouco uma violenta flutuação no valor do dólar...

A sra. Rivington assentiu com afoita compreensão.

– E por isso – Bobby continuou com rapidez – queríamos entrar em contato com ele... para obter instruções... e ele não deixou nenhum endereço... e, por tê-lo ouvido mencionar que era amigo dos Rivington, julguei ser possível que vocês tivessem notícia dele.

– Ah, eu entendo – disse a sra. Rivington, totalmente satisfeita. – Que pena. Mas ele sempre parece um tanto vago, eu diria.

– Ah, sem dúvida, muito vago – Bobby retrucou. – Bem – ele se levantou –, eu lhe peço desculpas por tomar tanto do seu tempo.

– Ah, de modo algum – disse a sra. Rivington. – E é tão interessante saber que Dolly Maltravers realmente estava... como o senhor disse que ela estava.

– Eu não disse nada em absoluto – Bobby falou.

– Sim, mas é que os advogados são tão discretos, não são? – disse a sra. Rivington com uma risadinha gorgolejante.

"Então está ótimo", Bobby pensou enquanto ia descendo a Tite Street. "Ao que parece, acabei de vez com a reputação de Dolly Não-sei-quem, mas ouso dizer que ela merece, e aquela mulher encantadora e idiota nunca vai se perguntar por que raios eu, precisando do endereço de Carstairs, não optei por simplesmente ligar para pedi-lo!"

Tendo voltado à Brook Street, ele e Frankie discutiram o assunto sob todos os ângulos.

– Parece que foi realmente um puro acaso que o levou aos Bassington-ffrench – Frankie falou, pensativa.

– Pois é. Mas evidentemente, quando ele estava lá, algum comentário casual direcionou sua atenção para os Nicholson.

– De modo que, na realidade, é Nicholson quem está no centro do mistério, e não os Bassington-ffrench?

Bobby olhou para ela.

– Ainda preocupada em reabilitar o seu herói? – ele indagou com frieza.

– Meu querido, eu só estou salientando as aparências. O que estimulou Carstairs foi a menção a Nicholson e sua clínica. Ele ser levado à casa dos Bassington-ffrench foi pura questão de acaso. Você precisa admitir isso.

– Parece que é isso.

– Por que só "parece"?

– Bem, existe apenas uma outra possibilidade. De alguma forma, Carstairs pode ter descoberto que os Rivington iam almoçar com os Bassington-ffrench. Ele pode ter escutado algum comentário casual num restaurante... no Savoy, talvez. Então liga para eles, precisa vê-los com muita urgência, e o que ele espera que aconteça de fato acontece. Eles estão com uma agenda muito comprometida e sugerem que ele os acompanhe... os amigos não vão se importar e eles querem tanto vê-lo... Isso é possível, Frankie.

– É *possível*, eu acho. Mas parece ser um método bastante tortuoso de se fazer as coisas.

– Não é mais tortuoso do que o seu acidente – disse Bobby.

– O meu acidente foi uma ação vigorosa e objetiva – Frankie falou com frieza.

Bobby tirou as roupas de Lord Marchington e as recolocou onde as encontrara. Então trajou seu uniforme de chofer outra vez e pouco depois os dois já estavam voando de volta para Staverley.

– Se Roger tem uma queda por mim – disse Frankie recatadamente –, ele vai ficar contente por me ver de volta tão cedo. Vai pensar que eu não suporto ficar longe dele por muito tempo.

– Também não sei muito bem se você consegue suportar – Bobby retrucou. – Sempre ouvi dizer que os criminosos realmente perigosos são particularmente atraentes.

– Por algum motivo, não consigo acreditar que ele seja um criminoso.

– Você já comentou isso antes.

– Bem, é o que eu sinto.

– Você não pode descartar a fotografia.

– Que se dane a fotografia! – Frankie exclamou.

Bobby guiou o carro pela entrada em silêncio. Frankie saltou e entrou na casa sem olhar para trás. Bobby se foi com o carro.

A casa parecia estar muito silenciosa. Frankie conferiu de relance o relógio. Eram duas e meia.

"Eles não esperam que eu volte antes de mais algumas horas", ela pensou. "Onde é que estão todos?"

Ela abriu a porta da biblioteca e entrou, parando de repente no limiar.

O dr. Nicholson estava sentado no sofá, segurando ambas as mãos de Sylvia Bassington-ffrench nas suas.

Saltando de pé, Sylvia cruzou o recinto na direção de Frankie.

– Ele estava me contando... – Sylvia falou.

Sua voz se mostrava sufocada. Levou ambas as mãos ao rosto, como se quisesse escondê-lo.

– É terrível demais – ela soluçou, e, passando de raspão por Frankie, saiu correndo do recinto.

O dr. Nicholson se levantara. Frankie avançou um passo ou dois na direção do homem. Os olhos do médico, vigilantes como sempre, encontraram os dela.

– Pobre senhora – ele falou com suavidade. – Foi um grande choque para ela.

Os músculos do canto de sua boca se contorceram. Por alguns instantes, Frankie imaginou que ele estivesse se divertindo. E então, muito subitamente, compreendeu que se tratava de uma emoção bastante diversa.

O homem estava com raiva. Estava se controlando, escondendo sua raiva por trás de uma máscara branda e suave, mas a emoção estava lá. Era o máximo que ele conseguia fazer para reprimir essa emoção.

Houve um momento de silêncio.

– Era melhor que a sra. Bassington-ffrench tomasse conhecimento da verdade – disse o médico. – Quero que ela convença o marido a se entregar aos meus cuidados.

– Receio – Frankie falou gentilmente – ter interrompido o senhor – e fez uma pausa. – Voltei mais cedo do que pretendia.

Capítulo 18

A jovem da fotografia

Tendo retornado, Bobby foi cumprimentado na hospedaria com a informação de que alguém estava esperando por ele.

– É uma dama. O senhor irá encontrá-la na salinha de estar do sr. Askew.

Bobby se encaminhou para lá com ligeira perplexidade. A menos que tivesse asas para voar até ali, Frankie não poderia de modo algum ter chegado ao Anglers' Arms antes dele, e sequer lhe passou pela cabeça que sua visitante pudesse ser qualquer outra pessoa que não Frankie.

Ele abriu a porta do pequeno aposento que o sr. Askew mantinha como sua sala de estar particular. Sentada na mais ereta postura numa poltrona, havia uma esbelta figura vestida de preto – a jovem da fotografia.

Bobby ficou tão atônito que, por alguns instantes, não conseguiu falar. Então percebeu que a jovem estava terrivelmente nervosa. Suas mãos pequenas tremiam, abrindo-se e fechando-se nos braços da poltrona. Parecia nervosa demais para sequer abrir a boca, mas seus olhos grandes transmitiam uma espécie de apelo aterrorizado.

– Então é a senhorita? – Bobby falou afinal.

Ele fechou a porta atrás de si e avançou até a mesa. A jovem continuou calada – continuou olhando para Bobby com aqueles olhos grandes e aterrorizados. Por fim as palavras saíram – um mero sussurro rouco:

– O senhor disse... o senhor disse... que me ajudaria. Talvez eu não devesse ter vindo.

Aqui Bobby interveio, procurando as palavras certas enquanto tentava tranquilizá-la.

– Não deveria ter vindo? Bobagem. A senhorita fez muito bem em vir. É claro que devia ter vindo. E eu farei qualquer coisa... qualquer coisa no mundo... para ajudar a senhorita. Não tenha medo. A senhorita está totalmente segura agora.

A cor assomou um pouco no rosto da jovem. Ela disse abruptamente:

– Quem é o senhor? O senhor... o senhor... não é um chofer. Quero dizer, até pode ser um chofer agora, mas na realidade não é um chofer.

– A gente faz todo tipo de serviço hoje em dia – ele retrucou. – Eu era da Marinha. Para falar a verdade, não sou exatamente um chofer, mas isso não importa agora. Mas, de qualquer modo, eu lhe garanto que a senhorita pode confiar em mim e... e me contar tudo.

O rubor da jovem se aprofundou.

– O senhor deve pensar que eu sou louca – ela murmurou. – Deve pensar que eu sou completamente louca.

– Não, não.

– Sim... por ter vindo aqui desse jeito. Mas eu estava tão assustada... tão absurdamente assustada...

Sua voz se extinguiu. Seus olhos se arregalaram como se enxergassem uma visão de terror.

Bobby pegou sua mão com firmeza.

– Ouça – ele disse –, está tudo bem. Tudo vai ficar bem. Você está segura agora... com... com um amigo. Nada vai lhe acontecer.

Ele sentiu a pressão dos dedos da jovem em resposta.

– Quando você apareceu ao luar naquela noite – ela falou com uma voz baixa e apressada –, foi como um sonho, um sonho de libertação. Eu não sabia quem o senhor era ou de onde vinha, mas aquilo me deu esperança e eu me determinei a vir encontrá-lo... para... lhe contar.

– Ótimo – Bobby a encorajou. – Conte. Conte tudo.

Ela recuou a mão subitamente.

– Se eu contar, o senhor vai pensar que eu sou louca... que eu não bato bem da cabeça por conviver com aquela gente naquele lugar.

– Não, não pensarei. Não pensarei mesmo.

– Vai pensar sim. Isso vai *soar* como loucura.

– Eu saberei que não é. Conte. Por favor, conte.

A jovem se afastou um pouco mais dele, endireitando as costas e olhando fixamente um ponto à frente.

– É só isto – ela disse. – Eu estou com medo de ser assassinada.

Sua voz saía seca e áspera. Ela falava com óbvio autocontrole, mas suas mãos tremiam.

– Assassinada?

– Sim, isso soa como loucura, não? É como... como é que se diz mesmo?... Uma mania de perseguição.

– Não – disse Bobby –, a senhorita não soa nem um pouco louca... só amedrontada. Diga-me, quem quer matá-la, e por quê?

Ela ficou calada por um minuto, torcendo e destorcendo as mãos. Então falou em voz baixa:

– O meu marido.

– Seu marido? – pensamentos turbilhonaram na cabeça de Bobby. – Quem é a senhora? – ele perguntou abruptamente.

Foi a vez da jovem de parecer surpresa.

– O senhor não sabe?

– Não faço a menor ideia.

Ela disse:

– Meu nome é Moira Nicholson. Meu marido é o dr. Nicholson.

– Então a senhora não é uma paciente?

– Uma paciente? Ah, não! – seu rosto se fechou de súbito. – O senhor deve achar que eu falo como uma.

– Não, não, eu não quis dar a entender nada disso – ele se empenhou em tranquilizá-la. – Honestamente, eu não estava pensando isso. Só fiquei surpreso por constatar que a senhora é casada... e... tudo mais. Agora, continue o que estava me contando... sobre o seu marido querer assassiná-la.

– Soa como loucura, eu sei. Mas não é... não é! Vejo isso em seus olhos quando ele olha para mim. E coisas estranhas aconteceram... acidentes.

– Acidentes? – Bobby repetiu bruscamente.

– Sim. Ah! Eu sei que fico parecendo uma histérica, como se eu estivesse inventando tudo...

– Nem um pingo – disse Bobby. – Isso me soa perfeitamente razoável. Prossiga. Fale sobre esses acidentes.

– Foram só acidentes. Ele deu ré no carro sem ver que eu estava lá... pulei para o lado a tempo... e um troço que estava no frasco errado... ah, coisas estúpidas... e coisas sobre as quais ninguém desconfiaria, mas deveria desconfiar... coisas *propositais*. Eu tenho certeza. E isso está me desgastando... ficar sempre vigilante... de sobreaviso... tentando preservar a minha vida.

Ela soluçou convulsivamente.

– Por que o seu marido quer acabar com a senhora? – Bobby perguntou.

Talvez ele não esperasse uma resposta definitiva – mas a resposta veio de pronto:

– Porque ele quer se casar com Sylvia Bassington-ffrench.

– O quê? Mas ela já é casada.

– Eu sei. Mas ele está dando um jeito nisso.

– Como assim?

– Não sei ao certo. Mas sei que ele está tentando internar Henry Bassington-ffrench na granja.

– E então?

– Não sei, mas acho que algo aconteceria.

A jovem estremeceu.

– Ele tem algum poder sobre o sr. Bassington-ffrench. Não sei o que é.

– Bassington-ffrench é viciado em morfina – Bobby falou.

– Então é isso? Jasper deve dar a morfina para ele.

– Ele a recebe pelo correio.

– Talvez Jasper não a entregue diretamente... ele é muito astuto. O sr. Bassington-ffrench pode não saber que vem de Jasper... mas eu estou certa de que vem. E aí Jasper o internaria na granja com o pretexto de curá-lo... e, quando ele estivesse lá...

Ela fez uma pausa e estremeceu.

– As coisas mais diversas acontecem na granja – continuou a jovem. – Coisas esquisitas. As pessoas se internam lá para se curar... só que elas não melhoram... elas pioram.

Enquanto ela falava, Bobby vislumbrou uma atmosfera estranha e malévola. Sentiu algo do terror que marcara por tanto tempo a vida de Moira Nicholson.

Ele falou abruptamente:

– A senhora disse que o seu marido quer se casar com a sra. Bassington-ffrench?

Moira confirmou com a cabeça.

– Ele é doido por ela.

– E ela?

– Não sei – Moira retrucou devagar. – Não consigo chegar a uma conclusão. À primeira vista, parece apegada ao marido e ao filho pequeno, tranquila e contente. Parece ser uma mulher muito simples. Mas às vezes me passa pela cabeça que ela não é tão simples como parece. Com frequência cheguei até mesmo a especular se ela não seria uma mulher completamente diferente daquilo que todos nós pensamos que ela é... se ela não estaria, talvez, desempenhando um papel, e o desempenhando muito bem... Mas na verdade, creio eu, isso é bobagem... uma tola imaginação da minha parte... Quando você vive num lugar como a granja, a sua mente fica distorcida, você vai começando a imaginar coisas.

– E quanto ao irmão, Roger? – Bobby perguntou.

– Não sei muito a respeito dele. Ele é uma boa pessoa, creio eu, mas é o tipo de sujeito bem fácil de enganar. Jasper tem grande controle sobre ele, eu sei. E agora está maquinando para persuadir o sr. Bassington-ffrench a se internar na granja. Ele deve acreditar, aposto, que é tudo ideia dele mesmo – ela se inclinou à frente, de súbito, e segurou a manga de Bobby. – Não o deixe se internar na granja – ela implorou. – Se ele fizer isso, algo terrível vai acontecer. Eu sei que vai.

Bobby ficou em silêncio por alguns momentos, revolvendo em sua mente aquela história espantosa.

– Há quanto tempo a senhora está casada com Nicholson? – ele perguntou afinal.

– Pouco mais de um ano... – ela estremeceu.

– Nunca pensou em abandoná-lo?

– Como poderia? Não tenho para onde ir. Não tenho dinheiro. Se alguém me acolhesse, que espécie de história eu poderia contar? Uma fábula fantástica de que o meu marido queria me assassinar? Quem acreditaria em mim?

– Bem, eu acredito na senhora – disse Bobby.

Ele se calou por um momento, como que pensando na linha de ação mais correta. Então prosseguiu:

– Ouça – falou sem rodeios –, vou lhe fazer uma pergunta objetiva. A senhora conhecia um homem chamado Alan Carstairs?

Ele viu a cor assomar em suas faces.

– Por que o senhor me faz essa pergunta?

– Porque é muito importante que eu saiba. A minha suposição é que a senhora conhecia de fato Alan Carstairs, e que talvez, numa ocasião qualquer, tenha dado para ele uma fotografia sua.

Ela ficou em silêncio por um instante, olhando para baixo. Então levantou a cabeça e o encarou.

– É verdade – ela disse.

– A senhora o conheceu antes de se casar?

– Sim.

– Ele veio aqui visitá-la quando a senhora já estava casada?

Ela hesitou antes de responder:

– Sim, uma vez.

– Isso foi cerca de um mês atrás?

– Sim. Acho que faz um mês.

– Ele sabia que a senhora estava morando aqui?

– Não sei como ele soube... eu não lhe contara. Não escrevi para ele depois do meu casamento.

– Mas ele descobriu e veio aqui para vê-la. O seu marido tomou conhecimento disso?

– Não.

– A senhora acha que não. Mesmo assim, ele poderia ter tomado conhecimento, não?

– Creio que poderia, mas ele nunca disse nada.

– A senhora chegou a mencionar o seu marido na conversa com Carstairs? Falou dos seus temores quanto à sua segurança?

Ela sacudiu a cabeça.

– Eu ainda não tinha começado a suspeitar.

— Mas estava infeliz?

— Sim.

— E disse isso para ele?

— Não. Tentei não demonstrar de modo algum que o meu casamento não dera certo.

— Mas ele poderia ter adivinhado assim mesmo — Bobby falou gentilmente.

— Acho que poderia — ela admitiu numa voz baixa.

— A senhora acha... não sei como dizer... mas acha que ele sabia de algo sobre o seu marido? Que ele suspeitava, por exemplo, que essa clínica poderia não ser exatamente o que parecia ser?

Ela enrugou a testa enquanto tentava pensar.

— É possível — falou afinal. — Ele fez uma ou duas perguntas bem estranhas... mas... não. Não creio que ele realmente pudesse saber de coisa alguma.

Bobby ficou em silêncio de novo por alguns instantes. Então perguntou:

— A senhora diria que o seu marido é um homem ciumento?

A resposta o deixou bastante surpreso.

— Sim. Muito ciumento.

— Ele tem ciúme, por exemplo, da senhora...

— Mesmo não ligando, é isso que o senhor quer dizer? É, ele tem ciúme mesmo assim. Veja bem, eu sou propriedade dele. Ele é um homem bizarro... um homem bastante bizarro.

Moira Nicholson estremeceu. Então perguntou de repente:

— O senhor não tem nenhum tipo de ligação com a polícia, tem?

— Eu? Não, não!

— Eu estava pensando, quer dizer...

Bobby baixou os olhos para sua libré de chofer.

– É uma história bem longa – ele falou.

– O senhor é o chofer de Lady Frances Derwent, não é? Foi o que o estalajadeiro me disse. Eu a conheci num jantar dias atrás.

– Eu sei – Bobby fez uma pausa. – Precisamos entrar em contato com ela – ele disse. – E para mim é um pouco difícil fazer isso. A senhora acha que poderia ligar pedindo para falar com ela, e fazer com que ela fosse ao seu encontro em algum lugar fora de casa?

– Creio que poderia – Moira respondeu devagar.

– Sei que isso deve estar lhe parecendo um tanto extraordinário. Mas vai deixar de parecer quando eu tiver explicado tudo. Precisamos entrar em contato com Frankie tão logo seja possível. Isso é essencial.

Moira se levantou.

– Muito bem – ela disse.

Com a mão no trinco da porta, a jovem hesitou.

– Alan – ela disse –, Alan Carstairs. O senhor afirmou tê-lo visto?

– Sim, eu o vi – Bobby falou devagar. – Mas não recentemente.

Ele pensou, com um choque: "Mas é claro... ela não sabe que o sujeito está morto...". E disse:

– Ligue para Lady Frances. Então eu lhe contarei tudo.

Capítulo 19

Uma conferência de três

Moira retornou alguns minutos depois.

– Consegui falar com ela – disse. – Pedi que fosse me encontrar num pequeno quiosque perto do rio. Ela deve ter achado muito esquisito, mas disse que iria.

– Ótimo – Bobby retrucou. – Pois bem, onde exatamente fica esse lugar?

Moira descreveu detalhadamente o quiosque e o caminho até ele.

– Certo – disse Bobby. – Vá primeiro. Eu sigo depois.

Com a estratégia combinada entre os dois, Bobby se demorou na hospedaria para trocar uma palavra com o sr. Askew.

– Que coincidência... – ele comentou num tom casual. – Essa dama, a sra. Nicholson. Eu já trabalhei para um tio dela, um cavalheiro canadense.

A visita de Moira, ele imaginou, poderia dar origem a fofocas, e a última coisa que ele desejava era que fofocas desse tipo se disseminassem e acabassem chegando aos ouvidos do dr. Nicholson.

– Então é isso? – disse o sr. Askew. – Eu estava justamente me perguntando.

– É – disse Bobby. – Ela me reconheceu e veio saber o que eu estava fazendo agora. Uma dama simpática e agradável.

– Muito agradável, de fato. Ela não deve ter uma vida muito boa morando lá na granja.

– Não seria do *meu* gosto – Bobby concordou.

Sentindo que alcançara seu objetivo, ele caminhou até o vilarejo e, como quem passeia sem rumo, encaminhou-se para o local indicado por Moira.

Chegou com êxito ao local marcado e a encontrou ali esperando por ele. Frankie ainda não aparecera.

O olhar de Moira era francamente inquiridor, e Bobby sentiu que precisava executar a tarefa um tanto difícil da explicação.

– Tem muita coisa que eu preciso lhe dizer – ele começou a falar, parando sem jeito.

– Sim?

– Em primeiro lugar – Bobby foi em frente –, não sou realmente um chofer, embora eu trabalhe numa oficina em Londres. E o meu nome não é Hawkins... é Jones, Bobby Jones. Sou de Marchbolt, Gales.

Moira o escutava com atenção, mas era evidente que a menção a Marchbolt nada significava para ela. Bobby cerrou os dentes e foi bravamente ao âmago da questão.

– Ouça, receio que a senhora vá sentir um tremendo choque... Esse amigo seu... Alan Carstairs... Ele está, bem... a senhora precisa saber... ele está morto.

Bobby sentiu o sobressalto da jovem e, com tato, desviou os olhos do rosto dela. Ela estava muito abalada? Será que sentia – que diabo – algo mais forte pelo sujeito?

Ela ficou em silêncio por alguns instantes e depois falou numa voz baixa e pensativa:

– Então foi por isso que ele não voltou? Eu estava me perguntando...

Bobby se arriscou a olhar seu rosto de relance. Seu ânimo melhorava. Parecia tristonha e pensativa – mas isso era tudo.

– Conte-me como foi – ela pediu.

Bobby obedeceu.

— Ele caiu de um penhasco em Marchbolt... a localidade onde eu moro. Por acaso eu e o médico de lá o encontramos...

Bobby fez uma pausa e então acrescentou:

— Ele tinha uma fotografia sua no bolso.

— Tinha? — ela exibiu um sorriso doce e um tanto triste. — Querido Alan, ele era... muito fiel.

Houve silêncio por alguns instantes, e então ela perguntou:

— Quando isso aconteceu?

— Cerca de um mês atrás. No dia 3 de outubro, para ser exato.

— Isso deve ter sido logo depois que ele esteve aqui.

— Foi. Ele mencionou que estava indo para Gales? Ela negou com a cabeça.

— A senhora não conhece alguém chamado Evans, conhece? — Bobby perguntou.

— Evans? — Moira franziu o cenho, tentando pensar. — Não, acho que não. É um nome muito comum, é claro, mas não consigo me recordar de ninguém. Quem é ele?

— É justamente o que não sabemos. Ah, aí vem Frankie.

Frankie vinha com passos apressados pela trilha. Quando avistou Bobby e a sra. Nicholson conversando lado a lado, seu rosto se transformou num mostruário de emoções conflitantes.

— Oi, Frankie — disse Bobby. — Fico contente que você tenha vindo. Precisamos fazer uma grande deliberação. Para começar, a retratada *daquela* fotografia é a sra. Nicholson.

— Ah! — Frankie exclamou inexpressivamente.

Ela olhou para Moira e soltou uma súbita risada.

— Meu caro — ela falou para Bobby —, agora eu entendo agora por que a visão da sra. Cayman no inquérito foi um choque tão grande para você!

— Exatamente – disse Bobby.

Que tolo ele tinha sido. De modo algum ele poderia ter imaginado, sequer por um segundo, que qualquer período de tempo pudesse ter transformado uma Moira Nicholson numa Amelia Cayman.

— Meu Deus, como eu fui idiota! – ele exclamou.

Moira exibia uma expressão perplexa.

— Temos tanta coisa para contar – disse Bobby –, e eu nem sei bem como dar conta de tudo.

Ele descreveu os Cayman e como haviam feito a identificação do corpo.

— Mas eu não estou entendendo – disse Moira, perplexa. – O corpo era de quem na verdade, do irmão dela ou de Alan Carstairs?

— É aí que a sujeira entra – Bobby explicou.

— E então – Frankie continuou – Bobby foi envenenado.

— Oito grãos de morfina – Bobby falou, reminiscente.

— Nem comece – disse Frankie. – Você é capaz de ficar falando do assunto por horas a fio, e isso é realmente muito tedioso para os outros. Deixe-me explicar.

Ela respirou fundo.

— Veja bem – falou –, esses tais Cayman foram procurar Bobby depois do inquérito para lhe perguntar se o tal irmão (suposto irmão) tinha dito alguma coisa antes de morrer, e Bobby disse "Não". Mas depois ele se lembrou que o sujeito tinha dito algo sobre um homem chamado Evans, de modo que lhes escreveu para contar isso, e alguns dias depois recebeu uma proposta de trabalho no Peru ou não sei onde, e, como não aceitou, o que ocorreu a seguir foi que alguém colocou um monte de morfina...

— Oito grãos – disse Bobby.

– ...em sua cerveja. Só que, dotado de um organismo dos mais extraordinários ou algo assim, ele sobreviveu. E aí nós constatamos na mesma hora que Pritchard... ou Carstairs, claro... devia ter sido empurrado no penhasco.

– Mas por quê? – Moira perguntou.

– A senhora não percebe? Ora, para nós parece perfeitamente claro. Creio que que não lhe contei a história muito bem. De todo modo, concluímos que ele tinha sido empurrado, e que o assassino era provavelmente Roger Bassington-ffrench.

– Roger Bassington-ffrench? – Moira repetiu num tom vivaz, como se achasse o fato muito engraçado.

– Foi a solução à qual chegamos. Veja, ele estava lá na ocasião, e a sua fotografia desapareceu, e ele parecia ser a única pessoa que poderia ter tirado a foto.

– Entendo – disse Moira, pensativa.

– E depois – Frankie continuou – aconteceu que eu me acidentei bem aqui. Uma coincidência espantosa, não é mesmo? – ela lançou para Bobby um firme olhar de admoestação. – Então telefonei para Bobby sugerindo que ele viesse para cá fingindo ser meu chofer de modo que investigássemos a questão.

– A senhora deve estar entendendo melhor agora – Bobby falou, aceitando aquele único desvio de Frankie em relação à verdade. – E o clímax de tudo foi ontem à noite, quando invadi o terreno da granja e topei direto com a senhora... a jovem da fotografia misteriosa.

– O senhor me reconheceu muito rapidamente – Moira disse com um leve sorriso.

– Sim – disse Bobby. – Eu teria reconhecido a jovem daquela fotografia em qualquer lugar.

Por algum motivo, Moira corou.

Então uma ideia pareceu lhe ocorrer, e ela olhou rispidamente para os dois.

– Vocês estão me dizendo a verdade? – ela perguntou. – É realmente verdade que vieram parar aqui... por acidente? Ou vieram porque... porque... – sua voz vacilou a contragosto – suspeitavam do meu marido?

Bobby e Frankie se entreolharam. Então Bobby falou:

– Eu lhe dou a minha palavra de honra que nunca sequer tínhamos ouvido falar no seu marido antes de chegar aqui.

– Ah, entendo – ela se voltou para Frankie. – Sinto muito, Lady Frances, mas, perceba, eu me lembrei daquela noite na qual jantamos juntas. Jasper ficou incomodando a senhora sem parar... pedindo detalhes do seu acidente. Eu não conseguia imaginar o motivo. Mas agora estou pensando que ele talvez suspeitasse que o acidente tinha sido encenado.

– Bem, se a senhora quer realmente saber, foi encenado mesmo – Frankie retrucou. – Ufa... Agora eu me sinto bem melhor! Encenamos tudo com o maior cuidado. Mas não tinha nada que ver com o seu marido. O negócio todo foi armado porque nós queríamos... como se diz?... Desencavar alguma prova contra Roger Bassington-ffrench.

– Roger? – Moira franziu o cenho e exibiu um sorriso de perplexidade. – Isso me parece absurdo – ela falou com franqueza.

– Mesmo assim, fatos são fatos – disse Bobby.

– Roger... ah, não – ela sacudiu a cabeça. – Ele pode ser fraco... ou imprudente. Poderia se endividar ou se envolver num escândalo... mas empurrar alguém num penhasco... não, eu simplesmente não consigo imaginar algo assim.

– Veja só – disse Frankie –, eu também não consigo imaginar algo assim.

— Mas ele deve ter tirado aquela fotografia — Bobby insistiu, obstinado. — Ouça, sra. Nicholson, vou repassar todos os fatos.

Ele o fez lenta e cuidadosamente. Quando terminou, a jovem fez um gesto de compreensão com a cabeça.

— Entendi o que o senhor quer dizer. Parece muito esquisito.

Ela se calou por um minuto e então falou inesperadamente:

— Por que o senhor não pergunta para ele?

Capítulo 20

Conferência de dois

Por um momento, a ousada simplicidade da sugestão praticamente os deixou sem fôlego. Tanto Frankie como Bobby se puseram a falar ao mesmo tempo.

– Isso é impossível... – Bobby começou.

E no mesmo instante Frankie disse:

– Isso não daria certo de jeito nenhum.

Então ambos calaram-se de supetão enquanto as possibilidades daquela ideia iam sendo assimiladas.

– Ouçam – Moira disse com avidez –, eu entendo bem o que vocês querem dizer. Parece mesmo que Roger *deve* ter tirado aquela fotografia, mas não acredito nem por um segundo que ele tenha empurrado Alan. Por que razão ele faria isso? Ele nem mesmo conhecia Alan. Os dois só tinham se encontrado uma vez, num almoço aqui. Nunca tinham topado um com o outro em lugar algum. Não há motivo.

– Então quem o empurrou de fato? – Frankie perguntou com brusquidão.

Uma sombra tomou conta do rosto de Moira.

– Eu não sei – ela respondeu, constrangida.

– Diga uma coisa – Bobby falou. – A senhora se importa se eu contar para Frankie o que me contou? Sobre os seus temores?

Moira virou o rosto.

– Se quiser. Mas vai soar tão melodramático e histérico... Neste momento nem eu mesma consigo acreditar.

E uma afirmação nua e crua do fato, feita sem emoção ao ar livre naquela serena paragem do campo inglês, parecia mesmo curiosamente desprovida de realismo.

Moira se levantou abruptamente.

– Sinto realmente que agi como uma completa idiota – ela falou com um tremor nos lábios. – Por favor, não leve em conta nada do que eu disse, sr. Jones. Foi só... foram os meus nervos. De qualquer forma, preciso ir. Adeus.

A jovem se afastou com rapidez. Bobby saltou de pé para segui-la, mas Frankie o segurou com firmeza.

– Fique aqui, seu idiota, deixe comigo.

Ela saiu correndo atrás de Moira. Retornou alguns minutos depois.

– E então? – Bobby indagou, ansioso.

– Está tudo bem. Eu consegui acalmá-la. Foi meio duro para ela ter seus temores secretos revelados diante de uma terceira pessoa. Eu a fiz prometer que faríamos outra reunião, nós três, em breve. Agora que você não está embaraçado pela presença dela, trate de me contar tudo.

Bobby contou. Frankie ouviu com atenção. Então ela falou:

– Isso se encaixa com dois fatos. Em primeiro lugar, acabei de voltar e me deparar com Nicholson segurando as duas mãos de Sylvia Bassington-ffrench... e ele me fuzilou com os olhos! Se olhar matasse, tenho certeza de que ele teria me transformado num cadáver ali mesmo.

– Qual é o segundo fato? – Bobby perguntou.

– Ah, só um incidente. Sylvia contou que a fotografia de Moira causou uma forte impressão num estranho que tinha visitado a casa. Você pode apostar, foi Carstairs. Ele reconheceu a fotografia, e a sra. Bassington-ffrench lhe informou que era um retrato da sra. Nicholson, e assim fica explicado como ele veio a descobrir onde ela estava. Mas, sabe, Bobby, ainda não consigo ver onde Nicholson entra na história. Por que ele desejaria eliminar Alan Carstairs?

— Você está pensando que foi ele, e não Bassington-ffrench? Seria uma bela coincidência que ele e Bassington-ffrench estivessem ambos em Marchbolt no mesmo dia.

— Bem, coincidências acontecem. Mas, se foi Nicholson, ainda não consigo ver o motivo. Será que Carstairs estaria desmascarando Nicholson como chefe de uma quadrilha de traficantes de drogas? Ou teria sido a sua nova amiga o motivo do assassinato?

— Talvez as duas coisas — Bobby sugeriu. — Ele pode ter descoberto que Carstairs havia tido um encontro com sua esposa, e pode ter achado que a esposa o denunciara de alguma forma.

— Ora, essa é uma possibilidade — disse Frankie. — Mas a primeira coisa que se deve fazer é ter certeza quanto a Roger Bassington-ffrench. A única coisa que temos contra ele é a história da fotografia. Se ele puder se safar disso satisfatoriamente...

— Você vai abordar esse assunto com ele? Frankie, será que isso é sensato? Se ele for o vilão da história, como julgamos que só pode ser, isso significa que vamos abrir o nosso jogo.

— Não exatamente... não do jeito como eu vou proceder. Afinal de contas, sob todos os outros aspectos ele tem se mostrado perfeitamente inabalável e acima de suspeita. Nós deduzimos que seria um tremendo ardil da parte dele... mas e se for apenas inocência? *Se* ele conseguir explicar a fotografia... e eu vou ficar de olho quando ele explicar... e se houver o menor sinal de hesitação ou culpa eu vou perceber... como eu disse, se ele conseguir explicar a fotografia... aí ele poderá ser um aliado valioso.

— Como assim, Frankie?

– Meu querido, a sua amiguinha pode até ser uma alarmista emotiva que gosta de exagerar, mas suponhamos que não seja... que tudo que diz seja a mais pura verdade... então é porque seu marido quer se livrar dela para se casar com Sylvia. Você não percebe que, nesse caso, Henry Bassington-ffrench também está correndo um perigo mortal? Custe o que custar, precisamos impedir que ele seja internado na granja. E, de momento, Roger Bassington-ffrench está do lado de Nicholson.

– Que bom para você, Frankie – Bobby falou tranquilamente. – Vá em frente com o seu plano.

Frankie se levantou para ir embora, mas, antes de partir, deteve-se por um momento.

– Não é esquisito? – ela falou. – De alguma forma, parece que entramos nas páginas de um livro. Estamos no meio de uma história que não é nossa. É uma sensação incrivelmente estranha.

– Eu entendo o que você está querendo dizer – Bobby retrucou. – Tem alguma coisa meio fantástica nessa história. Eu diria que é mais uma peça do que um livro. É como se nós aparecêssemos no palco no meio do segundo ato e não tivéssemos realmente nenhum papel em absoluto para interpretar, mas precisássemos improvisar, e o que torna tudo tão incrivelmente difícil é que não fazemos a menor ideia do que foi encenado no primeiro ato.

Frankie fez um gesto ávido de assentimento.

– Não tenho nem mesmo certeza de que seja o segundo ato... acho que é mais o terceiro. Bobby, estou certa de que precisamos recuar bastante no tempo... E precisamos ser rápidos, porque eu sinto que a peça está extremamente avançada, e a cortina final quase descendo.

– Com cadáveres espalhados por todos os lados – disse Bobby. – E o que nos lançou no meio do espetáculo foi uma deixa comum, seis palavras que não fazem o menor sentido pelo menos para nós.

– "*Por que não pediram a Evans?*" Não é estranho, Bobby, que, embora tenhamos descoberto um bocado de coisas e que mais e mais personagens continuem subindo ao palco, nunca conseguimos chegar nem perto desse misterioso Evans?

– Eu tenho um palpite sobre Evans. Tenho um pressentimento de que Evans, na verdade, não tem nenhuma importância em absoluto... que embora tenha sido um ponto de partida, por assim dizer, em si mesmo, no entanto, ele não é nada essencial. Vai ser como naquele conto de Wells em que um príncipe construiu um maravilhoso palácio ou templo ao redor da tumba de sua amada. E quando finalizaram a obra se via justamente uma única coisa que destoava. Então ele falou: "Tirem aquilo dali". E a coisa era de fato a própria tumba.

– Às vezes – disse Frankie –, eu não acredito que exista um Evans.

Dito isso, ela acenou com a cabeça para Bobby e refez seus passos no rumo da casa.

Capítulo 21

Roger responde a uma pergunta

A sorte a favoreceu, pois ela topou com Roger não muito longe da casa.

– Olá – ele disse. – Você voltou cedo de Londres.

– Eu não estava no clima para ficar em Londres – Frankie retrucou.

– Já esteve na casa? – ele perguntou, com seu rosto assumindo uma expressão grave. – Nicholson, eu soube, andou contando a verdade sobre o nosso pobre Henry para Sylvia. Pobre coitada, o golpe foi duro. Ao que parece, ela não suspeitava de nada.

– Eu sei – disse Frankie. – Estavam ambos na biblioteca quando eu cheguei. Ela estava... muito transtornada.

– Ouça, Frankie – Roger falou –, Henry precisa ser curado a todo custo. Não dá para dizer que o vício já tenha realmente se apoderado dele. Não faz tanto tempo assim que ele se droga. E ele tem todos os motivos do mundo para se empenhar num tratamento: Sylvia, Tommy, seu lar. Precisamos fazer com que ele veja com clareza sua situação. Nicholson é a pessoa certa para levar esse tratamento a cabo. Outro dia ele estava falando comigo. Nicholson tem tido alguns êxitos maravilhosos... até mesmo com pessoas que se deixaram escravizar durante anos por esse troço monstruoso. Se Henry consentisse em se internar na granja...

Frankie o interrompeu.

– Ouça – ela disse –, tem algo que eu quero lhe perguntar. Uma pergunta só. Espero que você não me julgue impertinente demais.

– O que é? – Roger quis saber, sua atenção despertada.

– Você se importaria de me dizer se tirou uma fotografia do bolso daquele homem? Do homem que caiu do penhasco em Marchbolt?

Ela o observava com grande cuidado, vigiando cada traço de sua expressão. Ficou satisfeita com o que viu.

Ligeiro aborrecimento, um leve embaraço – nenhum lampejo de culpa ou consternação.

– Ora, como foi que você conseguiu adivinhar isso? – ele perguntou. – Ou será que Moira lhe contou? Mas, pensando bem, ela não sabe...

– Você tirou, então?

– Não posso deixar de admitir.

– Por quê?

Roger pareceu ficar embaraçado de novo.

– Bem, tente ver a situação como eu vi. Estou ali, na tarefa de resguardar o cadáver de um estranho. Algo aparece despontando no bolso dele. Dou uma olhada. Por uma espantosa coincidência, é a fotografia de uma mulher que eu conheço... uma mulher casada... e uma mulher que, segundo me parece, não é lá muito feliz no casamento. O que é que vai acontecer? Um inquérito. Publicidade. Talvez o nome da desgraçada jovem em todos os jornais. Agi por impulso. Tirei a fotografia e a rasguei. Ouso dizer que agi errado, mas Moira Nicholson é uma boa criaturinha, e eu não queria que ela fosse metida num escândalo.

Frankie respirou fundo.

– Então foi isso – ela disse. – Se o senhor soubesse...

– Soubesse o quê? – Roger retrucou, intrigado.

– Não sei se posso lhe contar agora – disse Frankie. – Talvez eu conte mais adiante. É tudo bastante complicado. Entendo muito bem o motivo que o fez tirar a foto, mas houve alguma coisa que o impediu de dizer que reconhecera o homem? Você não deveria ter contado à polícia quem ele era?

– Reconhecera o homem? – Roger repetiu; ele parecia perplexo. – Como eu poderia reconhecê-lo? Eu não o conhecia.

– Mas você tinha sido apresentado a ele aqui... cerca de uma semana antes.

– Minha cara jovem, que loucura é essa?

– Alan Carstairs... você não foi apresentado a Alan Carstairs?

– Ah, sim! O homem que veio com os Rivington. Mas o morto não era Alan Carstairs.

– Era *sim*!

Os dois se entreolharam, e então Frankie falou com renovada desconfiança:

– Você certamente o reconheceu...

– Não cheguei a ver o rosto dele – disse Roger.

– O quê?

– Não vi. Havia um lenço por cima do rosto.

Frankie o encarou fixamente. De súbito recordou que, no primeiro relato que Bobby fizera da tragédia, ele mencionara que havia colocado um lenço sobre o rosto do morto.

– Você não pensou em dar uma olhada? – Frankie prosseguiu.

– Não. Por que eu faria isso?

"É claro", Frankie pensou, "se *eu* encontrasse a fotografia de uma pessoa conhecida no bolso de um morto, não conseguiria de modo algum deixar de olhar seu rosto. Como são magnificamente desprovidos de curiosidade os homens!"

– Pobrezinha – ela disse. – Sinto tanta pena dela...

— De quem você está falando? De Moira Nicholson? De quem sente tanta pena?

— É porque ela está com medo – Frankie retrucou devagar.

— Ela sempre parece estar quase morrendo de medo. O que é que a deixa tão apavorada?

— O marido.

— Eu mesmo não sei se gostaria de enfrentar Jasper Nicholson – Roger admitiu.

— Ela está certa de que o marido está tentando assassiná-la – Frankie falou abruptamente.

— Minha nossa! – ele olhou a jovem com incredulidade.

— Sente-se – Frankie pediu. – Vou lhe contar um monte de coisas. Preciso lhe provar que o dr. Nicholson é um criminoso perigoso.

— Um criminoso?

O tom de Roger era francamente incrédulo.

— Espere até ouvir a história toda.

Ela lhe fez um relato claro e meticuloso de tudo o que ocorrera desde o dia em que Bobby e o dr. Thomas haviam encontrado aquele corpo. Só não revelou o fato de que seu acidente tinha sido encenado, mas deixou transparecer que havia se demorado em Merroway Court devido a seu intenso desejo de chegar ao fundo do mistério.

Ela não poderia reclamar de falta de interesse por parte de seu ouvinte. Roger parecia estar fascinado pela história.

— Isso é realmente verdade? – ele quis saber. – Toda essa história sobre o jovem Jones ser envenenado e tudo mais?

— A mais pura verdade, meu caro.

– Peço desculpas pela minha incredulidade... mas esses fatos são meio difíceis de engolir, não são?

Ele ficou em silêncio por um minuto, com a testa franzida.

– Ouça – disse por fim –, por mais fantástica que a coisa toda possa parecer, acho que você deve estar certa na sua primeira dedução. Esse homem, Alex Pritchard ou Alan Carstairs, deve ter sido assassinado. Se não foi, não há sentido para o ataque a Jones. Se a chave do mistério é ou não a frase "Por que não pediram a Evans?", não me parece importar muito, visto que vocês não têm nenhuma pista de quem é esse Evans ou do que deviam ter pedido a ele. Vamos imaginar que o assassino ou os assassinos achassem que Jones tinha certas informações que, soubesse o jovem ou não, eram perigosas para eles. Sendo assim, tentaram eliminá-lo, e provavelmente tentariam de novo se o localizassem. Até aqui tudo parece plausível... mas não consigo entender a linha de raciocínio pela qual vocês decidiram que Nicholson é o criminoso.

– Ele é um homem muito sinistro e tem um Talbot azul-escuro e se ausentou daqui no dia em que Bobby foi envenenado.

– São evidências bem frágeis.

– Tem todas as coisas que a sra. Nicholson contou para Bobby.

Frankie repetiu a história da sra. Nicholson, que novamente, em voz alta, soou melodramática e inconsistente no contraste com a pacata paisagem inglesa.

Roger encolheu os ombros.

– Ela acha que o marido fornece a droga para Henry... mas isso é pura conjectura, ela não tem nem a mais ínfima prova disso. Acha que o marido quer levar Henry à granja na condição de paciente... bem, esse é um desejo muito natural para um médico. Todo médico deseja o maior número possível de pacientes. E acha que ele está apaixonado por Sylvia. Bem, quanto a isso, claro, não posso dizer nada...

– Se ela acredita nisso, provavelmente está certa – Frankie o interrompeu. – Uma mulher não se enganaria em relação ao próprio marido.

– Bem, admitindo que seja esse o caso, isso não significa necessariamente que o homem seja um criminoso perigoso. Vários cidadãos respeitáveis costumam se apaixonar pelas esposas de outros.

– E ela acha que o marido quer assassiná-la – Frankie instou.

Roger olhou para ela com um ar zombeteiro.

– Você leva isso a sério?

– Seja como for, ela acredita nisso.

Roger assentiu com a cabeça e acendeu um cigarro.

– A questão é até que ponto devemos dar atenção a essa crença dela – ele disse. – A granja é um lugar meio sinistro, cheio de indivíduos esquisitos. Vivendo ali, uma mulher tende a perder o equilíbrio emocional, especialmente se for de um tipo tímido e nervoso.

– Então você não acredita que seja verdade?

– Eu não diria isso. Ela provavelmente acredita com a mais profunda sinceridade que o marido está tentando matá-la... mas será que essa crença tem algum fundamento na realidade? Não me parece que tenha.

Frankie se lembrou com curiosa clareza de Moira dizendo: "São os meus nervos". E, de alguma forma, o simples fato de que ela tivesse dito isso lhe pareceu salientar o fato de que não era um problema dos nervos. Mas Frankie julgou ser difícil encontrar uma maneira de explicar seu ponto de vista para Roger.

Enquanto isso, seu interlocutor continuava:

– Tenha em mente que, se vocês conseguissem demonstrar que Nicholson estava em Marchbolt no dia da tragédia do penhasco, seria muito diferente, ou, se conseguíssemos encontrar qualquer motivo definido que o conectasse a Carstairs... mas me parece que vocês estão ignorando os verdadeiros suspeitos.

– Que suspeitos verdadeiros?

– Os... como é mesmo que você os chamou? Hayman?

– Cayman.

– Isso mesmo. Ora, sem dúvida eles estão envolvidos até o pescoço. Em primeiro lugar, temos a falsa identificação do corpo. Depois temos a insistência deles em querer saber se o pobre coitado disse alguma coisa antes de morrer. E me parece lógico deduzir, como vocês deduziram, que a proposta de Buenos Aires partiu deles, ou foi arranjada por eles.

– E meio irritante – disse Frankie – alguém fazer os mais árduos esforços para tirar você do caminho, porque você sabe de alguma coisa... e você mesmo não saber o que é essa coisa que você sabe. Que diabo... como a gente se complica com as palavras...

– Sim – Roger retrucou com expressão sombria –, esse foi um erro da parte deles. Um erro que vão levar a vida toda para remediar.

– Ah! – Frankie exclamou. – Acaba de me ocorrer uma coisa. Até agora, eu dera como certo que a fotografia de Moira Nicholson tinha sido substituída pela foto da sra. Cayman.

– Posso lhe garantir – Roger falou com seriedade – que nunca guardei a imagem da sra. Cayman junto ao coração. Ela me parece ser uma criatura das mais repulsivas.

– Bem, ela é bonita de certo modo – Frankie admitiu. – De um modo atrevido, grosseiro, vampiresco. Mas o ponto é: Carstairs decerto tinha no bolso a foto dela, bem como a da sra. Nicholson.

Roger assentiu com a cabeça.

– E você acha... – ele a incentivou.

– Acho que uma era por amor e a outra por trabalho! Carstairs carregava o retrato da sra. Cayman por alguma razão. Queria que alguém a identificasse, talvez. Pois veja, o que deve ter acontecido? Alguém, talvez o sr. Cayman, está seguindo Carstairs, e, aproveitando uma boa oportunidade, se aproxima dele sorrateiramente no nevoeiro e lhe dá um empurrão. Carstairs despenca no penhasco com um grito de susto. O sr. Cayman some dali tão rápido quanto consegue; não sabe quem pode estar por perto. Suponhamos que ele não sabe que Alan Carstairs está carregando no bolso aquela fotografia. O que acontece a seguir? A foto é publicada...

– Para consternação do casal Cayman – Roger ajudou.

– Exatamente. O que lhes resta fazer? Uma coisa ousada... eles partem para o trabalho sujo. Quem conhece Carstairs como Carstairs? Praticamente ninguém nesta região. E lá vem a sra. Cayman, derramando lágrimas de crocodilo e reconhecendo aquele corpo como sendo de um conveniente irmão. E eles aplicam também o truque de despachar alguns embrulhos pelo correio para reforçar a teoria da excursão a pé.

– Ora, Frankie, acho que isso é absolutamente brilhante – Roger falou com admiração.

– Também acho que não é nada mau – disse Frankie. – E você está coberto de razão. Devíamos nos dedicar a seguir a pista dos Cayman. Não sei por que já não fizemos isso.

Não se tratava exatamente da verdade, pois Frankie sabia muito bem a razão – qual seja, que haviam se dedicado a seguir a pista do próprio Roger. No entanto, ela sentiu que seria muita falta de tato revelar tal fato justamente naquele momento.

– O que é que nós vamos fazer em relação à sra. Nicholson? – ela perguntou abruptamente.

– Como assim, fazer em relação a ela?

– Bem, a pobre coitada está quase morta de pavor. Acho que você está sendo muito insensível em relação a ela, Roger.

– Não estou sendo, juro, mas pessoas que não conseguem se ajudar sempre me irritam.

– Ah! Seja razoável, por favor. O que é que ela pode fazer? Ela não tem dinheiro e nenhum lugar para onde ir.

Roger falou de modo inesperado:

– Se você estivesse no lugar dela, Frankie, você saberia o que fazer.

– Ah! – Frankie ficou bastante desconcertada.

– Sim, você saberia. Se realmente pensasse que alguém estava tentando assassiná-la, não ficaria simplesmente ali parada, mansamente esperando ser assassinada. Você fugiria e trataria de ganhar a vida de algum jeito, ou então trataria de assassinar a outra pessoa primeiro! Você faria *alguma coisa!*

Frankie tentou pensar no que faria.

– Alguma coisa eu decerto faria – ela disse, pensativa.

– A verdade nua e crua é que você tem fibra e ela não – Roger falou num tom decidido.

Frankie se sentiu lisonjeada. Moira Nicholson não era realmente o tipo de mulher que ela admirava, e ela também se sentira levemente contrariada por ver Bobby tão hipnotizado pela jovem. "Bobby", pensou consigo, "tem uma queda pelas mulheres desamparadas." E se lembrou do curioso fascínio que a fotografia exercera sobre ele desde o início do caso.

"Ah, ora", Frankie pensou, "de qualquer forma, Roger é diferente."

Roger, isso estava claro, não tinha uma queda pelas mulheres desamparadas. Moira, por outro lado, claramente não tinha a menor consideração por Roger. Ela o chamara de fraco e desdenhara da possibilidade de que ele tivesse fibra para matar alguém. Talvez ele fosse fraco – mas inegavelmente ele tinha charme. Frankie sentira isso desde o primeiro minuto de sua estadia em Merroway Court.

Roger disse com calma:

– Se você quisesse, Frankie, você poderia fazer de um homem o que bem desejasse...

Frankie sentiu uma súbita palpitação no peito – e ao mesmo tempo um profundo embaraço. Mudou às pressas de assunto.

– Quanto ao seu irmão... – ela falou – Você ainda acha que ele deveria ser internado na granja?

Capítulo 22

Outra vítima

— Não – disse Roger –, não acho. Afinal, existem dezenas de outros lugares onde ele pode ser tratado. O que realmente importa é fazer com que Henry consinta.

— Você acha que isso vai ser difícil? – Frankie perguntou.

— Receio que vai. Você ouviu o que ele disse naquela noite. Por outro lado, se conseguirmos apanhá-lo num momento de arrependimento, aí será bem diferente. Opa... aí vem Sylvia.

A sra. Bassington-ffrench saiu da casa e ficou olhando em volta; em seguida, tendo avistado Roger e Frankie, atravessou o gramado na direção dos dois.

Era visível sua expressão extremamente preocupada e tensa.

— Roger – ela começou a falar –, eu fiquei procurando você por todos os cantos...

E então, quando Frankie fez menção de deixá-los:

— Não, minha querida, não vá. Em todo caso, acho que você já sabe de tudo. Você já suspeitava desse negócio há algum tempo, não é mesmo?

Frankie confirmou com a cabeça.

— Ao passo que eu estava cega... cega... – Sylvia falou com amargura. – Vocês dois enxergaram e eu nunca sequer desconfiei. Eu só me perguntava por que Henry tinha mudado tanto conosco. Eu me sentia muito infeliz, mas nunca suspeitei do motivo.

Ela se calou e então prosseguiu com uma ligeira mudança de tom:

– Tão logo eu soube da verdade através do dr. Nicholson, fui direto falar com Henry. Acabei de ter uma conversa com ele.

Ela fez mais uma pausa, engolindo um soluço.

– Roger... vai ficar tudo bem. Ele concordou. Vai se internar na granja e se submeter aos cuidados do dr. Nicholson amanhã.

– Ah, não! – a exclamação foi proferida simultaneamente por Roger e Frankie.

Sylvia olhou para os dois – atônita.

Roger falou sem jeito:

– Sabe, Sylvia, eu andei pensando melhor e não creio que a granja possa ser um bom plano, afinal de contas.

– Você acha que ele conseguiria lutar contra o vício sozinho? – Sylvia perguntou em dúvida.

– Não, não acho. Mas existem outros lugares... lugares não... tão... bem, não tão próximos daqui. Estou convencido de que permanecer neste distrito seria um equívoco.

– Eu tenho certeza disso – Frankie falou em seu auxílio.

– Ah! Eu não concordo – disse Sylvia. – Eu não suportaria que ele fosse para um lugar longe daqui. E o dr. Nicholson foi tão bondoso e compreensivo... Vou ficar feliz sabendo que Henry está sob os cuidados dele.

– Achei que você não gostava de Nicholson, Sylvia – Roger disse.

– Eu mudei de ideia – ele retrucou com simplicidade. – Ninguém poderia ter sido mais amável ou mais bondoso do que ele foi hoje. Meu tolo preconceito contra ele desapareceu por completo.

Houve um silêncio por instantes. A situação era embaraçosa. Nem Roger e tampouco Sylvia sabiam bem o que dizer a seguir.

– Pobre Henry – disse Sylvia. – Ele desabou. Ficou extremamente transtornado por saber que eu descobrira. Concordou que precisava lutar contra esse vício terrível por mim e por Tommy, mas disse que eu não tinha noção do que isso significava. Acho que não tenho mesmo, embora o dr. Nicholson tenha explicado bem a fundo. Isso se torna uma espécie de obsessão... as pessoas já não são responsáveis por suas ações... foi o que ele afirmou. Ah, Roger, isso parece tão terrível. Mas o dr. Nicholson foi realmente amável. Confio nele.

– Mesmo assim, acho que seria melhor... – Roger começou.

Sylvia retorquiu:

– Não estou entendendo você, Roger. Por que você mudou de ideia? Meia hora atrás você era totalmente a favor de internar Henry na granja.

Bem... eu... eu tive tempo para pensar melhor no assunto desde...

De novo Sylvia o interrompeu:

– Seja como for, já estou decidida. Henry será internado na granja e em nenhum outro lugar.

Eles a confrontaram em silêncio, e então Roger disse:

– Sabe de uma coisa? Acho que vou ligar para Nicholson. Ele deve estar em casa agora. Eu gostaria de... só vou ter uma conversa com ele sobre algumas questões.

Sem esperar pela réplica, deu as costas e se foi depressa no rumo da casa. As duas mulheres ficaram observando-o se afastar.

– Não consigo entender Roger – Sylvia falou com impaciência. – Cerca de quinze minutos atrás ele estava insistindo comigo que devíamos dar um jeito de internar Henry na granja.

Sua voz transmitia um nítido tom de raiva.

— Mesmo assim – disse Frankie –, concordo com ele. Eu li em algum lugar que as pessoas sempre deveriam ir se curar num lugar bem longe de onde moram.

— Acho isso simplesmente um disparate – disse Sylvia.

Frankie se via num dilema. A inesperada obstinação de Sylvia estava deixando tudo difícil, e ao mesmo tempo ela parecia ter se tornado tão violentamente pró-Nicholson quanto antes havia se mostrado inimiga do médico. Era muito complicado saber que argumentos usar. Frankie considerou contar a história toda para Sylvia – mas será que Sylvia iria acreditar? Nem mesmo Roger se mostrara muito impressionado com a teoria da culpa do dr. Nicholson. Sylvia, com seu partidarismo recém-descoberto no tocante ao médico, provavelmente se mostraria ainda menos impressionada. Poderia inclusive ir contar o negócio todo para ele. Era sem dúvida difícil.

Um avião passou bem baixo no crepúsculo que se adensava, enchendo o ar com um forte barulho de motores. Tanto Sylvia quanto Frankie olharam para cima, contentes com a trégua proporcionada, uma vez que nenhuma das duas sabia bem o que dizer a seguir. Frankie ganhou tempo para organizar seus pensamentos, e Sylvia ganhou tempo para se recuperar de seu súbito ataque de raiva.

Enquanto o avião desaparecia além das árvores e seu ruído sumia na distância, Sylvia se voltou bruscamente para Frankie.

— Tem sido tão terrível... – ela falou com uma voz entrecortada. – E vocês dois parecem querer mandar Henry para longe de mim.

— Não, não... – disse Frankie. – Não foi nada disso.

Ela meditou por alguns instantes.

– Eu só pensei que ele merecia receber o melhor tratamento. E acho de fato que o dr. Nicholson é meio... bem, meio charlatão.

– Não concordo com isso – disse Sylvia. – Acho que ele é um homem muito astuto, justamente o especialista do qual Henry precisa.

Ela olhou para Frankie com uma expressão desafiadora. Frankie estava espantada com o domínio que o dr. Nicholson obtivera sobre a mulher em tão pouco tempo. Toda a sua desconfiança anterior em relação ao sujeito parecia ter desaparecido por inteiro.

Não encontrando nada para dizer, Frankie caiu no silêncio. Dentro em pouco, Roger saiu da casa. Parecia estar ligeiramente sem fôlego.

– Nicholson não chegou ainda – ele disse. – Eu deixei um recado.

– Não entendo por que você quer ver o dr. Nicholson com tanta urgência – Sylvia falou. – Você sugeriu esse plano, e já está tudo arranjado, e Henry aceitou.

– Acho que tenho direito de opinar nesse assunto, Sylvia – Roger retrucou num tom afável. – Afinal de contas, Henry é meu irmão.

– Você mesmo sugeriu esse plano – Sylvia falou com teimosia.

– Sim, mas desde então eu ouvi algumas coisas a respeito de Nicholson.

– Que coisas? Ah, não acredito em você...

Ela mordeu o lábio, se afastou e sumiu de novo dentro da casa.

Roger olhou para Frankie.

– Isso é um pouco embaraçoso – ele disse.

– Muito embaraçoso, de fato.

– Quando Sylvia coloca uma coisa na cabeça, ela sabe ser teimosa que nem o diabo.

– O que é que nós vamos fazer?

Os dois se sentaram de novo no banco do jardim e repassaram a questão com grande cuidado. Roger concordou com Frankie que contar a história toda para Sylvia seria um equívoco. O melhor plano, em sua opinião, seria abordar o médico.

– Mas o que você vai dizer exatamente?

– Não creio que eu deva falar grande coisa... mas devo insinuar um bocado. De todo modo, concordo com você num ponto: Henry não pode ser internado na granja. Mesmo que acabemos expondo tudo, precisamos impedir isso.

– Se fizermos isso, vamos entregar o jogo todo – Frankie o advertiu.

– Eu sei. É por isso que precisamos tentar todas as alternativas antes. Maldita Sylvia, por que diabos ela precisava teimar justamente agora?

– Isso mostra o poder do sujeito – Frankie disse.

– Sim. Sabe, isso acaba me levando a crer que, tendo ou não tendo provas, você pode estar certa em relação a ele afinal de contas... o que é isso?

Ambos saltaram de pé.

– Parece ter sido um tiro – disse Frankie. – Dentro da casa.

Os dois se entreolharam e então correram na direção do prédio. Entraram pela porta de vidro da sala de visitas e rumaram para o vestíbulo. Sylvia Bassington-ffrench estava ali parada, seu rosto branco como papel.

– Vocês ouviram? – ela perguntou. – Foi um tiro... no gabinete de Henry.

Sylvia oscilou e Roger colocou um braço em volta dela para segurá-la. Frankie foi até a porta do gabinete e girou a maçaneta.

– Está trancada – ela disse.

— A janela — Roger falou.

Ele acomodou num conveniente canapé a quase desfalecente Sylvia e saiu correndo de novo pela sala de visitas, com Frankie no seu encalço. Os dois contornaram a casa e chegaram à janela do gabinete. Esta encontrava-se fechada, mas eles encostaram o rosto no vidro e espiaram para dentro. O sol estava se pondo e não havia muita luz — mas eles conseguiam enxergar bastante bem o interior do gabinete.

Henry Bassington-ffrench estava desabado em cima da escrivaninha. Havia um ferimento de bala nitidamente visível na têmpora, e um revólver jazia no chão, para onde caíra depois de se soltar da mão dele.

— Ele se matou — disse Frankie. — Que horror!...

— Dê alguns passos para trás — Roger pediu. — Eu vou quebrar a janela.

Ele enrolou seu casaco em volta da mão e desferiu na vidraça um golpe vigoroso que a estilhaçou. Roger recolheu os cacos com grande cuidado, e então os dois adentraram o recinto. Enquanto faziam isso, a sra. Bassington-ffrench e o dr. Nicholson se aproximaram às pressas pelo terraço.

— Eis aqui o doutor — disse Sylvia. — Ele acabou de chegar. Aconteceu... aconteceu alguma coisa com Henry?

Então ela viu o vulto esparramado e soltou um grito.

Roger saiu rapidamente pela porta de vidro e o dr. Nicholson transferiu Sylvia para os braços dele.

— Tire-a daqui — ele falou de modo sucinto. — Cuide dela e lhe dê um pouco de conhaque se ela quiser. Faça o possível para que ela não veja mais nada.

O médico entrou pela porta de vidro e se juntou a Frankie. Balançou a cabeça devagar.

— Que negócio trágico... — comentou. — Pobre coitado. Então ele achou que não aguentaria o tranco. Que lástima. Que lástima.

Ele se curvou por sobre o corpo e então se endireitou de novo.

– Não podemos fazer nada. A morte deve ter sido instantânea. Será que escreveu alguma coisa antes? Geralmente eles fazem isso.

Frankie avançou até ficar ao lado dele. Uma folha de papel na qual apareciam algumas palavras rabiscadas, evidentemente escritas pouco antes, podia ser vista junto ao cotovelo de Bassington-ffrench. O conteúdo era mais do que claro.

Sinto que esta é a melhor saída (Henry Bassington-ffrench escrevera). *Esse vício fatal me dominou demais para que eu consiga lutar contra ele agora. Quero fazer o melhor que posso por Sylvia – por Sylvia e Tommy. Deus abençoe vocês dois, meus queridos. Perdoem-me...*

Frankie sentiu um nó se formando em sua garganta.

– Não devemos tocar em nada – disse o dr. Nicholson. – Haverá um inquérito, sem dúvida. Precisamos chamar a polícia.

Em obediência a seu gesto, Frankie se encaminhou para a porta. Então parou.

– A chave não está na fechadura – ela disse.

– Não está? Talvez esteja no bolso dele.

O dr. Nicholson se ajoelhou, investigando delicadamente. De um bolso do casaco do morto, tirou uma chave.

Testou-a na fechadura. A chave serviu. Juntos, os dois passaram para o vestíbulo. O dr. Nicholson foi direto até o telefone.

Frankie, equilibrando-se sobre joelhos trêmulos, sentiu uma repentina náusea.

Capítulo 23

Moira desaparece

Frankie ligou para Bobby cerca de uma hora depois.
– É Hawkins? Olá, Bobby... você soube do que aconteceu? Soube. Precisamos nos encontrar em algum lugar o quanto antes. Amanhã bem cedo seria melhor, eu acho. Vou sair para caminhar antes do café da manhã. Digamos que às oito horas... no mesmo lugar em que nos encontramos hoje.

Ela desligou enquanto Bobby proferia seu terceiro respeitoso "Sim, vossa senhoria" em benefício de quaisquer ouvidos curiosos.

Bobby chegou primeiro ao local marcado, mas Frankie não o fez esperar por muito tempo. Estava pálida e transtornada.

– Oi, Bobby, não é horrível? Não consegui dormir a noite toda.

– Não fiquei sabendo de nenhum detalhe – disse Bobby. – Só que o sr. Bassington-ffrench tinha se matado com um tiro. Foi isso mesmo?

– Foi. Sylvia tinha conversado com ele, tentando persuadi-lo a se submeter a um tratamento, e ele disse que o faria. Depois, eu suponho, deve ter lhe faltado coragem. Ele foi até o gabinete, trancou a porta, escreveu algumas palavras numa folha de papel... e... se matou. Bobby, é pavoroso demais. É... é medonho.

– Pois é – Bobby retrucou em voz baixa.

Os dois ficaram em silêncio por um momento.

– Vou precisar ir embora hoje, é claro – Frankie falou pouco depois.

– Sim, acho que vai. Como está ela? A sra. Bassington-ffrench?

– Ela está arrasada, a pobrezinha. Não a vi desde que nós... encontramos o corpo. O choque deve ter sido horrível para ela.

Bobby assentiu com a cabeça.

– É melhor você trazer o carro por volta das onze – Frankie continuou.

Bobby não respondeu. Frankie olhou para ele com impaciência.

– Qual é o problema com você, Bobby? Você parece estar bem longe daqui.

– Me desculpe. Para falar a verdade...

– O quê?

– Bem, eu estava pensando... E se... e se estiver tudo certo?

– Como assim, tudo certo?

– Eu quero dizer: será que é inquestionável que ele *cometeu* mesmo suicídio?

– Ah! – Frankie exclamou. – Entendi.

Ela pensou por um minuto e disse:

– Sim, foi um suicídio mesmo.

– Você tem absoluta certeza? Veja, Frankie, nós temos a palavra de Moira garantindo que o dr. Nicholson queria eliminar duas pessoas. Bem, *eis que uma delas se foi*.

Frankie meditou de novo, mas voltou a sacudir a cabeça.

– Só pode ser suicídio – ela disse. – Eu estava no jardim com Roger quando escutamos o tiro. No mesmo instante nós saímos correndo e atravessamos a sala de visitas até o vestíbulo. A porta do gabinete estava trancada por dentro. Contornamos a casa até a janela. Esta também estava fechada e Roger precisou quebrá-la. Foi só nesse momento que Nicholson apareceu.

Bobby refletiu sobre essa informação.

— Aparentemente, tudo dentro da ordem — ele concordou. — Mas Nicholson apareceu de uma maneira muito repentina.

— Ele esquecera uma bengala à tarde e tinha voltado para pegá-la.

Bobby franzia o cenho enquanto desenvolvia seu raciocínio.

— Ouça, Frankie. Vamos supor que, na verdade, Nicholson atirou em Bassington-ffrench...

— Tendo induzido Bassington-ffrench, primeiro, a escrever uma carta de despedida?

— Eu diria que isso deve ser a coisa mais fácil do mundo de falsificar. Qualquer alteração na caligrafia seria atribuída à emoção.

— Sim, isso é verdade. Prossiga com a sua teoria.

— Nicholson atira em Bassington-ffrench, deixa a carta de despedida e sai depressa, trancando a porta... e reaparece alguns minutos depois como se tivesse acabado de chegar.

Frankie balançou a cabeça com pesar.

— É uma boa ideia... mas não tem fundamento. Para começar, a chave estava no bolso de Henry Bassington-ffrench...

— Quem a encontrou nesse bolso?

— Bem, para falar a verdade, foi Nicholson.

— Aí está. O que seria mais fácil, para ele, do que fingir ter encontrado a chave ali?

— Eu não tirei os olhos dele... lembre-se. Tenho certeza de que a chave estava no bolso.

— É o que todo mundo diz enquanto não tira os olhos de um mágico. Você *vê* o coelho sendo colocado no chapéu! Se Nicholson é um criminoso de primeira categoria, então um truque simples como esse seria brincadeira de criança para ele.

— Bem, você pode estar certo em relação a isso, mas, falando sinceramente, Bobby, o negócio todo é impossível. Sylvia Bassington-ffrench estava de fato na casa quando o tiro foi disparado. Assim que o escutou, ela foi correndo até o vestíbulo. Se Nicholson tivesse disparado esse tiro e saído pela porta do gabinete, Sylvia não teria como deixar de vê-lo. Além disso, ela nos contou que o médico de fato veio caminhando pela frente da casa. Ela o viu chegando enquanto nós contornávamos a casa correndo e saiu ao encontro dele e o levou por fora até a porta de vidro do gabinete. Não, Bobby, detesto dizer isso, mas o sujeito tem um álibi.

— Por princípio, desconfio de pessoas que têm álibis — Bobby falou.

— Eu também. Mas não vejo como você pode desconsiderar esse.

— Pois é. A palavra de Sylvia Bassington-ffrench deveria bastar.

— Sem dúvida.

— Bem — Bobby falou com um suspiro —, acho que teremos de nos contentar com suicídio. Pobre diabo. E qual é o próximo ângulo de ataque, Frankie?

— Os Cayman — Frankie respondeu. — Não sei como fomos tão omissos a ponto de não investigar os Cayman antes. Você guardou o endereço do qual Cayman escreveu, não guardou?

— Sim. É o mesmo que eles deram no inquérito. St. Leonard's Gardens 17, Paddington.

— Você não concorda que nós negligenciamos demais essa linha de investigação?

— Sem sombra de dúvida. Mesmo assim, Frankie, tenho uma intuição muito forte de que os pássaros já nos escaparam da mão. Eu diria que os Cayman não nasceram ontem.

— Mesmo se tiverem partido, talvez eu acabe descobrindo alguma coisa sobre eles.

— Por que *eu*?

— Porque, mais uma vez, acho que seria melhor você não aparecer na história. Seria como ter vindo para cá quando achávamos que Roger era o vilão do espetáculo. Você é conhecido por eles, e eu não sou.

— E como você propõe travar conhecimento com eles? — Bobby perguntou.

— Vou interpretar alguma coisa política — Frankie respondeu. — Angariando votos para o Partido Conservador. Vou aparecer com panfletos.

— É uma ideia razoável — aprovou Bobby. — Mas, como eu disse antes, acho que os pássaros já nos escaparam da mão. No momento há outra questão que merece ser considerada: Moira.

— Meu Deus — Frankie falou. — Eu tinha me esquecido completamente dela.

— Foi o que eu percebi — Bobby retrucou com um toque de frieza em sua postura.

— Você está certo — disse Frankie, pensativa. — Precisamos fazer alguma coisa em relação a ela.

Bobby confirmou com a cabeça. Aquele rosto estranho e fascinante surgiu perante seus olhos. Havia nele algo trágico. Ele sempre tivera essa sensação, desde o primeiro momento em que havia tirado a fotografia do bolso de Alan Carstairs.

— Se você tivesse visto Moira naquela noite, quando eu invadi a granja! — Bobby exclamou. — Ela estava enlouquecida de medo... e eu lhe garanto, Frankie, *ela está certa*. Não se trata de um problema dos nervos ou qualquer coisa desse tipo. E se Nicholson quer se casar com Sylvia Bassington-ffrench, dois obstáculos precisam ser removidos. Um deles se foi. Tenho um pressentimento de que a vida de Moira está por um fio, e qualquer demora pode ser fatal.

Frankie se deixou convencer pelo fervor das palavras do amigo.

– Meu querido, você tem razão – ela disse. – Devemos agir com rapidez. O que faremos?

– Precisamos persuadi-la a abandonar a granja... o quanto antes.

Frankie concordou com a cabeça.

– Já sei o que vamos fazer – ela falou. – É melhor ela ir para Gales, ficar no castelo. Só Deus sabe, lá ela deverá estar mais do que segura.

– Se você conseguisse arranjar isso, Frankie, nada poderia ser melhor.

– Bem, é a coisa mais simples do mundo. O meu pai nunca se dá conta de quem entra ou sai. Ele vai gostar de Moira... praticamente qualquer homem gostaria... ela é tão feminina... É extraordinário como os homens gostam de mulheres desamparadas.

– Não acho que Moira seja particularmente desamparada – Bobby disse.

– Bobagem. Ela é como um passarinho que fica imóvel esperando ser comido por uma cobra sem esboçar nenhuma reação.

– O que é que ela poderia fazer?

– Milhares de coisas – Frankie respondeu com vigor.

– Bem, não vejo dessa maneira. Ela não tem nada de dinheiro, e nenhum amigo.

– Meu amigo, não fique batendo na mesma tecla. Parece que você está querendo inscrevê-la na Sociedade de Apoio às Jovens.

— Sinto muito — disse Bobby.

Houve um silêncio ofendido.

— Bem — Frankie falou, recuperando a compostura —, desconsidere o que eu disse. Acho que seria melhor colocar o nosso plano em ação o mais depressa possível.

— Também acho — Bobby retrucou. — Falando sério, Frankie, acho muitíssimo decente da sua parte...

— Não é nada — Frankie o interrompeu. — Não me importo de proteger essa moça, contanto que você não fique dizendo disparates a respeito dela, como se ela não tivesse mãos ou pés ou língua ou cérebro.

— Eu simplesmente não sei o que você quer dizer — Bobby falou.

— Bem, não precisamos ficar falando sobre isso — Frankie retrucou. — A minha ideia é: seja lá o que vamos fazer, devemos fazê-lo rápido. Isso não é uma citação?

— É a paráfrase de uma citação. Prossiga, Lady Macbeth.

— Sabe, eu sempre achei — disse Frankie, desviando de súbito por uma desenfreada digressão — que Lady Macbeth incitou Macbeth a cometer todos aqueles assassinatos com o simples e único motivo de que estava incrivelmente entediada com a vida... e, por consequência, com o próprio Macbeth. Tenho certeza de que ele era um desses homens mansos e inofensivos que levam suas esposas à loucura de tanto tédio. No entanto, uma vez que cometeu um assassinato pela primeira vez na vida, ele começou a se sentir um sujeito importante dos diabos e passou a desenvolver uma egomania para compensar seu complexo de inferioridade anterior.

— Você deveria escrever um livro a respeito, Frankie.

— Eu escrevo muito mal. Pois bem, onde estávamos? Ah, sim, o resgate de Moira. Melhor você trazer o carro às dez e meia. Vou dirigir até a granja para perguntar por

Moira, e, se Nicholson estiver lá quando eu falar com ela, vou lembrá-la quanto a sua promessa de vir me visitar, e então a levarei embora de lá no mesmo instante.

– Excelente, Frankie. Fico contente que não vamos perder tempo. Tenho um medo enorme de que outro acidente aconteça.

– Dez e meia, então – disse Frankie.

Quando ela chegou de volta a Merroway Court, já eram nove e meia. O desjejum tinha sido servido pouco antes, e Roger enchia sua xícara de café. Ele tinha uma expressão exausta e abatida.

– Bom dia – disse Frankie. – Eu tive uma noite terrível de sono. No fim, levantei por volta das sete da manhã e saí para caminhar.

– Lamento muitíssimo que você tenha entrado numa fria com toda essa preocupação – Roger falou.

– Como está Sylvia?

– Deram-lhe um sedativo ontem à noite. Ainda está dormindo, acredito. Pobre coitada, fico extremamente triste por ela. Sylvia era muito dedicada a Henry.

– Eu sei.

Frankie fez uma pausa antes de explicar seus planos de partida.

– Receio que você terá de partir mesmo – Roger retrucou com pesar. – O inquérito começa na sexta-feira. Avisarei se precisarem falar com você. Tudo depende do juiz de instrução.

Ele engoliu a xícara de café com uma fatia de torrada e então saiu para tratar das inúmeras coisas que exigiam sua atenção. Frankie sentiu muita pena dele. Conseguia imaginar muito bem a quantidade de mexericos e curiosidade que um suicídio na família iria provocar. Tommy apareceu, e ela se dedicou a entreter a criança.

Bobby trouxe o carro por volta das dez e meia; a bagagem de Frankie foi descida. Ela se despediu de Tommy e deixou um bilhete para Sylvia. O Bentley se afastou.

Os dois percorreram o trajeto até a granja em bem pouco tempo. Frankie nunca estivera naquele lugar antes, e os grandes portões de ferro e os arbustos excessivamente crescidos a deprimiram.

– É um lugar macabro – ela comentou. – Não admira que Moira fique aterrorizada morando aqui.

Eles pararam o carro na frente da casa, e Bobby desceu e tocou a campainha. Não obteve resposta por alguns minutos. Por fim, uma mulher com uniforme de enfermeira veio abri-la.

– A sra. Nicholson está? – Bobby perguntou.

A mulher hesitou antes de recuar no vestíbulo e abrir mais a porta. Frankie saltou do carro e adentrou a casa. A porta foi fechada atrás dela com um desagradável estrépito ecoante. Frankie notou que a porta estava repleta de sólidos ferrolhos e barras. De um modo bastante irracional, sentiu medo – como se estivesse ali, naquela casa sinistra, na condição de prisioneira.

"Bobagem", ela disse a si mesma. "Bobby está lá fora no carro. Entrei aqui à vista de todos. Nada pode acontecer comigo." Assim, expulsando da mente a sensação ridícula, seguiu a enfermeira pelas escadas e ao longo de um corredor. A enfermeira escancarou uma porta e Frankie entrou numa sala de estar pequena, graciosamente decorada com tecidos estampados e flores em vasos. Seu ânimo melhorou. Murmurando alguma coisa, a enfermeira se retirou.

Cerca de cinco minutos depois a porta se abriu e o dr. Nicholson entrou.

Frankie se viu completamente incapaz de controlar um ligeiro sobressalto, mas o mascarou com um sorriso de boas-vindas e um aperto de mãos.

— Bom dia — ela disse.

— Bom dia, Lady Frances. Espero que não tenha vindo me trazer más notícias da sra. Bassington-ffrench...

— Ela ainda estava dormindo quando eu saí — Frankie falou.

— Pobre mulher. Seu médico particular, é claro, deve estar cuidando dela...

— Ah, sim!

Frankie fez uma pausa e prosseguiu:

— Tenho certeza de que o senhor deve estar ocupado. Não pretendo tomar o seu tempo, sr. Nicholson. Na verdade, eu vim com o propósito de falar com sua esposa.

— Falar com Moira? É muita bondade sua.

Seria imaginação dela? Ou aqueles olhos azul-claros por trás das lentes grossas haviam mesmo se endurecido bem de leve?

— Sim — ele repetiu. — É muita bondade sua.

— Se ela não está de pé ainda — Frankie disse com um sorriso amável —, eu posso esperar.

— Ah, ela já levantou — disse o dr. Nicholson.

— Ótimo — Frankie retrucou. — Eu queria convencê-la a vir me fazer uma visita. Ela praticamente me prometeu isso — e sorriu de novo.

— Ora, é realmente muita bondade da sua parte, Lady Frances... muita bondade mesmo. Estou certo de que Moira teria gostado muito de visitá-la.

— Teria? — Frankie perguntou bruscamente.

O dr. Nicholson sorriu, exibindo sua bela fileira de dentes brancos e nivelados.

— Infelizmente, minha esposa partiu nesta manhã.

— Partiu? — Frankie exclamou, desconcertada. — Para onde?

— Ah, ela quis mudar um pouco de ares... Sabe como são as mulheres, Lady Frances. Este é um lugar bastante sombrio para uma jovem. De vez em quando, Moira sente que precisa se divertir um pouco, e então lá se vai ela.

– O senhor não sabe para onde ela foi? – Frankie perguntou.

– Para Londres, imagino. Lojas e teatros. A senhora sabe, esse tipo de coisa...

Frankie sentiu que o sorriso daquele homem era a coisa mais repulsiva com a qual jamais topara.

– Estou indo para Londres hoje – ela falou despreocupadamente. – O senhor poderia me dar o endereço dela?

– Ela geralmente se hospeda no Savoy – disse o dr. Nicholson. – Em todo caso, é provável que eu receba notícias dela dentro de um ou dois dias. Ela não é uma correspondente muito boa, receio... E eu acredito numa perfeita liberdade entre marido e mulher. Mas acho que o Savoy é o lugar mais plausível para encontrá-la.

O médico abriu a porta e Frankie se viu apertando-lhe a mão e sendo conduzida rumo à porta da frente, onde a enfermeira a esperava. A última coisa que Frankie ouviu foi a voz do dr. Nicholson, suave e, talvez, quase imperceptivelmente irônica:

– Foi muita bondade da sua parte pensar em convidar minha esposa para uma visita, Lady Frances.

Capítulo 24

Na pista dos Cayman

Bobby passou algum trabalho para preservar sua impassibilidade de chofer quando Frankie saiu sozinha.

Tendo a enfermeira como espectadora, ela ordenou:

– De volta para Staverley, Hawkins.

O carro deslizou pela saída e atravessou os portões. Depois, quando chegaram a um trecho deserto da estrada, Bobby parou o Bentley e olhou interrogativamente para sua companheira.

– E aí? – ele perguntou.

Um tanto pálida, Frankie respondeu:

– Bobby, não estou gostando. Aparentemente, ela saiu de casa.

– *Saiu de casa*? Nesta manhã?

– Ou ontem à noite.

– Sem nos dizer uma única palavra?

– Bobby, eu simplesmente não acredito nisso. O homem estava mentindo... tenho certeza disso.

Bobby ficara muito pálido. Ele murmurou:

– Tarde demais! Idiotas que fomos! Não devíamos de modo algum ter deixado Moira voltar para casa ontem.

– Você não acha que ela está... morta, acha? – Frankie sussurrou com uma voz trêmula.

– Não – Bobby retrucou com um tom de voz violento, como se precisasse tranquilizar a si mesmo.

Ficaram ambos calados por um ou dois minutos, e então Bobby expôs suas deduções com um tom mais calmo.

— Ela por certo ainda está viva, por causa do descarte do corpo e tudo mais. Sua morte precisaria ter parecido natural e acidental. Não, ou sumiram com ela em algum lugar, contra sua vontade, ou então... e é nisso que eu acredito... ela ainda está lá.

— Na granja?

— Na granja.

— Bem – disse Frankie –, o que é que nós vamos fazer?

Bobby pensou por alguns instantes.

— Não creio que você possa fazer alguma coisa – ele disse afinal. – Seria melhor você voltar para Londres. Você sugeriu tentar localizar os Cayman. Trate de fazer isso.

— Ah, Bobby!

— Minha querida, você não terá nenhum proveito ficando por aqui. Você é conhecida... conhecida demais a esta altura. Anunciou que está partindo... o que pode fazer? Não pode permanecer em Merroway. Não pode ir se hospedar no Anglers' Arms. Ninguém na vizinhança seria capaz de segurar a língua. Não, você precisa ir embora. Nicholson talvez até suspeite, mas ele não pode ter *certeza* de que você sabe de alguma coisa. Você vai voltar para Londres, e eu vou ficar.

— No Anglers' Arms?

— Não, eu acho que o seu chofer vai desaparecer agora. Vou me instalar no meu quartel-general em Ambledever, que fica a quinze quilômetros daqui, e, se Moira estiver ainda naquela casa monstruosa, eu hei de encontrá-la.

Frankie ainda objetava um pouco.

— Bobby, você promete que vai se cuidar?

— Serei ardiloso como uma serpente.

Com um peso no coração, Frankie cedeu. O que Bobby dizia era por certo bastante sensato. Ela mesma não poderia fazer nada mais de útil ali. Bobby a levou no carro até a cidade, e Frankie, tendo aberto a porta da casa na Brook Street, sentiu-se subitamente desamparada.

Ela não era, no entanto, do tipo que ficava plantada no mesmo lugar. Às três da tarde, uma jovem vestida com muita elegância – mas sobriamente –, exibindo no rosto sisudo um pincenê e um cenho franzido, pôde ser vista chegando a St. Leonard's Gardens com um maço de panfletos e papéis na mão.

St. Leonard's Gardens, em Paddington, era um conjunto de casas notavelmente sombrias, a maioria delas um tanto dilapidada. O lugar tinha um aspecto geral de que vira "dias melhores" muito tempo atrás.

Frankie foi caminhando ao longo das casas, conferindo as numerações. De repente ela se deteve com uma careta de desgosto.

O número 17 exibia uma placa anunciando estar à venda ou disponível para aluguel sem mobília.

No mesmo instante Frankie se desfez do pincenê e da expressão sisuda.

Parecia que a angariadora de votos não seria necessária.

Eram informados os nomes de diversos corretores imobiliários. Frankie escolheu dois e os anotou. Em seguida, tendo determinado seu plano de ação, tratou de colocá-lo em execução.

Os primeiros corretores eram os senhores Gordon & Porter da Praed Street.

– Bom dia – disse Frankie. – Será que poderiam me dar o endereço de um cavalheiro chamado Cayman? Até pouco tempo atrás ele morava no número 17 de St. Leonard's Gardens.

– Isso mesmo – falou o jovem a quem Frankie se dirigira. – Mas ele ficou lá por bem pouco tempo, não ficou? Nós representamos os proprietários... O sr.

Cayman fez uma locação trimestral, pois poderia ter de assumir um posto no exterior a qualquer momento. Acredito que de fato foi o que aconteceu.

– Então o senhor não tem o endereço dele?

– Receio que não.

– Ele acertou as contas conosco e foi só.

– Mas decerto deixou algum endereço registrado quando alugou a casa.

– Um hotel... acho que era o G.W.R., Paddington Station.

– Referências... – Frankie sugeriu.

– Ele pagou o aluguel do trimestre adiantado e fez um depósito para cobrir os gastos de luz elétrica e gás.

– Ah! – Frankie exclamou, desalentada.

Ela percebeu que o jovem olhava para ela com alguma dose de curiosidade. Corretores de imóveis são adeptos da prática de avaliar a "classe" dos clientes. Ele obviamente considerava o interesse de Frankie pelos Cayman um tanto inesperado.

– Ele me deve um bocado de dinheiro – Frankie mentiu.

O rosto do jovem assumiu no mesmo instante uma expressão de choque.

Totalmente compadecido com a beldade em apuros, vasculhou arquivos de correspondência e fez tudo que podia, mas nenhum vestígio da atual ou última residência do sr. Cayman foi encontrado.

Frankie lhe agradeceu e partiu. Pegou um táxi até a imobiliária seguinte. Não perdeu tempo em repetir o processo. Os primeiros corretores eram os que haviam alugado a casa para Cayman. Aqui o escritório só tinha o encargo de alugá-la de novo em nome do proprietário. Frankie solicitou uma autorização para visitar o imóvel.

Dessa vez, para contrabalançar a expressão de surpresa que viu surgir no rosto do funcionário, explicou que desejava uma propriedade barata com o propósito de abrir um albergue para moças. A expressão de surpresa desapareceu, e Frankie saiu com a chave do número 17 de Leonard's Gardens, as chaves de duas outras "propriedades" que ela não tinha a menor vontade de ver e uma autorização para visitar ainda uma quarta.

Foi um lance de sorte, Frankie pensou, que o funcionário não tivesse desejado acompanhá-la, mas talvez eles só fizessem isso quando se tratava do aluguel de uma casa mobiliada.

Um cheiro de casa mofada invadiu as narinas de Frankie quando ela abriu a porta da frente do número 17.

A casa era pouco acolhedora, com decoração barata e tinta suja e descascada. Frankie a vistoriou metodicamente do sótão ao porão. Não haviam limpado a casa quando de sua desocupação. Podiam ser vistos pedaços de barbante, jornais velhos e alguns pregos e ferramentas. De natureza pessoal, porém, nem mesmo um fragmento de uma carta rasgada Frankie conseguiu encontrar.

A única coisa que lhe pareceu ter alguma possível importância foi um guia ferroviário ABC que estava jogado, aberto, num dos assentos de janela. Não havia nada indicando que qualquer um dos nomes da página aberta tivessem qualquer importância específica, mas Frankie os copiou todos num pequeno caderno de anotações como fracos substitutos de tudo que havia esperado encontrar.

Quanto ao paradeiro dos Cayman, foi malsucedida. Consolou-se com a reflexão de que não se poderia esperar outra coisa. Se o sr. e a sra. Cayman estavam associados ao lado errado da lei, então tomariam as maiores precauções para que ninguém conseguisse localizá-los. Ao menos era uma espécie de evidência confirmatória negativa.

Mesmo assim, Frankie sentia-se definitivamente desapontada quando devolveu as chaves aos corretores e proferiu garantias falsas de que entraria em contato com eles dentro de poucos dias.

Ela se encaminhou para o parque um tanto deprimida e se perguntando que raios faria em seguida. Tais pensamentos infrutíferos foram interrompidos por uma repentina e violenta pancada de chuva. Não havia nenhum táxi à vista, e Frankie apressadamente salvou um de seus chapéus favoritos correndo às pressas até o metrô mais próximo. Comprou um bilhete para Piccadilly Circus e alguns jornais numa banca.

Tendo entrado no trem – quase vazio àquela hora do dia –, rechaçou resolutamente todos os pensamentos relativos ao problema incômodo e, abrindo um jornal, esforçou-se para concentrar suas atenções no conteúdo.

Leu fragmentos dispersos aqui e ali. O número de mortes nas estradas. O misterioso desaparecimento de uma colegial. A festa de Lady Peterhampton no Claridge's. A convalescença de Sir John Milkington após seu acidente de iate – o *Astradora*, famoso iate que havia pertencido ao sr. John Savage, o falecido milionário. Não era um barco azarado? O homem que o projetara tivera uma morte trágica, o sr. Savage cometera suicídio – e Sir John Milkington escapara da morte por um milagre.

Frankie colocou o jornal no colo, franzindo a testa num esforço de recordação.

O nome do sr. John Savage tinha sido mencionado duas vezes antes – uma vez por Sylvia Bassington-ffrench, quando esta falara sobre Alan Carstairs, e outra por Bobby, quando este relatara sua conversa com a sra. Rivington.

Alan Carstairs tinha sido amigo de John Savage. A sra. Rivington manifestara uma vaga ideia de que a presença de Carstairs na Inglaterra tinha algo a ver com a morte de Savage. Savage havia... o que era mesmo?... Havia cometido suicídio porque pensava estar com câncer.

E se... e se Alan Carstairs não tivesse ficado satisfeito com o relato da morte do amigo? E se ele tivesse vindo para investigar a história toda? E se isso – as circunstâncias que cercavam a morte de Savage – fosse o primeiro ato do drama no qual ela e Bobby estavam atuando?

"É possível", Frankie pensou. "Sim, é possível."

Ela refletiu profundamente, especulando sobre a melhor maneira de abordar aquela nova fase do caso. Não fazia a menor ideia de quem eram os parentes ou amigos de John Savage.

Então uma ideia lhe ocorreu: o testamento dele. Se de fato havia qualquer aspecto suspeito sobre o fim que ele tivera, seu testamento forneceria uma possível pista.

Num determinado ponto de Londres, Frankie sabia, havia um lugar no qual você podia consultar testamentos mediante o pagamento de um xelim. Mas ela não conseguia se lembrar de onde ficava.

O trem parou numa estação, e Frankie percebeu que já estava no British Museum. Ela passara duas estações além de Oxford Circus, onde queria ter trocado de linha. Levantou-se num pulo e saiu do trem. Quando chegou à rua, veio-lhe uma ideia. Uma caminhada de cinco minutos a levou ao escritório dos senhores Spragge, Spragge, Jenkinson & Spragge.

A jovem foi recebida com deferência e conduzida no mesmo instante ao reduto particular do sr. Spragge, o sócio mais velho da firma.

O sr. Spragge era um homem da máxima cordialidade. Tinha uma voz sonora, melodiosa e persuasiva que seus clientes aristocráticos consideravam extremamente tranquilizadora quando precisavam ser livrados de alguma enrascada. Corriam rumores que o sr. Spragge conhecia mais segredos desonrosos a respeito das famílias nobres do que qualquer outro homem em Londres.

– Isto é de fato um prazer, Lady Frances – disse o sr. Spragge. – Sente-se, por favor. Tem certeza de que essa cadeira está confortável? Sim, sim. O tempo está encantador agora, não está? Um veranico de outono. E como vai Lord Marchington? Vai bem, espero?

Frankie respondeu de modo adequado a essas e outras indagações.

Então o sr. Spragge retirou o pincenê do nariz e assumiu mais precisamente o papel de guia e conselheiro legal.

– E agora, Lady Frances – ele disse –, a que devo o prazer de ver a senhorita no meu... hmm... esquálido escritório nesta tarde?

"Chantagem?", perguntavam-se suas sobrancelhas. "Cartas indiscretas? Um relacionamento com certo jovem indesejável? Processada pela costureira?"

Mas as sobrancelhas faziam essas indagações de uma forma muito discreta, como convinha a um advogado com a renda e a experiência do sr. Spragge.

– Quero ver um testamento – Frankie falou. – E não sei aonde se deve ir ou o que se deve fazer. Mas existe um lugar onde você pode pagar um xelim, não existe?

– No Somerset House – informou o sr. Spragge. – Mas que testamento é esse? Creio que posso lhe contar tudo que desejar saber sobre... hã... os testamentos da sua família. Posso afirmar a minha crença de que nossa firma teve a honra de elaborá-los ao longo de muitos anos.

– Não é um testamento da minha família – Frankie retrucou.

– Não? – disse o sr. Spragge.

E tão forte era seu poder quase hipnótico de arrancar confidências de seus clientes que Frankie, contrariando sua intenção inicial, sucumbiu à persuasão e lhe contou:

– Eu queria ver o testamento do sr. Savage, John Savage.

– Não... diga... – um genuíno assombro se manifestou na voz do sr. Spragge, que não havia esperado por isso. – Ora, isso é de fato extraordinário... mais do que extraordinário.

Havia um timbre tão incomum em sua voz que Frankie olhou para ele com surpresa.

– Sinceramente... – disse o sr. Spragge. – Sinceramente, não sei o que fazer. Talvez, Lady Frances, a senhorita possa me dar as suas razões para desejar ver esse testamento...

– Não – Frankie retrucou devagar. – Receio que não possa.

Chamava sua atenção o fato de que o sr. Spragge, por algum motivo, estivesse reagindo de um modo que mal lembrava seu costumeiro comportamento afável e onisciente. O advogado parecia estar efetivamente preocupado.

– Realmente acredito – disse o sr. Spragge – que é meu dever preveni-la.

– Prevenir-me? – Frankie repetiu.

– Sim. Os indícios são vagos, muito vagos mesmo, mas está bem claro que existe algo em andamento. E não gostaria, por nada no mundo, de vê-la envolvida em quaisquer negócios escusos.

No que dizia respeito a isso, Frankie poderia ter dito a ele que já estava envolvida até o pescoço num negócio que sem dúvida ele teria desaprovado. Mas limitou-se a encará-lo interrogativamente.

– A coisa toda é de fato uma extraordinária coincidência – o sr. Spragge ia dizendo. – Está bem claro que há algo em andamento... bem claro. Mas o que é... isso, de momento, eu não tenho condições de dizer.

Frankie continuou a encará-lo de modo interrogador.

– Uma informação acaba de chegar ao meu conhecimento – continuou o sr. Spragge, seu peito inflado de indignação. – Alguém agiu se passando por mim, Lady Frances, se passando por mim deliberadamente. O que a senhorita me diz disso?

Por um momento de puro pânico, Frankie não conseguiu dizer nada em absoluto.

Capítulo 25

O sr. Spragge fala

Por fim ela gaguejou:

– Como foi que o senhor descobriu?

Não era o que queria dizer de modo algum. Um instante depois, com efeito, teve vontade de cortar a própria língua pela estupidez, mas as palavras já estavam ditas, e o sr. Spragge não seria um advogado decente se deixasse de perceber que suas palavras continham uma confissão.

– Então sabe algo dessa história, Lady Frances?

– Sim – Frankie respondeu.

Ela fez uma pausa, respirou fundo e falou:

– Na verdade, a história toda é obra minha, sr. Spragge.

– Fico espantado – retrucou o sr. Spragge.

Havia uma batalha em sua voz, o profissional ultrajado estava em conflito com o paternal advogado de família.

– Como foi que isso se deu? – ele perguntou.

– Foi só uma brincadeira – Frankie respondeu sem jeito. – Nós... nós não tínhamos o que fazer.

– E quem – indagou o sr. Spragge – teve a ideia de se fazer passar por mim?

Frankie olhou para ele, com suas faculdades mentais voltando ao funcionamento, e tomou uma decisão rápida.

– Foi o jovem duque de No... – ela se interrompeu. – Realmente não posso mencionar nomes. Não é justo.

Mas ela sabia que a maré havia virado em seu favor. Era duvidoso que o sr. Spragge pudesse ter perdoado tamanho atrevimento por parte de um mero filho de vigário, mas sua fraqueza por nomes da nobreza o fez olhar a impertinência de um duque com tolerância. Seus modos benévolos retornaram.

– Ora, essa juventude aristocrática... essa juventude aristocrática – ele murmurou, com um gesto de censura do dedo indicador – Em que enrascadas vocês se metem! A senhorita ficaria surpresa, Lady Frances, com a quantidade de complicações legais que poderia resultar de uma brincadeira aparentemente inofensiva improvisada no calor do momento. Só um excesso de espirituosidade... mas às vezes extremamente difícil de solucionar no tribunal.

– Acho que o senhor é simplesmente maravilhoso, sr. Spragge – Frankie falou com fervor. – Acho mesmo. Nem mesmo uma pessoa em mil teria reagido como o senhor. Eu me sinto incrivelmente envergonhada.

– Não, não, Lady Frances – disse paternalmente o sr. Spragge.

– Ah, mas eu me sinto. Suponho que tenha sido a sra. Rivington quem... o que foi exatamente que ela lhe contou?

– Acho que tenho a carta aqui. Eu a li faz apenas meia hora.

Frankie estendeu a mão e o sr. Spragge lhe entregou a carta como quem diz: "Pronto, veja só o que arranjaram com essa tolice".

> *Caro sr. Spragge* (a sra. Rivington escrevera), *É uma grande estupidez da minha parte, mas acabei de me lembrar de uma coisa que poderia tê-lo ajudado no dia em que me visitou. Alan Carstairs mencionou que estava indo para um lugar chamado Chipping Somerton. Não sei se isso pode lhe ser útil de algum modo.*

Fiquei muito interessada no que o senhor me contou sobre o caso Maltravers.

Com os melhores cumprimentos,
Edith Rivington.

– Como a senhorita pode ver, o resultado poderia ter sido muito grave – disse severamente o sr. Spragge, mas com uma severidade suavizada pela benevolência. – Deduzi que algo extremamente questionável devia estar em andamento. Se tinha relação com o caso Maltravers ou com o meu cliente, o sr. Carstairs...

Frankie o interrompeu:

– Alan Carstairs era um cliente seu? – ela perguntou, alvoroçada.

– Era. Ele me consultou na última vez em que esteve na Inglaterra, no mês passado. Conhece o sr. Carstairs, Lady Frances?

– Creio poder afirmar que sim – Frankie respondeu.

– Uma personalidade das mais atraentes – disse o sr. Spragge. – Ele trouxe ao meu escritório um belo sopro de... hã... das grandes paisagens ao ar livre.

– Ele veio lhe consultar sobre o testamento do sr. Savage, não veio? – Frankie perguntou.

– Ah! – exclamou o sr. Spragge. – Então foi a senhorita quem o aconselhou a me procurar? Ele não conseguia se lembrar ao certo de quem tinha sido. Lamento não ter podido auxiliá-lo mais.

– O que foi exatamente que o senhor o aconselhou a fazer? – Frankie quis saber. – Ou seria pouco profissional me contar?

– Não nesse caso – o sr. Spragge retrucou sorrindo. – Na minha opinião, não havia nada que se pudesse fazer... nada, isto é, a menos que os parentes do sr. Savage estivessem preparados para gastar bastante dinheiro para levar o caso em frente... e, segundo deduzi, eles não estavam preparados ou sequer tinham condições de fazê-lo. Nunca aconselho um cliente a levar um caso ao tribunal a menos que exista total esperança de sucesso. A lei, Lady Frances, é uma senhora muito incerta. Ela tem voltas e reviravoltas que surpreendem a mente leiga. Um acordo fora dos tribunais sempre foi o meu lema.

– O caso todo era muito curioso – Frankie afirmou, pensativa.

Ela tinha em certa medida uma sensação de quem anda com pés descalços num piso repleto de tachinhas. A qualquer momento ela poderia pisar num deles... e então o jogo terminaria.

– Casos como esse não são tão incomuns como a senhorita poderia imaginar – disse o sr. Spragge.

– Casos de suicídio? – Frankie indagou.

– Não, não, estou me referindo a casos de abuso de influência. O sr. Savage era um empedernido homem de negócios, e no entanto era claramente manipulado como um boneco por aquela mulher. Não tenho a menor dúvida de que ela sabia bem o que estava fazendo.

– Eu gostaria que o senhor me contasse a história toda com mais detalhes – Frankie pediu com audácia.
– O sr. Carstairs estava... bem, estava tão acalorado que eu não consegui entender direito.

– O caso é extremamente simples – disse o sr. Spragge. – Posso lhe recapitular os fatos, que são acessíveis a qualquer pessoa, de modo que nada me impede de lhe contar.

– Então me conte tudo – Frankie pediu.

– Ocorreu que o sr. Savage estava voltando dos Estados Unidos à Inglaterra em novembro do ano passado. Ele era, como a senhorita sabe, um homem extremamente rico e sem parentes próximos. Nessa viagem, travou conhecimento com certa dama... uma tal... hã... sra. Templeton. Não se sabe muito a respeito da sra. Templeton, exceto que era uma mulher muito bonita e que tinha um marido em algum canto, num conveniente segundo plano.

"Os Cayman", Frankie pensou.

– Essas travessias oceânicas são perigosas – o sr. Spragge continuou, sorrindo e balançando a cabeça. – O sr. Savage ficou claramente arrebatado. Aceitou o convite da dama para ir passar uns dias em seu pequeno chalé em Chipping Somerton. Não fui capaz de averiguar quantas vezes ele esteve lá, mas não há dúvida de que foi caindo cada vez mais sob a influência da sra. Templeton. Então ocorreu a tragédia. O sr. Savage vinha se mostrando preocupado nos últimos tempos com seu estado de saúde. Receava que pudesse estar sofrendo de certa doença...

– Câncer? – Frankie falou.

– Bem, para falar a verdade, isso mesmo, câncer. A ideia se tornou uma verdadeira obsessão para ele. Ele estava hospedado com os Templeton na ocasião. Os dois o persuadiram a ir a Londres para consultar um especialista. Ele foi. Pois nesse ponto, Lady Frances, eu mantenho uma mente aberta. Esse especialista... um médico de excelente reputação que tem uma posição das mais elevadas na profissão há muitos anos... jurou no inquérito que o sr. Savage não estava sofrendo de câncer e que lhe dissera isso, mas que o sr. Savage estava tão obcecado por sua crença que não foi capaz de aceitar a verdade quando defrontado com ela. Ora, falando sem o menor preconceito, Lady Frances, e conhecendo a profissão médica, acredito que as coisas podem ter se passado de uma forma um pouco diferente. Se os sintomas do sr. Savage confundiram o médico, talvez ele tenha falado num tom sério, fazendo uma cara de preocupação, talvez tenha mencionado certos tratamentos caros e tenha, mesmo tentando tranquilizá-lo quanto ao câncer, transmitido a impressão de que havia um problema muito sério. O sr. Savage, tendo ouvido falar que os médicos costumam ocultar de seus pacientes o fato de que estes *estão* sofrendo dessa doença, por certo interpretaria esse parecer a seu próprio modo. As palavras tranquilizadoras do médico *não* eram verdadeiras... ele *havia* contraído a doença que julgava padecer. De todo modo, o sr. Savage voltou para Chipping Somerton num estado de grande perturbação mental. Via pela frente uma morte lenta e dolorosa. Segundo eu soube, alguns membros de sua família haviam morrido de câncer, e ele estava determinado a não passar pelos sofrimentos que testemunhara. Mandou chamar um advogado, membro muito respeitável de uma firma eminentemente respeitável, e este elaborou ali mesmo um testamento que o sr. Savage assinou e então deixou aos cuidados do advogado por segurança. Naquela mesma noite o sr. Savage tomou uma overdose de cloral e deixou uma carta na qual explicava que preferia uma morte rápida e indolor a uma lenta e dolorosa. Pelo testamento, o sr. Savage deixou uma soma de 700 mil libras à sra. Templeton, com isenção de impostos de herança, e o restante para determinadas instituições de caridade.

O sr. Spragge se recostou na cadeira. Agora ele estava se divertindo.

– O júri chegou ao costumeiro veredicto compassivo de suicídio por desequilíbrio mental, mas não creio que possamos argumentar a partir disso que ele estivesse necessariamente passando por um desequilíbrio mental quando fez o testamento. Creio que nenhum júri acreditaria nisso. O testamento foi feito na presença de um advogado cuja opinião é de que o morto estava sem dúvida equilibrado e na plena posse de suas faculdades mentais. Tampouco acredito que possamos provar um abuso de influência. O sr. Savage não deserdou nenhuma pessoa próxima e querida. Seus únicos parentes eram primos distantes que ele quase nunca via. Eles moravam de fato na Austrália, eu acredito.

O sr. Spragge fez uma pausa.

– O sr. Carstairs contestou que um testamento como aquele não era nem um pouco típico do sr. Savage. O sr. Savage nunca tivera qualquer simpatia por organizações de caridade e sempre havia se aferrado à ideia de que o dinheiro devia passar para parentes consanguíneos. Entretanto, o sr. Carstairs não tinha nenhuma prova documentada de tais afirmações, e, como salientei para ele, os homens costumam mudar de opinião. Na contestação desse testamento, seria preciso enfrentar, além da sra. Templeton, as instituições de caridade. Além disso, o testamento já tinha passado pela legitimação.

– Não houve nenhum alarido na ocasião? – Frankie perguntou.

– Como eu disse, os parentes do sr. Savage não moravam neste país e mal tinham conhecimento do assunto. Foi o sr. Carstairs quem levantou a questão. Ele voltou de uma excursão pelo interior da África, ficou sabendo aos poucos dos detalhes desse caso e veio ao nosso país para ver se algo podia ser feito. Eu me vi forçado a lhe dizer que, no meu ponto de vista, não havia nada que se pudesse fazer. A posse é noventa por cento da lei, e a sra. Templeton já estava de posse. Além disso, ela deixara o país para ir viver, creio eu, no sul da França. Recusou-se a fazer qualquer comunicação em torno do assunto. Sugeri que o sr. Carstairs solicitasse um aconselhamento legal, mas ele decidiu que não era necessário e aceitou a minha opinião de que não havia nada que se pudesse fazer, ou de que, fosse lá o que pudesse ter sido feito na ocasião, e no meu entender isso era imensamente duvidoso, agora já era tarde demais.

– Entendo – disse Frankie. – E ninguém sabe nada sobre essa sra. Templeton?

O sr. Spragge balançou a cabeça e comprimiu os lábios.

– Um homem como o sr. Savage, com seu conhecimento de vida, não poderia ter se deixado enganar com tanta facilidade, mas...

O sr. Spragge sacudiu a cabeça com tristeza enquanto passava por sua mente uma visão de inumeráveis clientes que deveriam ter ouvido a voz da razão e ter recorrido a ele, de modo que seus casos fossem resolvidos fora do tribunal.

Frankie se levantou.

– Os homens são criaturas extraordinárias – ela disse.

Então estendeu a mão.

– Até logo, sr. Spragge. O senhor foi maravilhoso... simplesmente maravilhoso. Eu me sinto mais do que envergonhada.

– Vocês, jovens aristocráticos, deveriam ser mais cuidadosos – afirmou o sr. Spragge, sacudindo a cabeça para Frankie.

– O senhor foi um anjo – Frankie retrucou.

Apertou a mão do advogado com fervor e se despediu.

O sr. Spragge voltou a se sentar atrás de sua escrivaninha. Estava refletindo.

"O jovem duque de..."

Só existiam dois duques que podiam ser descritos assim.

Qual deles era?

Ele pegou uma nobiliarquia.

Capítulo 26

Aventura noturna

A inexplicável ausência de Moira deixava Bobby mais preocupado do que ele gostaria de admitir. O jovem repetia consigo que era absurdo tirar conclusões apressadas – que era fantasioso demais imaginar que Moira tivesse sido eliminada numa casa cheia de possíveis testemunhas – que era bem provável que houvesse uma explicação muito simples e que, na pior das hipóteses, ela seria somente uma prisioneira na granja.

Bobby não acreditava nem por um segundo que a jovem tivesse saído de Staverley por sua livre e espontânea vontade. Estava convencido de que ela jamais teria partido assim sem lhe mandar um bilhete de explicação. Além disso, ela declarara enfaticamente que não tinha para onde ir.

Não, o sinistro dr. Nicholson estava por trás de tudo aquilo. De um modo ou de outro ele devia ter tomado conhecimento das atividades de Moira, e agora executava sua retaliação. Em algum lugar, no interior das sinistras paredes da granja, Moira era mantida prisioneira, incapaz de se comunicar com o mundo exterior.

Mas poderia não permanecer como prisioneira por muito tempo. Bobby acreditava implicitamente em cada palavra que Moira proferira. Os temores da jovem não eram nem resultado de uma imaginação vívida e tampouco de nervos abalados. Eram a verdade simples e cristalina.

Nicholson pretendia se livrar de sua esposa. Por diversas vezes, seus planos haviam malogrado. Agora, comunicando seus temores a outros, a esposa forçara o marido a tomar uma providência. Ou ele agia com rapidez ou então não agia em absoluto. Teria ele o sangue-frio para agir?

Bobby acreditava que teria. Por certo ele sabia que, mesmo que esses estranhos tivessem dado ouvidos aos temores de sua esposa, não teriam prova nenhuma. Além disso, imaginava que só teria de lidar com Frankie. Era possível que tivesse suspeitado dela desde o começo – seu pertinente questionamento quanto ao "acidente" dela parecia sinalizar isso –, mas, na condição de chofer de Lady Frances, Bobby não acreditava que o sujeito pudesse suspeitar que ele fosse qualquer outra coisa senão o que parecia ser.

Sim, Nicholson agiria. O corpo de Moira seria provavelmente encontrado em algum distrito longe de Staverley. Poderia ser jogado na praia pelas ondas do mar. Ou poderia ser encontrado ao pé de um penhasco. O negócio iria parecer, Bobby tinha quase certeza, um "acidente". Nicholson era especialista em acidentes.

Todavia, Bobby acreditava que o planejamento e a execução de tal acidente demandariam tempo – não muito, mas algum tempo. Nicholson estava sendo forçado a tomar uma providência – tinha de agir mais rápido do que havia previsto. Parecia razoável supor que ao menos 24 horas transcorreriam antes que ele conseguisse colocar qualquer plano em execução.

E Bobby pretendia encontrar Moira, se ela estivesse na granja, nesse meio-tempo.

Após deixar Frankie na Brook Street, ele tratou de colocar seus planos em ação. Julgou ser prudente passar bem longe do beco. Até onde sabia, o lugar podia estar sendo vigiado. Quanto a Hawkins, ele mesmo acreditava que ainda estivesse livre de suspeitas. Agora Hawkins, por sua vez, estava prestes a desaparecer.

Naquele fim de tarde, um jovem de bigode trajando um terno azul-escuro barato chegou à movimentada cidadezinha de Ambledever. O jovem se hospedou num hotel perto da estação, registrando-se como George Parker. Tendo deixado sua mala no hotel, saiu a pé e entrou em negociação para alugar uma motocicleta.

Às dez da noite, um motociclista com boné e óculos de proteção passou pelo vilarejo de Staverley e parou num trecho deserto da estrada não muito longe da granja.

Empurrando apressadamente a moto para trás de alguns arbustos convenientes, Bobby observou a estrada de alto a baixo. Estava deserta.

Então avançou ao longo do muro até chegar à pequena porta. Como da vez anterior, não estava trancada. Lançando mais um olhar pela estrada para ter certeza de que não era observado, Bobby passou furtivamente para o lado de dentro. Enfiou a mão no bolso do casaco, onde uma saliência indicava a presença do revólver. Tocá-lo era tranquilizador.

No interior da propriedade, tudo parecia silencioso.

Bobby arreganhou os dentes ao recordar histórias de gelar o sangue nas quais o vilão do enredo mantinha no lugar um guepardo ou outra inquieta fera predadora para lidar com os intrusos.

O dr. Nicholson parecia se contentar com meros ferrolhos e barras – e mesmo nisso parecia um tanto negligente. Bobby tinha certeza de que aquela portinha não devia ter sido deixada aberta. No papel de vilão da história, o dr. Nicholson se mostrava lamentavelmente descuidado.

"Nenhuma serpente domesticada", Bobby pensou. "Nenhum guepardo, nenhuma cerca eletrificada... o sujeito é vergonhosamente antiquado."

Ele fazia essas reflexões mais para se animar do que por qualquer outra razão. Toda vez que pensava em Moira, um estranho aperto parecia envolver seu coração.

O rosto da jovem flutuava no ar diante dele – os lábios trêmulos – os olhos arregalados e aterrorizados. Tinha sido bem ali que a vira pela primeira vez em carne e osso. Ele se sentiu atravessado por um frêmito de emoção ao recordar como a envolvera com os braços para segurá-la...

Moira – onde ela estaria agora? O que aquele médico sinistro fizera com ela? Se ao menos ainda estivesse viva...

– Só pode estar – Bobby falou sombriamente entre lábios apertados. – Não vou pensar em qualquer outra coisa.

Ele fez um cuidadoso reconhecimento do entorno da casa. Algumas janelas do andar superior tinham luzes acesas, e havia uma janela iluminada no andar térreo.

Bobby se arrastou furtivamente na direção dessa janela. As cortinas estavam corridas, mas havia uma ligeira fresta entre elas. Bobby apoiou um joelho no peitoril e alçou o corpo sem fazer ruído. Espiou pela fenda.

Conseguiu enxergar o braço e o ombro de um homem se movendo de leve, como se estivesse escrevendo. Dentro em pouco, o homem mudou de posição e seu perfil ficou à vista. Era o dr. Nicholson.

A posição era curiosa. Sem ter consciência de estar sendo observado, o médico seguia escrevendo num ritmo constante. Uma estranha espécie de fascinação tomou conta de Bobby. O homem estava tão perto dele que, se não fosse o vidro, poderia ter estendido o braço para tocá-lo.

Pela primeira vez, Bobby sentiu, estava realmente vendo aquele homem. Era um perfil imponente, com o nariz grande e agressivo, o queixo saliente, a bem escanhoada e incisiva linha do maxilar. As orelhas, Bobby notou, eram pequenas e coladas por inteiro na cabeça, e os lóbulos de fato se uniam às faces. Ele tinha a impressão que orelhas como aquelas, segundo se dizia, tinham algum significado especial.

O médico continuava escrevendo – com calma e sem pressa, aqui e ali parando por instantes, como que procurando a palavra certa, para em seguida retomar a escrita. Sua caneta se movia sobre o papel com precisão e regularidade. Num dado momento, ele tirou o pincenê, limpou as lentes e o recolocou no rosto.

Por fim, com um suspiro, Bobby se deixou escorregar silenciosamente até o chão. Pelo jeito, Nicholson continuaria escrevendo por algum tempo ainda. Agora era o momento para tentar entrar na casa.

Se Bobby conseguisse forçar a entrada por uma das janelas do andar superior enquanto o médico escrevia em seu gabinete, ele poderia explorar o prédio à vontade numa hora mais avançada da noite.

Ele voltou a circular a casa e se concentrou numa janela do primeiro andar. O caixilho de cima estava aberto, mas não havia luz no aposento, que, portanto, provavelmente estava desocupado no momento. Além disso, uma árvore muito conveniente parecia prometer um fácil meio de acesso.

Um minuto depois Bobby já estava trepando a árvore. Tudo estava indo bem e ele já esticava um braço para se apoiar no parapeito da janela quando um estalido agourento veio do galho sobre o qual pisava, e no momento seguinte esse ramo apodrecido cedeu, e Bobby foi lançado de cabeça numa moita de hortênsias abaixo que, por sorte, amorteceu sua queda.

A janela do gabinete de Nicholson ficava mais adiante no mesmo lado da casa. Bobby ouviu uma exclamação na voz do médico e a janela foi escancarada. Recobrando-se do choque inicial da queda, o jovem saltou de pé, desembaraçou-se das hortênsias e saiu em disparada pelo escuro trecho sombreado até o caminho que levava à portinha. Avançou um pouco pela trilha e então mergulhou entre a folhagem.

Escutou um som de vozes e avistou luzes movendo-se perto das hortênsias pisoteadas e despedaçadas. Bobby se manteve imóvel e prendeu a respiração. Eles poderiam vir pela trilha. Se viessem, encontrariam a porta aberta e provavelmente concluiriam que que alguém fugira por ali, desistindo de investir na busca.

Entretanto, os minutos se passavam e ninguém se aproximava. Dentro em pouco, Bobby ouviu a voz de Nicholson se elevar numa pergunta. Não conseguiu escutar as palavras, mas escutou uma resposta, proferida por uma voz rouca e bastante inculta:

– Todo mundo presente, tudo na ordem, senhor. Fiz a ronda.

Gradualmente os sons se extinguiram, as luzes desapareceram. Todos pareciam ter entrado de novo.

Com muita cautela, Bobby saiu de seu esconderijo. Emergiu na trilha com ouvidos atentos. Silêncio total. Ele deu dois passos na direção da casa.

E então, do meio das trevas, algo o golpeou por trás na nuca. Ele caiu para a frente... nas trevas.

Capítulo 27

"Meu irmão foi assassinado"

Na sexta-feira de manhã o Bentley verde estacionou na frente do Station Hotel, em Ambledever.

Frankie havia telegrafado a Bobby sob o nome que os dois tinham combinado – George Parker –, informando que teria de prestar depoimento no inquérito sobre Henry Bassington-ffrench e faria uma parada em Ambledever no caminho para Staverley.

Ela tinha esperado um telegrama de resposta marcando um encontro, mas não recebera nada, de modo que se dirigira para o hotel.

– O sr. Parker, senhorita? – disse o engraxate do hotel. – Acho que não tem nenhum cavalheiro com esse nome hospedado aqui, mas vou dar uma olhada.

Voltou alguns minutos depois.

– Ele chegou aqui na quarta de noite, senhorita. Deixou a mala e disse que talvez só voltasse bem tarde. A mala ainda está aqui, mas ele não voltou pra pegar ela.

Frankie sentiu de repente um forte mal-estar. Apoiou-se numa mesa para não cair. O homem a encarava com expressão compadecida.

– A senhorita está se sentindo mal? – ele perguntou.

Frankie balançou a cabeça.

– Está tudo bem – conseguiu responder. – Ele não deixou nenhum recado?

O homem se afastou e, quando voltou, sacudiu a cabeça.

– Chegou um telegrama pra ele – afirmou. – É só.

Olhava para ela com curiosidade.

– Tem algo que eu possa fazer, senhorita? – ele perguntou.

Frankie negou com a cabeça.

Naquele momento, ela só queria sair dali.

Precisava de tempo para decidir o que fazer a seguir.

– Está tudo bem – ela falou, e, entrando no Bentley, foi embora.

Observando-a afastar-se, o homem assentiu com a cabeça como quem compreende tudo.

– Deu um bolo nela, foi isso – disse consigo. – Deixou ela na pior. Deu no pé. Que belo pedaço de mau caminho que ela é. Como deve ser ele?

Perguntou à jovem da recepção, mas a jovem não conseguia se lembrar.

– Dois grã-finos – o engraxate falou como quem sabe tudo. – Iam se casar escondido... e ele deu o fora.

Enquanto isso, Frankie dirigia na direção de Staverley, sua mente um labirinto de emoções conflitantes.

Por que Bobby não retornara para o Station Hotel? Só poderiam existir dois motivos: ou ele estava na pista certa, e essa pista o levara para algum lugar longe dali, ou então... ou então algo dera errado. O Bentley deu uma guinada perigosa. Frankie recuperou o controle no último instante.

Ela estava sendo uma idiota – imaginando coisas. É claro, Bobby estava bem. Estava seguindo uma pista – era só isso – seguindo uma pista.

Mas por que, outra voz lhe perguntou, Bobby não deixara um recado para tranquilizá-la?

Isso era mais difícil de explicar, mas existiam explicações. Circunstâncias difíceis – falta de tempo ou de oportunidade – Bobby por certo sabia que ela, Frankie, não ficaria temerosa por ele. Tudo estava bem – só podia estar.

O inquérito se passou como um sonho. Roger estava lá e Sylvia também – belíssima em seu traje de viúva. Sua figura causava uma impressão marcante – e comovente. Frankie se surpreendeu admirando-a como se estivesse admirando uma performance num teatro.

Os interrogatórios foram conduzidos com bastante tato. Os Bassington-ffrench eram populares na região, e tudo foi feito de modo a evitar maiores sofrimentos da viúva e do irmão do morto.

Frankie e Roger prestaram seus depoimentos – o dr. Nicholson prestou o dele – a carta de despedida do morto foi apresentada. A coisa toda pareceu levar um minuto e o veredicto proferido foi "Suicídio por desequilíbrio mental".

O veredicto "compassivo", como dissera o sr. Spragge.

Os dois acontecimentos se associaram na mente de Frankie.

Dois suicídios por desequilíbrio mental. Será que havia – poderia existir alguma ligação entre eles?

Que este último era mais do que genuíno, disso ela sabia, pois estivera presente à cena. A teoria de assassinato imaginada por Bobby tinha sido descartada por ser insustentável. O álibi do dr. Nicholson era sólido como aço – corroborado pela própria viúva.

Frankie e o dr. Nicholson permaneceram quando as demais pessoas partiram – o juiz de instrução se despedira de Sylvia com um aperto de mãos e havia proferido algumas palavras de consolo.

– Creio que chegaram algumas cartas para você, minha querida Frankie – disse Sylvia. – Se vocês não se importam, vou deixá-los agora e me deitar. Foi tudo tão horrível...

Ela estremeceu e saiu da sala. Nicholson acompanhou-a, murmurando algo a respeito de um sedativo.

Frankie se voltou para Roger.
– Roger, Bobby desapareceu.
– Desapareceu?
– Sim!
– Onde e quando?
Frankie explicou em sucintas palavras.
– E ninguém o viu desde então? – Roger perguntou.
– Não. O que você acha disso?
– Isso não me parece nada bom – Roger respondeu devagar.

Frankie sentiu o coração desfalecer.
– Você não está pensando que...
– Ah, pode ser que esteja tudo bem, mas... silêncio, aí vem Nicholson.

O médico entrou na sala com seus passos inaudíveis. Vinha esfregando as mãos e sorrindo.
– Tudo correu muito bem – ele disse. – Muito bem mesmo. O dr. Davidson teve muito tato, foi bastante ponderado. Podemos nos considerar afortunados em tê-lo como juiz de instrução da região.
– Acho que sim – Frankie retrucou mecanicamente.
– Faz uma enorme diferença, Lady Frances. O encaminhamento de um inquérito fica inteiramente nas mãos do juiz de instrução. Seus poderes são amplos. Ele pode dificultar ou facilitar as coisas como bem quiser. Nesse caso, tudo correu perfeitamente bem.
– Na verdade, foi uma boa encenação teatral – Frankie falou num tom ríspido.

Nicholson olhou para ela com surpresa.
– Entendo como Lady Frances está se sentindo – disse Roger. – Sinto a mesma coisa. O meu irmão foi assassinado, dr. Nicholson.

Ele estava parado atrás do outro e por isso não viu, como Frankie viu, a expressão sobressaltada que surgiu nos olhos do dr. Nicholson.

– Estou falando sério – Roger continuou, interrompendo Nicholson, que estava prestes a retrucar. – A lei pode não considerar assim, mas foi assassinato. Os criminosos bárbaros que induziram meu irmão a se tornar um escravo daquela droga o assassinaram tão efetivamente como se tivessem atirado nele.

Ele avançara um pouco, e agora seu olhar enraivecido encarava diretamente o rosto do médico.

– Vou me vingar de quem fez isso – ele afirmou; e suas palavras soaram como uma ameaça.

Os olhos azul-claros do dr. Nicholson baixaram perante o desafio. Ele sacudiu a cabeça com tristeza.

– Não posso dizer que discordo – ele falou. – Sei mais a respeito do consumo de drogas do que o senhor, sr. Bassington-ffrench. Induzir um homem a consumir drogas é um crime dos mais terríveis.

Ideias turbilhonavam na cabeça de Frankie – uma ideia em particular.

"Não pode ser", ela dizia consigo. "Isso seria monstruoso demais. Entretanto... o álibi dele depende todo da palavra dela. Mas nesse caso..."

Voltando a si, constatou que Nicholson estava falando com ela.

– Veio de carro, Lady Frances? Nenhum acidente dessa vez?

Frankie sentiu que simplesmente detestava aquele sorriso.

– Não – ela respondeu. – Acho que não vale a pena exagerar nos acidentes... o senhor não concorda?

Frankie especulou se as pálpebras dele realmente haviam tremido por um momento... ou seria imaginação sua?

– Talvez o seu motorista tenha dirigido dessa vez...

– O meu motorista – Frankie retrucou – desapareceu.

Ela encarou Nicholson fixamente.

– Não diga!

– Na última vez em que foi visto, estava seguindo na direção da granja.

Nicholson ergueu as sobrancelhas.

– É mesmo? Será que eu tenho... algum objeto de desejo na cozinha? – seu tom de voz era o de quem estava se divertindo. – Não posso acreditar.

– Seja como for, é onde o viram pela última vez – Frankie retrucou.

– A senhorita me soa um tanto dramática – disse Nicholson. – Talvez esteja dando atenção demais aos boatos locais. Os boatos não são nem um pouco confiáveis. Já ouvi as histórias mais disparatadas.

Ele fez uma pausa. O tom de sua voz se alterou ligeiramente:

– Já chegou aos meus ouvidos até mesmo uma história de que a minha esposa e o seu chofer tinham sido vistos conversando perto do rio.

Outra pausa.

– Tratava-se, Lady Frances, de um jovem bastante superior, no meu entender.

"Será isso?", Frankie pensou. "Será que ele vai inventar que a esposa fugiu com o meu chofer? Será esse o joguinho dele?"

Em voz alta ela disse:

– Hawkins é bem acima da média para um motorista particular.

– É o que parece – disse Nicholson.

Ele se voltou para Roger:

– Preciso ir. Acredite em mim, o senhor e a sra. Bassington-ffrench contam com a minha total solidariedade.

Roger saiu com ele pelo vestíbulo. Frankie os seguiu. Na mesa do vestíbulo encontravam-se duas cartas endereçadas a ela. Uma das cartas era uma conta. A outra...

Seu coração deu um pulo.

A outra exibia a caligrafia de Bobby.

Nicholson e Roger estavam no vão da porta.

Ela rasgou o envelope.

Querida Frankie (Bobby escrevia), *afinal encontrei uma pista. Siga-me tão logo possível até Chipping Somerton. Seria melhor vir de trem e não de carro. O Bentley chama muito a atenção. Os trens não são muito bons, mas você chega lá, claro. Trate de procurar uma casa conhecida como o Tudor Cottage. Não pergunte o caminho.* (Aqui se seguiam instruções minuciosas). *Ficou bem claro? Não diga nada para ninguém.* (Esta frase estava sublinhada com força) *Ninguém mesmo.*

Sempre seu,
BOBBY.

Frankie amassou a carta com entusiasmo na palma da mão.

Então estava tudo bem.

Nada de tenebroso havia ocorrido com Bobby.

Ele tinha uma pista – e, por coincidência, a mesma que ela descobrira. Ela estivera em Somerset House para examinar o testamento de John Savage. Rose Emily Templeton constava como a esposa de Edgar Templeton, com residência em Tudor Cottage, Chipping Somerton.

E isso também se mostrara condizente com a página aberta do guia ferroviário na casa em St. Leonard's Gardens. Chipping Somerton era uma das estações na página aberta. Os Cayman haviam ido para Chipping Somerton.

Tudo estava se encaixando. Eles estavam chegando à reta final da caçada.

Roger Bassington-ffrench se virou e veio até ela.

– Algo interessante na sua carta? – perguntou num tom casual.

Frankie hesitou por um momento. Por certo Bobby não incluíra Roger quando lhe rogara que não dissesse nada para ninguém...

Então se lembrou da frase sublinhada com força – e se lembrou também de sua própria ideia recente, sua teoria monstruosa. Se *essa* ideia fosse verdadeira, Roger poderia traí-los ambos na maior inocência. Ela não ousava lhe insinuar suas próprias suspeitas.

Assim, estava tomada sua decisão.

– Não – ela falou. – Nada em absoluto.

Ela iria se arrepender amargamente dessa decisão antes que 24 horas tivessem se passado.

Mais de uma vez, no decorrer das horas que se seguiram, lastimou amargamente a determinação de Bobby de que o carro não deveria ser usado. Chipping Somerton não ficava tão longe assim em linha reta, mas eram necessárias três baldeações, com uma longa e tenebrosa espera em cada uma das estações rurais, e, para alguém com o temperamento impaciente de Frankie, esse método lento de locomoção era extremamente difícil de suportar com força de espírito.

Mesmo assim, ela não podia deixar de admitir que havia lógica no que Bobby dissera. O Bentley era um carro que chamava muito a atenção.

As desculpas de Frankie para deixá-lo em Merroway eram das mais inconsistentes, mas ela tinha sido incapaz de pensar em qualquer coisa brilhante no calor do momento.

Escurecia quando o trem de Frankie, um trem extremamente ponderado e cauteloso, entrou na pequena estação de Chipping Somerton. Para Frankie, era como se já fosse meia-noite. O trem parecia ter passeado por horas e horas.

Estava começando a chover bem naquele momento, o que era uma exasperação adicional.

Frankie abotoou o casaco até o pescoço, deu uma última olhada na carta de Bobby sob a luz da estação, decorou as instruções e partiu.

As instruções eram muito fáceis de seguir. Frankie viu as luzes do vilarejo à frente e dobrou à esquerda, subindo por uma ruazinha íngreme. No topo dessa ruazinha, pegou a bifurcação da direita e dentro em pouco avistou o pequeno amontoado de casas que formava o vilarejo abaixo e um cinturão de pinheiros à frente. Por fim, chegou a um elegante portão de madeira e, acendendo um fósforo, leu nele a inscrição "Tudor Cottage".

Não havia ninguém por perto. Frankie levantou o trinco e entrou. Conseguiu distinguir a silhueta da casa por trás de um cinturão de pinheiros. Assumiu sua posição em meio às árvores, de onde obtinha uma boa visão da casa. Em seguida, com o coração um pouco acelerado, fez a melhor imitação que pôde do pio de uma coruja. Alguns minutos se passaram e nada aconteceu. Ela repetiu o som.

A porta do chalé se abriu, e ela viu um vulto com traje de chofer espiar cautelosamente para fora. Bobby! Ele chamou-a com um gesto e então recuou para dentro, deixando a porta entreaberta.

Frankie saiu de baixo das árvores e foi até a porta. Não havia luz alguma em nenhuma das janelas. Tudo se mostrava completamente escuro e silencioso.

Frankie ultrapassou cautelosamente o limiar, adentrando um vestíbulo escuro. Parou, espiando em volta.

– Bobby? – sussurrou.

O alerta lhe chegou pelo nariz. Onde ela sentira antes aquele cheiro – aquele odor poderoso e marcante?

Bem quando seu cérebro lhe respondeu "clorofórmio", braços fortes agarraram-na por trás. Frankie abriu a boca para gritar e sua boca foi tapada por um pano molhado. O cheiro enjoativo e doce encheu suas narinas.

Lutou desesperadamente, retorcendo-se, debatendo-se, esperneando. Mas foi tudo em vão. Apesar de seu bravo empenho, sentiu que sucumbia. Seus ouvidos latejaram, ela ficou sufocada. E então não sentiu mais nada...

Capítulo 28

Na última hora

Quando Frankie voltou a si, a reação imediata foi deprimente. Não havia nada de romântico nos efeitos colaterais do clorofórmio. Ela estava deitada num piso de madeira extremamente duro, e seus pés e mãos estavam atados. Conseguiu rolar o corpo e sua cabeça quase colidiu violentamente com uma caixa de carvão arruinada. Vários acontecimentos aflitivos então se seguiram.

Alguns minutos depois Frankie foi capaz, se não de se sentar, ao menos de fazer algumas observações.

Bem perto de si, ouviu um leve gemido. Olhou em volta. Até onde conseguia distinguir, parecia estar numa espécie de sótão. A única luz provinha de uma claraboia no teto, e, naquele momento, a luminosidade era muito escassa. Dentro de poucos minutos, a escuridão seria total. Dava para ver alguns quadros quebrados encostados na parede, uma cama de ferro caindo aos pedaços, cadeiras quebradas e o balde de carvão já mencionado.

O gemido parecia ter vindo de um canto.

As cordas que amarravam Frankie não estavam muito apertadas. Permitiam movimentos mais ou menos rastejantes. Ela foi se arrastando como uma minhoca pelo piso empoeirado.

– Bobby! – exclamou.

Era Bobby mesmo, também com pés e mãos amarrados. Além disso, tinha uma mordaça em volta da boca. Esta ele quase conseguira soltar. Frankie tratou de socorrê-lo. Apesar de amarradas, suas mãos ainda podiam ser usadas em certa medida, e um último puxão vigoroso que ela deu com os dentes concluiu afinal o trabalho.

Meio rígido, Bobby conseguiu exclamar:
– Frankie!
– Que bom que estamos juntos – ela disse. – Mas parece de fato que nos fizeram de bobos.
– Acho – disse Bobby – que é o que chamam de uma "prisão justa".
– Como foi que pegaram você? – Frankie quis saber. – Foi depois que você escreveu aquela carta para mim?
– Que carta? Não escrevi carta nenhuma.
– Ah, entendo – Frankie retrucou com olhos arregalados. – Que idiota eu fui! E toda aquela história de não dizer nada para pessoa nenhuma.
– Ouça, Frankie, vou lhe contar o que aconteceu comigo e depois você segue o meu exemplo e conta o que aconteceu com você.

Ele descreveu suas aventuras na granja e a consequência sinistra.

– Voltei a mim neste buraco infernal – disse o jovem. – Havia comida e bebida numa bandeja. Eu estava com uma fome terrível e não me contive. Devo ter ingerido algum entorpecente, porque peguei no sono quase no mesmo instante. Que dia é hoje?
– Sexta-feira.
– E me pegaram no anoitecer de quarta! Que diabo, fiquei inconsciente o tempo todo. Agora me diga: o que aconteceu com você?

Frankie relatou suas aventuras, começando com a história que ouvira do sr. Spragge e seguindo até o ponto em que julgara ter reconhecido o vulto de Bobby no vão da porta.

– E então me cloroformizaram – ela finalizou. – E... ah, Bobby, acabei de vomitar dentro de um balde de carvão!

— Eu diria que isso foi muito engenhoso da sua parte — Bobby aprovou. — Com as mãos amarradas e tudo mais? A questão é: o que vamos fazer agora? Ditamos as regras por bastante tempo, mas a situação se inverteu agora.

— Se ao menos eu tivesse falado da sua carta para Roger... — Frankie lamentou. — Cheguei a pensar nisso e vacilei... e então decidi fazer exatamente o que você pedia e não contar nada para ninguém.

— E o resultado é que ninguém sabe onde estamos — Bobby retrucou com gravidade. — Frankie, minha querida, receio ter metido você numa enrascada.

— Nós ficamos um pouco confiantes demais — Frankie falou num tom sombrio.

— A única coisa que eu não consigo entender é por que não arrebentaram as nossas cabeças de uma vez — Bobby ponderou. — Não acredito que Nicholson possa se preocupar com uma ninharia dessas.

— Ele tem um plano — Frankie disse com um ligeiro estremecimento.

— Bem, seria bom que nós tivéssemos um plano também. Precisamos sair dessa, Frankie. Como vamos fazer isso?

— Podemos gritar — ela respondeu.

— Si-im — Bobby retrucou. — Alguém poderia estar passando e nos escutar. No entanto, visto que Nicholson não amordaçou você, eu diria que as nossas chances nesse sentido são bem pequenas. As amarras das suas mãos estão mais frouxas do que as minhas. Vamos ver se eu consigo desamarrá-las com os dentes.

Os cinco minutos seguintes foram empregados num esforço que conferiu méritos ao dentista de Bobby.

— É extraordinário como essas coisas parecem fáceis nos livros — ele ofegou. — Acho que eu não estou fazendo diferença nenhuma.

– Está sim – disse Frankie. – Está ficando frouxo. Cuidado! Tem alguém vindo.

Ela rolou para longe de Bobby. Ouvia-se um som de alguém subindo uma escada – passos pesados e imponentes. Uma faixa de luz apareceu sob a porta. Seguiu-se o som de uma chave sendo girada na fechadura. A porta se abriu devagar.

– E como estão os meus dois bichinhos? – perguntou a voz do dr. Nicholson.

Ele trazia na mão uma vela e, embora estivesse usando um chapéu caído sobre os olhos e um pesado sobretudo com a gola virada para cima, sua voz o teria traído em qualquer lugar. Seus olhos brilhavam palidamente por trás das lentes grossas.

O homem sacudiu a cabeça jocosamente diante dos dois.

– Pouco condizente com a sua inteligência, minha jovem senhorita – ele disse –, ter caído na armadilha com tanta facilidade.

Nem Bobby nem Frankie esboçaram qualquer resposta. O domínio da situação pertencia tão obviamente a Nicholson que era difícil saber o que dizer.

Nicholson colocou a vela sobre uma cadeira.

– De todo modo – ele disse –, deixe-me ver se vocês estão bem acomodados.

Ele examinou os nós de Bobby, fez um gesto de aprovação com a cabeça e passou para Frankie. Então fez um gesto negativo com a cabeça.

– Como legitimamente costumavam dizer na minha juventude – ele comentou –, os dedos foram criados antes dos garfos... e os dentes eram usados antes dos dedos. Os dentes do seu amigo, eu percebo, entraram em ação.

Via-se num canto uma pesada cadeira de carvalho com espaldar quebrado. Nicholson ergueu Frankie para então depositá-la e amarrá-la com firmeza na cadeira.

– Espero que não esteja muito desconfortável... – ele disse. – Bem, não será por muito tempo.

Frankie recuperou a fala.

– O que é que o senhor vai fazer conosco? – ela quis saber.

Nicholson andou até a porta e apanhou sua vela.

– A senhorita me insinuou, Lady Frances, que eu gostava demais de acidentes. Talvez eu goste mesmo. Seja como for, vou arriscar mais um acidente ainda.

– Como assim? – Bobby reagiu.

– Devo lhes contar? Sim, acho que devo. Lady Frances Derwent, dirigindo seu carro, com seu chofer ao lado, entra numa curva por engano e pega uma estrada em desuso que leva para uma pedreira. O carro despenca no penhasco. Lady Frances e seu chofer morrem.

Houve uma breve pausa e então Bobby falou:

– Mas nós poderíamos sobreviver. Os planos dão errado de vez em quando. Um dos seus deu errado em Gales.

– Sua tolerância à morfina é sem dúvida impressionante, e, do nosso ponto de vista... lamentável – afirmou o dr. Nicholson. – Mas o senhor não precisa se inquietar por minha causa desta vez. O senhor e Lady Frances estarão mortos para valer quando seus corpos forem encontrados.

Bobby estremeceu a contragosto. Soara uma nota esquisita na voz de Nicholson – era o tom de um artista contemplando sua obra-prima.

"Ele está se divertindo com isso", Bobby pensou. "Realmente se divertindo."

Até onde conseguisse evitar, ele não iria dar outros motivos de divertimento para Nicholson. Falou com um tom de voz casual:

– O senhor está cometendo um equívoco... sobretudo em relação a Lady Frances.

– Sim – disse Frankie. – Naquela carta muito astuta que forjou, o senhor me pedia que não contasse nada para ninguém. Pois bem, eu fiz uma única exceção. Contei para Roger Bassington-ffrench. Ele sabe tudo a seu respeito. Se algo nos acontecer, ele saberá quem é o responsável. Seria melhor nos libertar e sumir do país o mais depressa possível.

Nicholson ficou calado por um momento. Então afirmou:

– Um belo blefe... mas vou pagar para ver.

Ele se virou na direção da porta.

– E quanto à sua esposa, seu animal? – Bobby exclamou. – Matou a sua esposa também?

– Moira ainda está viva – Nicholson informou. – Por quanto tempo vai permanecer nessa condição, isso eu realmente não sei. Depende das circunstâncias.

O médico lhes fez uma pequena reverência zombeteira.

– *Au revoir* – disse. – Levarei algumas horas para completar os meus preparativos. Vocês poderão ter o prazer de discutir o assunto. Não irei amordaçá-los a menos que se torne necessário. Entenderam? Quaisquer gritos por socorro, eu volto e resolvo a questão.

Ele saiu e trancou a porta.

– Não é verdade – disse Bobby. – Não pode ser verdade. Essas coisas não acontecem.

Mas não pôde evitar a sensação de que iriam acontecer – e com ele e Frankie.

– Nos livros, o resgate sempre aparece na última hora – disse Frankie, tentando ser otimista.

Mas ela não estava muito otimista. Na verdade, seu moral estava decididamente baixo.

– O negócio todo é tão impossível... – Bobby falou, como se estivesse argumentando com alguém. – Tão fantástico... O próprio Nicholson não me pareceu nem um pouco real. Seria bom se fosse possível um resgate de última hora, mas não consigo imaginar quem poderia nos resgatar.

– Se ao menos eu tivesse contado para Roger... – Frankie se lamuriou.

– Talvez, apesar de tudo, Nicholson acredite que você contou – Bobby sugeriu.

– Não... – disse Frankie. – Ele não engoliu nem um pouco a insinuação. O maldito sujeito é esperto demais.

– Foi esperto demais para nós – Bobby comentou num tom lúgubre. – Frankie, sabe o que mais me aborrece nesse negócio?

– Não. O quê?

– É que até mesmo agora, quando estamos prestes a ser varridos deste mundo, ainda não sabemos quem é Evans.

– Vamos perguntar para ele – disse Frankie. – Sabe... como uma dádiva, um último desejo. Ele não pode se recusar a nos contar. Concordo com você que simplesmente não posso morrer sem satisfazer a minha curiosidade.

Houve um silêncio, e então Bobby falou:

– Você acha que devemos gritar por socorro? Numa espécie de último recurso? É a única chance que nós temos.

– Ainda não – disse Frankie. – Em primeiro lugar, não acredito que alguém fosse nos escutar... caso contrário ele estaria se arriscando... e, em segundo lugar, eu sinto que não consigo suportar de modo algum ficar aqui esperando a morte sem poder conversar com alguém. Vamos deixar os gritos para o momento derradeiro. É... é tão confortador ter você para conversar... – sua voz fraquejou um pouco com as últimas palavras.

– Eu meti você numa enrascada medonha, Frankie.

– Ah, não faz mal. Você não teria conseguido me deixar de fora. Eu queria me envolver. Bobby, você acha que ele realmente vai dar cabo...? De nós, eu quero dizer?

– Receio muitíssimo que sim. Ele é incrivelmente eficiente.

– Bobby, você acredita agora que foi ele quem matou Henry Bassington-ffrench?

– Se fosse possível...

– É possível... com uma condição: *que Sylvia Bassington-ffrench esteja envolvida também.*

– Frankie!

– Eu sei. Também fiquei horrorizada quando a ideia me ocorreu. Mas isso se encaixa. Por que Sylvia se mostrou tão tapada em relação à morfina? Por que ela insistiu tão obstinadamente quando pedimos que mandasse o marido para outro lugar em vez da granja? E além disso ela estava na casa quando aquele tiro foi disparado...

– Ela mesma pode ter disparado aquele tiro.

– Ah, não, certamente que não.

– Sim, pode. E depois ter dado a chave do gabinete a Nicholson para que a colocasse no bolso de Henry.

– É tudo uma loucura – Frankie falou com uma voz desalentada. – É como olhar as coisas por um espelho distorcido. Todas as pessoas que pareciam totalmente boas são na verdade totalmente más... todas as pessoas simpáticas e comuns. Deveria existir alguma maneira de identificar criminosos... sobrancelhas ou orelhas ou algo assim.

– Meu Deus! – exclamou Bobby.

– O que foi?

– Frankie, não foi Nicholson quem esteve aqui há pouco.

– Você enlouqueceu? Quem foi então?

– Não sei... mas não foi Nicholson. O tempo todo eu senti que havia algo de errado, mas não sabia definir o quê, e falando em orelhas você me deu uma dica. Quando eu observei Nicholson pela janela duas noites atrás, as orelhas dele me chamaram bastante atenção... os lóbulos são colados às faces. Mas esse homem de hoje... suas orelhas não eram assim.

– Mas isso quer dizer o quê? – Frankie perguntou, perdida.

– Era um ator muito competente interpretando Nicholson.

– Mas por quê? E quem poderia ser?

– Bassington-ffrench – Bobby soprou. – *Roger Bassington-ffrench!* Descobrimos o homem certo no começo, e depois, como idiotas, acabamos nos perdendo atrás de pistas falsas.

– Bassington-ffrench – Frankie sussurrou. – Bobby, você está certo. Só pode ser ele. Bassington-ffrench foi a única testemunha quando eu provoquei Nicholson sobre os acidentes.

– Então está tudo acabado mesmo – disse Bobby. – Eu ainda tinha uma mínima esperança de que Roger Bassington-ffrench pudesse por algum milagre farejar o nosso paradeiro, mas a última esperança se desfez agora. Moira é uma prisioneira, você e eu estamos de mãos e pés amarrados. Ninguém mais tem a menor ideia de onde estamos. O jogo acabou, Frankie.

Quando terminava de falar, houve um ruído acima. No instante seguinte, com um estrondo terrível, um corpo pesado caiu pela claraboia.

Estava escuro demais para que enxergassem qualquer coisa.

– Que diabo... – Bobby começou.

Em meio a uma pilha de vidro estilhaçado, uma voz se manifestou.

– B-b-b-bobby – disse a voz.

– Não é possível! – Bobby exclamou. – É Badger!

Capítulo 29

A história de Badger

Não havia um minuto a perder. Ruídos já soavam no andar de baixo.

– Rápido, Badger, seu maluco! – disse Bobby. – Tire uma das minhas botas! Não discuta, não pergunte nada! Arranque a bota de algum jeito. Jogue ali no meio e se arraste para baixo da cama. *Rápido*, eu estou dizendo!

Passos vinham subindo as escadas. A chave foi girada.

Nicholson – o pseudo-Nicholson – apareceu no vão da porta segurando uma vela.

Viu Frankie e Bobby como os deixara, mas no meio do piso havia um monte de vidro estilhaçado, e, no meio do vidro estilhaçado, uma bota!

O olhar espantado de Nicholson passou da bota para Bobby. O pé esquerdo de Bobby estava descalço.

– Muito inteligente, meu jovem amigo – falou secamente. – Extremamente acrobático.

Ele se aproximou de Bobby, examinou as cordas que o prendiam e firmou alguns nós adicionais. Olhou para ele com curiosidade.

– Gostaria de saber como conseguiu atirar essa bota na claraboia. Parece quase inacreditável. O senhor tem um pouco de Houdini, meu amigo.

Encarou os dois, olhou a claraboia quebrada e então saiu da sala, encolhendo os ombros.

– Rápido, Badger.

Badger rastejou para fora da cama. Tinha consigo um canivete e, com auxílio do instrumento, logo libertou os outros dois.

— Assim está melhor — Bobby falou, espreguiçando-se. — Puxa! Estou duro! Bem, Frankie, e quanto ao nosso amigo Nicholson?

— Você tem razão — disse Frankie. — É Roger Bassington-ffrench. Agora que eu *sei* que é Roger interpretando o papel de Nicholson, consigo *perceber* a interpretação. Mas o desempenho é ótimo, mesmo assim.

— Com voz, pincenê e tudo — Bobby falou.

— Fui colega de um B-b-b-bassington-ffrench em Oxford — disse Badger. — Ator m-m-m-magnífico. Só que não era f-f-flor que se cheire. Um n-n-n-negócio sujo de falsificar o nome do v-v-velho dele num cheque. O v-v-velho abafou o caso.

O mesmo pensamento surgiu nas mentes de Frankie e de Bobby. Badger, a quem os dois haviam julgado ser mais sensato não fazer confidências, poderia ter lhes dado informações valiosas muito antes!

— Falsificação... — Frankie falou, pensativa. — Aquela carta sua, Bobby, estava incrivelmente bem forjada. Onde será que ele viu a sua caligrafia?

— Se ele está mancomunado com os Cayman, então provavelmente viu a minha carta sobre o caso Evans.

A voz de Badger se elevou numa queixa:

— O que v-v-v-vamos fazer agora?

— Vamos assumir uma posição confortável atrás dessa porta — disse Bobby. — E, quando nosso amigo retornar, coisa que não vai acontecer ainda por um bom tempo, imagino, você e eu vamos pegá-lo pelas costas e lhe dar o maior susto de sua vida. Que tal, Badger? Você topa?

— Ah, sem dúvida!

— Quanto a você, Frankie, quando ouvir os passos dele, trate de voltar para sua cadeira. Ele a verá tão logo abrir a porta e vai entrar sem suspeitar de nada.

— Certo — disse Frankie. — E, assim que você e Badger derrubarem-no, eu entro na briga e mordo seus tornozelos ou algo assim.

— Esse é o verdadeiro espírito feminino — Bobby aprovou. — Pois bem, sentemos juntos aqui no chão e vamos ouvir tudo. Quero saber que milagre nos trouxe Badger por aquela claraboia.

— Bem, v-v-veja — disse Badger —, quando você p-p-par-tiu, eu me m-m-meti numa certa enrascada.

Ele fez uma pausa. Gradualmente, a história foi saindo: uma narrativa de passivos, credores e oficiais de justiça — uma catástrofe típica de Badger. Bobby partira sem deixar endereço, dizendo apenas que levaria o Bentley para Staverley. E assim Badger viera para Staverley.

— Achei que t-t-talvez você p-p-pudesse me emprestar cinco — ele explicou.

Bobby sentiu um aperto no coração. Para ajudar Badger em seu empreendimento ele viera para Londres, e então prontamente abandonara seu posto para dar uma de detetive com Frankie. E nem mesmo agora o fiel Badger proferira uma única palavra de censura.

Badger não queria colocar em perigo a misteriosa aventura de Bobby, mas era da sua opinião que um carro como o Bentley verde não seria difícil de encontrar num lugar do tamanho de Staverley.

Na verdade, havia topado com o carro antes de chegar a Staverley, pois o vira parado na frente de uma hospedaria — vazio.

— Então p-p-p-pensei — Badger prosseguiu — em lhe fazer uma pequena s-s-s-surpresa, sabe? Havia uns t-t-tapetes no b-b-banco de trás e ninguém por perto. Eu entrei e me c-c-cobri com eles. Achei que lhe daria o maior s-s-susto da sua vida.

O que de fato acontecera era que um chofer de libré verde saíra da hospedaria e que Badger, espiando de seu esconderijo, percebera com estupefação que aquele chofer não era Bobby. Teve uma impressão de que o rosto lhe era de algum modo familiar, mas não conseguiu identificar de onde conhecia o homem. O estranho entrou no carro e saiu dirigindo.

Badger estava em apuros. Não sabia o que fazer a seguir. Explicações e desculpas eram difíceis, e, de todo modo, ficava difícil explicar qualquer coisa para um sujeito que estava dirigindo um carro a cem quilômetros por hora. Badger resolveu ficar quieto e se esgueirar para fora quando o carro parasse.

Por fim o carro chegou a seu destino – Tudor Cottage. O chofer estacionou o Bentley na garagem, mas, saindo do carro, fechou as portas da garagem. Badger era agora um prisioneiro. Havia uma pequena janela num dos lados da garagem, e através desta, mais ou menos meia hora depois, Badger viu a chegada de Frankie, seu assobio e sua entrada na casa.

O negócio todo intrigou Badger profundamente. Ele começou a suspeitar que algo estava errado. De todo modo, decidiu que daria uma olhada nas imediações por conta própria para tentar descobrir o que era.

Com ajuda de algumas ferramentas que pegou aqui e ali na garagem, conseguiu arrombar a fechadura da garagem e saiu para fazer uma inspeção. As venezianas do térreo estavam todas fechadas, mas ele pensou que subindo no telhado talvez conseguisse dar uma olhada pelas janelas de cima. Chegar ao telhado não apresentou dificuldades. Havia um cano providencial subindo pela parede da garagem, e do telhado da garagem ao telhado do chalé a escalada era fácil. No decorrer de sua ronda,

Badger havia se deparado com a claraboia. O peso de Badger e a gravidade haviam feito o resto.

Bobby respirou fundo quando a narrativa chegou ao fim.

– Mesmo assim – ele falou com reverência –, você é um milagre, um belo e magnífico milagre. Se não fosse você, Badger, meu rapaz, Frankie e eu seríamos dois pequenos cadáveres daqui a uma hora.

Ele fez a Badger um relato resumido de suas atividades com Frankie. Perto do final, se calou.

– Alguém está vindo! Assuma o seu posto, Frankie. Muito bem, é agora que a peça que vamos aplicar em Bassington-ffrench vai lhe dar o maior susto de sua vida.

Frankie se acomodou numa postura deprimida na cadeira quebrada. Badger e Bobby ficaram de prontidão atrás da porta.

Os passos subiram pela escada, um risco de luz de vela transpareceu por baixo da porta. A chave foi inserida na fechadura e girada, a porta se abriu. A luz da vela revelou Frankie prostrada em sua cadeira. O carcereiro transpôs o vão da porta.

Então, com alegria, Bobby e Badger saltaram.

Os procedimentos foram breves e decisivos. Tomado completamente de surpresa, o homem foi derrubado, e a vela, tendo voado para longe, foi apanhada por Frankie; alguns segundos depois, os três amigos contemplavam com malicioso prazer a figura dominada – fortemente amarrada com as mesmas cordas que antes haviam prendido dois deles.

– Boa noite, sr. Bassington-ffrench – disse Bobby (e, se a exultação em sua voz era um pouco rude, quem poderia culpá-lo?). – É uma bela noite para o funeral.

Capítulo 30

Uma fuga

O homem no chão os encarava. Seu pincenê havia voado para longe, bem como seu chapéu. Já era inviável qualquer disfarce. Leves traços de maquiagem eram visíveis em volta das sobrancelhas, mas, afora isso, tratava-se do rosto afável e ligeiramente vago de Roger Bassington-ffrench.

Falava com sua voz agradável de tenor, no tom de um melodioso solilóquio.

– Muito interessante – ele disse. – Na verdade, eu sabia muito bem que um homem amarrado como o senhor estava não poderia ter arremessado uma bota naquela claraboia. No entanto, visto que a bota estava em meio ao vidro quebrado, interpretei-os como causa e efeito e presumi que, embora fosse impossível, o impossível ocorrera. Um vislumbre interessante das limitações do cérebro.

Como ninguém falou nada, Roger prosseguiu com a mesma voz de reflexão:

– Assim, afinal, vocês venceram a partida. Muitíssimo inesperado e extremamente lamentável. Achei que tinha passado a perna em vocês direitinho.

– E passou mesmo – disse Frankie. – Você forjou aquela carta de Bobby, não é mesmo?

– É um talento meu – Roger falou com modéstia.

– E Bobby?

Deitado de costas, com um sorriso afável no rosto, Roger parecia sentir um verdadeiro prazer em lhes fazer esclarecimentos.

– Eu sabia que ele iria à granja. Só precisei esperá-lo nos arbustos perto da trilha. Eu estava bem atrás dele quando ele bateu em retirada depois de cair desajeitadamente de uma árvore. Esperei o tumulto passar e então o acertei direitinho na nuca com um saco de areia. Só tive de carregá-lo até onde eu deixara meu carro, enfiá-lo no assento traseiro e trazê-lo para cá. Antes do amanhecer eu já estava em casa.

– E Moira? – Bobby quis saber. – Conseguiu atraí-la para algum lugar?

Roger deu uma risadinha. A pergunta pareceu diverti-lo.

– A falsificação é uma arte muito útil, meu caro Jones – ele afirmou.

– Seu animal – Bobby retrucou.

Frankie interveio. Ainda estava cheia de curiosidade, e o prisioneiro parecia estar num humor prestativo.

– Por que você fingiu ser o dr. Nicholson? – ela perguntou.

– Ora, por que será? – Roger pareceu repetir a pergunta para si. – Em parte, talvez, pela diversão de ver se eu conseguiria lograr vocês dois. Vocês se mostravam tão convencidos de que o pobre Nicholson estava envolvido até o pescoço... – ele riu e Frankie corou. – Só porque ele interrogou você um pouco sobre os detalhes do seu acidente... com seus modos pomposos. É uma mania irritante dele essa meticulosidade nos detalhes.

– E na verdade – Frankie falou devagar – ele era completamente inocente...

– Como uma criança no ventre da mãe – disse Roger. – Mas ele me fez um grande favor. Atraiu a minha atenção para aquele acidente seu. Isso e um outro incidente me fizeram perceber que você poderia não ser a jovenzinha inocente que parecia ser. E, além disso, eu estava ao seu lado quando você telefonou certa manhã, e ouvi a voz do seu chofer dizendo "Frankie". A minha audição é excelente. Sugeri acompanhá-la até Londres e você concordou... mas ficou muito aliviada quando mudei de ideia. Depois disso – ele fez uma pausa e, até onde conseguia, encolheu seus ombros amarrados –, foi muito divertido vê-los alvoroçados em função de Nicholson. Ele é um asno velho inofensivo, mas tem a exata aparência de um supercriminoso científico do cinema. Achei melhor manter a ilusão. Afinal de contas, nunca se sabe. Os melhores planos podem dar errado, como demonstra o meu atual apuro.

– Tem mais uma coisa que você *precisa* me contar – disse Frankie. – Eu quase fiquei louca de tanta curiosidade. Quem é Evans?

– Ah! – exclamou Bassington-ffrench. – Então vocês não sabem?

Ele riu – e voltou a rir.

– Isso é bastante divertido – disse. – Demonstra o quanto podemos ser tolos.

– Você se refere a nós? – perguntou Frankie.

– Não – disse Roger. – Nesse caso, estou me referindo a mim. Ora, já que não sabem quem é Evans, acho que não lhes contarei. Vou manter isso como meu segredinho particular.

A circunstância era curiosa. Eles haviam virado a mesa, mas, de alguma maneira, Bassington-ffrench lhes roubara o triunfo. Deitado no chão, amarrado e prisioneiro, era ele quem dominava a situação.

– E quais são os planos de vocês agora, posso perguntar? – ele falou.

Ninguém pensara em plano algum. Bobby, um tanto hesitante, murmurou qualquer coisa sobre a polícia.

– É o melhor a fazer mesmo – Roger comentou com jovialidade. – Liguem para eles e me entreguem. A acusação vai ser rapto, eu suponho. Não tenho como negar muito bem – e olhou para Frankie. – Alegarei uma culpa passional.

Frankie corou.

– E assassinato? – ela perguntou.

– Minha querida, vocês não têm nenhuma prova. Nenhuma em absoluto. Pensem bem e terão de concordar comigo.

– Badger – disse Bobby –, é melhor você ficar aqui, de olho nele. Vou descer e ligar para a polícia.

– É melhor você ter cuidado – Frankie falou. – Pode haver mais gente na casa.

– Ninguém além de mim – disse Roger. – Eu estava agindo sozinho.

– Não estou disposto a acreditar na sua palavra – Bobby retrucou rispidamente.

Ele se curvou e testou os nós.

– Sem perigo – afirmou. – Não tem como soltar. Melhor nós descermos juntos. Podemos trancar a porta.

– Quanta desconfiança, meu camarada – Roger falou. – Há uma pistola no meu bolso, se quiser. Talvez ela o faça se sentir mais feliz, e, na minha presente situação, certamente não me serve para nada.

Ignorando o tom zombeteiro do sujeito, Bobby se abaixou e apanhou a arma.

– Bondade sua mencionar isso – ele disse. – Se quer saber, ela me deixa mesmo mais feliz.

– Ótimo – disse Roger. – Está carregada.

Bobby pegou a vela e os três saíram em fila, deixando Roger deitado no chão. Bobby trancou a porta e colocou a chave no bolso. Segurava na mão a pistola.

— Vou na frente – ele disse. – Não podemos dar um passo em falso e estragar tudo agora.

— S-s-sujeito esquisito, não? – Badger comentou jogando a cabeça para trás, na direção do aposento que haviam deixado.

— O desgraçado sabe perder – disse Frankie.

Nem mesmo agora ela conseguia se libertar de todo do charme assombroso do jovem Roger Bassington-ffrench.

Um lance de escadas bastante fácil levava ao patamar principal. Tudo era silêncio. Bobby se debruçou sobre o corrimão. O telefone ficava no vestíbulo, embaixo.

— Melhor examinarmos os quartos aqui primeiro – ele disse. – Não seria nada bom se nos surpreendessem pelas costas.

Badger escancarou cada uma das portas. Dos quatro quartos, três estavam vazios. No último, uma figura delgada jazia estirada sobre uma cama.

— É Moira! – Frankie exclamou.

Os outros se precipitaram em volta da cama. Moira parecia estar morta de tão imóvel, a não ser pelo peito, que se movia quase imperceptivelmente para cima e para baixo.

— Ela está dormindo? – Bobby perguntou.

— Acho que foi drogada – Frankie disse.

Ela olhou em volta. Uma seringa hipodérmica repousava numa pequena bandeja esmaltada sobre uma mesa perto da janela. Havia também um pequeno fogareiro de álcool e uma espécie de agulha para injeção de morfina.

— Acho que ela vai ficar bem – disse Frankie. – Mas precisamos chamar um médico.

— Vamos descer e telefonar – falou Bobby.

Os três passaram para o vestíbulo abaixo. Frankie temia que os fios do telefone estivessem cortados, mas seus temores eram infundados. Os jovens contataram a delegacia de polícia com bastante facilidade, mas explicar a situação foi uma tarefa bem mais complicada. A polícia local se mostrou altamente inclinada a encarar aquele chamado como um trote.

Entretanto, deixaram-se convencer afinal, e Bobby recolocou o receptor no lugar com um suspiro. Ele explicara que também precisavam de um médico, e o policial prometera levar um consigo.

Dez minutos depois apareceu um carro com um inspetor, um policial e um homem idoso que tinha sua profissão estampada no rosto.

Bobby e Frankie os recepcionaram e, depois de explicar a situação mais uma vez de forma um tanto superficial, mostraram o caminho até o sótão. Bobby destrancou a porta – e então se deteve, estupefato. No meio do aposento havia um monte de cordas cortadas. Embaixo da claraboia quebrada via-se uma cadeira em cima da cama, que tinha sido arrastada até ficar sob a claraboia.

De Roger Bassington-ffrench não havia sinal.

Bobby, Badger e Frankie ficaram boquiabertos.

– Por falar em Houdini... – disse Bobby. – Por certo ele superou o próprio Houdini. Que diabo ele fez para conseguir cortar essas cordas?

– Ele devia ter uma faca no bolso – disse Frankie.

– Mas mesmo assim, como conseguiu pegar essa faca? As duas mãos estavam amarradas nas costas.

O inspetor tossiu. Todas as suas dúvidas anteriores haviam retornado. Sentia-se mais do que nunca inclinado a encarar o negócio todo como uma brincadeira.

Frankie e Bobby se viram contando uma longa história que soava mais impossível a cada minuto.

Quem os salvou foi o médico.

Sendo levado para o quarto onde Moira repousava, declarou de pronto que a jovem havia sido drogada com morfina ou algum preparado de ópio. Não considerou grave o estado dela, julgava que acordaria naturalmente dali a quatro ou cinco horas.

Sugeriu que a levassem o quanto antes para uma boa clínica nas redondezas.

Bobby e Frankie concordaram, sem saber o que mais poderia ser feito. Tendo informado seus nomes e endereços ao inspetor, que pareceu não acreditar nem um pouco nas informações de Frankie, receberam permissão para deixar Tudor Cottage e, com auxílio do inspetor, conseguiram ser hospedados no Seven Stars, no vilarejo.

Lá, ainda sentindo que eram encarados como criminosos, ficaram mais do que gratos quando puderam se recolher a seus quartos – um quarto de casal para Bobby e Badger e um minúsculo quartinho de solteiro para Frankie.

Alguns minutos depois, quando já estavam todos acomodados, houve uma batida na porta de Bobby.

Era Frankie.

– Pensei uma coisa – ela disse. – Se aquele inspetor idiota continuar achando que nós inventamos tudo isso, eu ainda tenho a prova de que fui cloroformizada.

– Você tem? Onde?

– No balde de carvão – Frankie respondeu com firmeza.

Capítulo 31

Frankie faz uma pergunta

Exausta com todas as suas aventuras, Frankie dormiu até tarde na manhã seguinte. Eram dez e meia quando desceu até a salinha do café, onde Bobby a esperava.

– Oi, Frankie, eis você aqui afinal.

– Pare de ser tão incrivelmente bem disposto – Frankie desabou numa cadeira.

– O que você vai querer? Eles têm hadoques e ovos com bacon e presunto frio.

– Vou querer uma torrada e um chá fraco – Frankie falou para refreá-lo. – Qual é o problema com você?

– Deve ter sido a pancada com o saco de areia – Bobby respondeu. – Talvez tenha soltado alguns parafusos no meu cérebro. Eu me sinto cheio de força e vigor, com ideias brilhantes e uma ânsia de fazer coisas ousadas.

– Bem, por que não ousar? – Frankie retrucou num tom lânguido.

– Já ousei. Passei a última meia hora com o inspetor Hammond. Por enquanto, Frankie, precisamos deixar que pensem que foi só uma brincadeira.

– Ah, mas, Bobby...

– Eu disse *por enquanto*. Precisamos ir até o fim, Frankie. Estamos no lugar certo, só precisamos pôr mãos à obra. Não queremos Roger Bassington-ffrench preso por rapto. Queremos prendê-lo por assassinato.

– E vamos conseguir – Frankie falou com ânimo renovado.

– Assim é que se fala – Bobby aprovou. – Beba um pouco mais de chá.

– Como está Moira?

– Bem mal. Voltou a si com os nervos num estado dos mais lastimáveis. Petrificada de medo, ao que parece. Foi para Londres... para uma clínica em Queen's Gate. Disse que vai se sentir mais segura lá. Estava aterrorizada aqui.

– Ela nunca teve mesmo muita fibra – disse Frankie.

– Bem, qualquer um ficaria petrificado de medo com um assassino frio e bizarro como Roger Bassington-ffrench à solta nas redondezas.

– Não é *Moira* quem ele quer assassinar. Ele está atrás de nós.

– Ele deve estar ocupado demais, tentando salvar a própria pele, para se preocupar conosco no momento – Bobby falou. – Agora, Frankie, nós precisamos pôr mãos à obra. O início da história toda só pode ser a morte e o testamento de John Savage. Tem algo de errado nisso. Ou o testamento foi falsificado, ou então Savage foi assassinado ou algo assim.

– É bem provável que o testamento tenha sido forjado, se Roger Bassington-ffrench está envolvido – disse Frankie, pensativa. – A falsificação parece ser a especialidade dele.

– Pode ter sido falsificação *e* assassinato. Precisamos descobrir.

Frankie concordou com a cabeça.

– Fiz algumas anotações depois de conferir o testamento. As testemunhas foram Rose Chudleigh, cozinheira, e Albert Mere, jardineiro. Deve ser bem fácil encontrá-los. Depois temos os advogados que elaboraram o documento, Elford e Leigh, uma firma muito respeitável, de acordo com o sr. Spragge.

– Certo, vamos começar por aí. É melhor você pegar os advogados. Você vai arrancar deles mais do que eu conseguiria. Eu vou atrás de Rose Chudleigh e Albert Mere.

– E quanto a Badger?

– Badger nunca se levanta antes da hora do almoço... você não precisa se preocupar com ele.

– Precisamos endireitar os negócios dele uma hora dessas – disse Frankie. – Afinal, ele salvou a minha vida.

– Os negócios dele logo vão se entortar de novo – Bobby falou. – Ah, aliás, o que acha disto aqui?

Bobby submeteu ao exame dela um papelão sujo. Era uma fotografia.

– É o sr. Cayman – Frankie retrucou no mesmo instante. – Onde você achou isso?

– Foi ontem à noite. Caído atrás do telefone.

– Então parece ficar bem claro quem eram o sr. e a sra. Templeton. Espere um pouco...

Uma garçonete acabara de se aproximar com torradas. Frankie lhe exibiu a fotografia.

– Sabe quem é? – ela perguntou.

A garçonete analisou a fotografia com a cabeça caída para um lado.

– Ora, já vi esse cavalheiro... Mas não consigo lembrar direito. Ah, sim, é o homem que morava em Tudor Cottage... o sr. Templeton. Eles já foram embora... para algum lugar no exterior, eu acho.

– Que tipo de homem ele era? – Frankie perguntou.

– Eu realmente não saberia dizer. Eles não apareciam aqui com muita frequência... só em alguns finais de semana. Ele era visto bem pouco. A sra. Templeton era uma dama muito simpática. Mas não ficaram em Tudor Cottage por muito tempo... só uns seis meses... foi quando um cavalheiro muito rico morreu e deixou todo seu dinheiro para a sra. Templeton, e eles foram morar no exterior. Mas não chegaram a vender Tudor Cottage.

Acho que às vezes o emprestam para algumas pessoas nos fins de semana. Mas acredito que, com todo aquele dinheiro, eles nunca vão querer voltar para morar ali.

– Eles tinham uma cozinheira chamada Rose Chudleigh, não tinham? – Frankie perguntou.

Mas a jovem não parecia ter interesse por cozinheiras. Herdar uma fortuna de um cavalheiro rico era o que de fato estimulava sua imaginação. Ela respondeu a Frankie que não saberia dizer com certeza e se retirou, levando consigo a travessa das torradas vazia.

– Tudo moleza – disse Frankie. – Os Cayman deixaram de aparecer por aqui, mas mantiveram o chalé para comodidade da quadrilha.

Os dois concordaram em dividir o trabalho, como Bobby sugerira.

Frankie saiu no Bentley, tendo tomado um banho de loja com algumas compras locais, e Bobby saiu à procura de Albert Mere, o jardineiro.

Encontraram-se na hora do almoço.

– E aí? – Bobby quis saber.

Frankie balançou a cabeça.

– A falsificação está fora de questão – ela falou com uma voz abatida. – Conversei por um longo tempo com o sr. Elford... ele é um velhinho adorável. Ficou sabendo dos nossos feitos de ontem à noite e estava louco por mais detalhes. Acho que não há muitos acontecimentos empolgantes por aqui. De todo modo, logo ele já estava comendo na minha mão. Então eu discorri sobre o caso Savage... fingi conhecer parentes de Savage e que eles haviam insinuado uma falsificação no testamento. Ouvindo isso, o meu velhinho querido ficou eriçado... absolutamente fora de questão! O assunto não fora tratado por cartas ou qualquer coisa desse tipo. Ele esteve em pessoa com o sr. Savage, e o sr. Savage insistiu que o testamento fosse redigido ali mesmo, na mesma hora. O sr. Elford quis ir embora para elaborar o documento do modo mais apropriado... você sabe como eles procedem... páginas e mais páginas falando de coisa nenhuma...

— Não sei – disse Bobby. – Nunca fiz nenhum testamento.

— Eu já fiz... fiz dois. O segundo foi nesta manhã. Eu precisava de uma desculpa para procurar um advogado.

— Para quem você deixou o seu dinheiro?

— Para você.

— Foi um pouco impensado, não? Se Roger Bassington-ffrench conseguisse acabar com você, provavelmente eu seria enforcado pelo crime!

— Nem pensei nisso – Frankie falou. – Bem, como eu ia dizendo, o sr. Savage estava tão nervoso e exaltado que o sr. Elford redigiu o testamento ali mesmo, na mesma hora, e a criada e o jardineiro foram as testemunhas, e o sr. Elford levou o documento consigo por segurança.

— Parece que a falsificação cai por terra – Bobby concordou.

— Pois é. Você não pode considerar uma falsificação quando de fato viu o sujeito assinar o documento. Quanto à outra hipótese, assassinato, vai ser difícil descobrir algo nesse sentido agora. O médico que foi chamado morreu certo tempo depois. O sujeito que nós vimos ontem à noite é um médico novo... está trabalhando aqui faz cerca de dois meses.

— Parece que temos um número de mortes desastroso – disse Bobby.

— Por quê? Quem mais morreu?

— Albert Mere.

— Você acha que *todos* foram eliminados?

– Isso já seria morte por atacado. A morte de Albert Mere pode não ser tão duvidosa... o velhinho tinha 72 anos.

– Está certo – disse Frankie. – Eu admito "causas naturais" nesse caso. Alguma sorte com Rose Chudleigh?

– Sim. Depois que deixou os Templeton, ela foi trabalhar no norte da Inglaterra, mas voltou e se casou com um sujeito daqui, com o qual ela tinha saído, segundo se diz, por dezessete anos. Infelizmente, ela é meio tonta. Parece não se lembrar de nada sobre ninguém. Talvez você consiga tirar alguma coisa da mulher.

– Vou tentar – disse Frankie. – Sou meio boa com gente tonta. Onde está Badger, a propósito?

– Meu Deus! Eu tinha me esquecido completamente dele – Bobby retrucou.

Ele se levantou e saiu da sala, retornando alguns minutos depois.

– Ele ainda estava dormindo – explicou. – Já está se levantando. Parece que uma camareira o chamou quatro vezes sem obter resultado.

– Bem, é melhor irmos ver essa tonta – disse Frankie, botando-se de pé. – E depois eu *preciso* comprar uma escova de dente, uma camisola, uma esponja e outras necessidades da existência civilizada. Eu estava me sentindo num estado tão selvagem ontem que nem pensei em nada disso. Só arranquei o meu revestimento externo e desabei na cama.

– Pois é – disse Bobby –, eu também.

– Falemos com Rose Chudleigh – Frankie retrucou.

Rose Chudleigh, agora sra. Pratt, morava num pequeno chalé entulhado de mobília e cães de porcelana. A mulher em si tinha amplas proporções e aspecto bovino, com olhos de peixe e todos os indícios de adenoidite.

– Veja só, voltei – Bobby anunciou jovialmente.

A sra. Pratt respirou com dificuldade e olhou para os dois sem curiosidade.

– Ficamos muito interessados quando soubemos que a senhora já morou com a sra. Templeton – Frankie explicou.

– Sim, minha senhora – retrucou a mulher.

– Ela está morando no exterior agora, eu creio – Frankie prosseguiu, tentando dar a impressão de que era íntima da família.

– Ouvi falar – concordou a sra. Pratt.

– A senhora ficou com ela por um bom tempo, não ficou?

– Fiquei onde, minha senhora?

– Com a sra. Templeton por um bom tempo – repetiu Frankie, falando lenta e claramente.

– Eu não diria isso, minha senhora. Só dois meses.

– Ah! Achei que a senhora tivesse ficado com ela por mais tempo.

– Essa foi a Gladys, minha senhora. A copeira. Ela ficou lá seis meses.

– Então eram duas na casa?

– Isso mesmo. Ela era copeira, e eu era cozinheira.

– A senhora estava lá quando o sr. Savage morreu, não estava?

– Perdão, minha senhora?

– Estava lá quando o sr. Savage morreu?

– O sr. Templeton não morreu... pelo menos que eu saiba. Ele foi para o estrangeiro.

– Não o sr. Templeton, o sr. Savage – Bobby falou.

A sra. Pratt o encarou sem entender.

– O cavalheiro que deixou todo aquele dinheiro para ela – disse Frankie.

Uma subespécie de inteligência iluminou o rosto da sra. Pratt.

– Ah, sim, o cavalheiro do inquérito que fizeram.

– Isso mesmo – disse Frankie, encantada com seu sucesso. – Ele costumava ficar na casa com frequência, não é mesmo?

– Eu não saberia dizer, minha senhora. Eu mal tinha chegado, sabe... Gladys deve saber.

– Mas a senhora foi testemunha do testamento, não foi?

A sra. Pratt se mostrou atônita.

– A senhora o viu assinar um papel e teve de assiná-lo também.

Outra vez o lampejo de inteligência.

– Sim, minha senhora. Eu e Albert. Eu nunca tinha feito uma coisa dessas antes e não gostei. Disse a Gladys que não gostava de assinar papéis e pronto, e Gladys falou que não devia ter problema porque o sr. Elford estava lá, e ele era um ótimo cavalheiro, além de ser advogado.

– O que aconteceu exatamente? – Bobby perguntou.

– Perdão, senhor?

– Quem a chamou para assinar o testamento? – Frankie perguntou.

– Foi a patroa, senhor. Ela veio na cozinha e disse para eu ir lá fora chamar o Albert, e pediu para nós subirmos até o quarto de dormir principal (que ela tinha desocupado para o senhor... o cavalheiro... na noite anterior), e lá estava o cavalheiro sentado na cama... ele tinha voltado de Londres e ido direto se deitar... e o cavalheiro tinha cara de muito doente. Eu nunca tinha visto ele antes. Mas ele parecia uma coisa medonha, e o sr. Elford estava lá também e falou muito bonito e disse que não precisava ter medo de nada, era só eu assinar o meu nome junto da assinatura do cavalheiro, e eu assinei e coloquei "cozinheira" junto e o endereço, e Albert fez o mesmo e eu fui procurar a Gladys toda tremendo e falei que nunca tinha visto um cavalheiro com tanta cara de morte, e Gladys falou que na noite anterior ele parecia bem normal e que devia ter sido alguma coisa em Londres que lhe fizera mal. Ele tinha ido para Londres muito cedo, quando ninguém tinha se levantado ainda. E aí eu comentei que não gostava de escrever o meu nome em nenhum lugar, e Gladys falou que não tinha problema porque o sr. Elford estava lá.

– E o sr. Savage, o cavalheiro... morreu quando?

– Na manhã seguinte ele já tinha morrido, minha senhora. Ele se trancou em seu quarto naquela noite e não deixou ninguém chegar perto, e quando Gladys o chamou de manhã ele já estava todo duro na cama, com uma carta encostada de pé na cabeceira. "Para o juiz de instrução", estava escrito. Ah, Gladys levou um susto dos bons! E depois teve o inquérito e tudo mais. Uns dois meses depois a sra. Templeton me disse que estava indo morar no estrangeiro. Mas me arranjou um emprego muito bom no norte, com um grande salário, e me deu um presente bonito e tudo mais. Uma dama muito distinta, a sra. Templeton.

A sra. Pratt, a essa altura, já sentia grande prazer com sua própria loquacidade.

Frankie se levantou.

– Bem – ela disse. – Foi ótimo ouvir tudo isso – e tirou uma cédula de sua bolsa. – Permita-me lhe dar um... hã... um presentinho. Tomei tanto do seu tempo...

– Bem, obrigada pela bondade, minha senhora. Um bom dia para a senhora e para o seu marido.

Frankie corou e bateu em retirada com bastante rapidez. Bobby a seguiu alguns minutos depois. Parecia preocupado.

– Bem – ele disse. – Parece que conseguimos obter tudo que ela sabia.

– Sim – disse Frankie –, e tudo se conecta. Parece não haver dúvida de que Savage fez *mesmo* aquele testamento, e acho que seu medo do câncer decerto era genuíno. Eles não conseguiriam ter subornado um médico da Harley Street. Por certo só se aproveitaram do fato de ele ter feito aquele testamento e o eliminaram rapidamente antes que mudasse de ideia. Mas não consigo imaginar como é que nós ou qualquer pessoa poderemos provar que de fato acabaram com ele.

– Pois é. Podemos suspeitar que a sra. T. lhe deu "algo para fazê-lo dormir", mas não podemos provar. Bassington-ffrench pode ter falsificado a carta para o juiz de instrução, mas também não podemos provar isso ainda. Creio que a carta deve ter sido destruída faz tempo, depois de ter sido apresentada como prova no inquérito.

– Assim voltamos ao nosso velho problema: que raios Bassington-ffrench e companhia temem que a gente descubra?

– Nada lhe chama atenção como particularmente estranho?

– Não, acho que não... só uma única coisa: por que a sra. Templeton mandou chamar o jardineiro para testemunhar o testamento quando a copeira estava na casa? Por que não pediram à copeira?

– É estranho que você diga isso, Frankie – Bobby retrucou.

A voz do jovem soava tão esquisita que Frankie o olhou com surpresa.

– Por quê?

– Porque eu fiquei um pouco mais para perguntar à sra. Pratt o nome e o endereço de Gladys.

– E?

– *O nome da copeira era Evans!*

Capítulo 32

Evans

Frankie se engasgou.

Bobby falou mais alto, empolgado:

– Entende? Você fez a mesma pergunta que Carstairs fez. *Por que não pediram à copeira? Por que não pediram a Evans?*

– Ah! Bobby, finalmente estamos chegando lá!

– A mesma coisa deve ter chamado a atenção de Carstairs. Decerto ele estava farejando alguma coisa, como nós, procurando algo suspeito... e esse ponto lhe pareceu estranho como nos pareceu também. Além disso, acho que ele veio a Gales por essa razão. Gladys Evans é um nome galês... Evans provavelmente era galesa. Carstairs foi até Marchbolt atrás dela. E alguém estava atrás de Carstairs, por isso ele nunca chegou até ela.

– Por que *não* pediram a Evans? – Frankie falou. – *Deve* haver uma razão. É uma questão tão bobinha... mas ao mesmo tempo é importante. Com duas empregadas dentro de casa, por que chamar o jardineiro?

– Talvez porque tanto Rose Chudleigh como Albert Mere fossem broncos, ao passo que Evans era mais astuta.

– Não pode ser só isso. O sr. Elford estava lá, e ele é um homem perspicaz. Ah, Bobby, o mistério todo está nesse ponto... eu sei que está. Se ao menos conseguíssemos chegar ao motivo. Evans... Por que Chudleigh e Mere, e não Evans?

De súbito ela parou e tapou os olhos com as mãos.

– Estou quase lá – ela disse. – Uma espécie de centelha. Vou chegar lá num minuto.

Frankie ficou imóvel por alguns momentos. Então tirou as mãos do rosto e olhou para o companheiro com uma centelha estranha nos olhos.

– Bobby – ela falou –, quando você se hospeda numa casa com duas empregadas, para qual delas você dá uma gorjeta?

– Para a copeira, é claro – Bobby respondeu com surpresa. – Você nunca dá gorjeta para uma cozinheira. Para começar, ela nunca é vista.

– Não, e ela nunca vê você. No máximo ela nos vê de relance quando ficamos por algum tempo. Mas uma copeira lhe serve o jantar e vai chamar você e lhe traz café.

– Onde você está querendo chegar, Frankie?

– Eles não podiam usar Evans como testemunha no testamento... *porque Evans saberia que não era o sr. Savage quem estava assinando aquele documento.*

– Santo Deus, Frankie, o que você quer dizer? Quem era então?

– Bassington-ffrench, é claro! Você não percebe que ele interpretou Savage? Aposto que foi Bassington-ffrench quem procurou aquele médico e fez aquele escândalo todo sobre estar com câncer. Então chamam o advogado, um estranho que não conhece o sr. Savage mas será capaz de jurar que viu o sr. Savage assinando aquele testamento e tem o testemunho de duas pessoas, uma das quais nunca o vira antes e a outra um velho que estava provavelmente quase cego e que provavelmente nunca vira Savage também. Você percebe agora?

– Mas onde estava o verdadeiro Savage esse tempo todo?

– Ah, ele apareceu mesmo na casa, e aí, eu suspeito, trataram de drogá-lo e coloca-lo no sótão, talvez, e o mantiveram lá por doze horas enquanto Bassington-ffrench fazia sua representação. Então foi deitado de volta na cama e lhe deram cloral, e Evans o encontrou morto de manhã.

— Meu Deus, acho que você acertou na mosca, Frankie. Mas como vamos provar?

— Sim... pois é... não sei. E se nós mostrássemos à Rose Chudleigh... quer dizer, à sra. Pratt... uma fotografia do verdadeiro Savage? Talvez ela fosse capaz de dizer: "Esse não foi o homem que assinou o testamento".

— Duvido — disse Bobby. — Ela é tonta demais.

— Escolhida por isso mesmo, imagino. Mas tem outra coisa. Um especialista por certo teria condições de detectar que a assinatura foi falsificada.

— Não descobriram antes.

— Por que ninguém chegou a levantar essa hipótese. Não parecia ter ocorrido nenhuma ocasião possível para que o testamento *pudesse* ter sido falsificado. Mas agora é diferente.

— Uma coisa nós precisamos fazer — Bobby falou. — Encontrar Evans. — Ela pode nos fazer algumas belas revelações. Lembre-se que ela ficou com os Templeton por seis meses.

Frankie gemeu.

— Isso vai dificultar ainda mais a nossa vida.

— Que tal o correio? — Bobby sugeriu.

Os dois estavam justamente passando pela agência. O aspecto era mais de um armazém do que de uma agência de correio.

Frankie entrou com ímpeto e iniciou a operação. Não havia ninguém no estabelecimento além da agente — uma jovem com um nariz bisbilhoteiro.

Frankie comprou uma cartela de selos de dois xelins, comentou sobre o tempo e então falou:

— Mas acho que aqui vocês devem ter um tempo melhor do que temos na minha região. Eu moro em

Gales... Marchbolt. A senhorita não faz ideia de como chove por lá.

A jovem nariguda retrucou que ali eles também sofriam bastante com a chuva e que no último feriado bancário caíra uma água terrível.

– Tem uma pessoa em Marchbolt que é daqui. Talvez a senhorita saiba quem é. O nome dela é Evans, Gladys Evans.

A jovem não desconfiou de nada.

– Ora, é claro – retrucou. – Ela trabalhou de doméstica aqui. Em Tudor Cottage. Mas ela não é desta região. Ela era de Gales, e voltou para lá e se casou... seu nome agora é Roberts.

– Isso mesmo – Frankie retrucou. – A senhorita não poderia me dar o endereço dela? Fiquei com uma capa de chuva dela e esqueci de devolver. Se eu tivesse o endereço, poderia mandar pelo correio.

– Ora essa – a outra falou –, acho que posso sim. De vez em quando recebo um cartão-postal dela. Ela e o marido estão empregados juntos numa casa. Espere só um minuto.

Ela se afastou e remexeu num canto. Dentro em pouco voltou com um papelzinho na mão.

– Aqui está – disse, deslizando-o no balcão.

Bobby e Frankie o leram juntos. Era a última coisa no mundo que esperavam.

"Sra. Roberts,
Vicariato de Marchbolt,
Gales."

Capítulo 33

Sensação no Orient Café

Nem Bobby nem Frankie tinham a menor noção de como haviam saído da agência sem entregar o jogo.

Do lado de fora, entreolharam-se e caíram numa gargalhada.

– No vicariato... esse tempo todo! – Bobby arquejou.

– E eu esquadrinhei 480 Evans – lamentou Frankie.

– *Agora* eu entendo por que Bassington-ffrench achou tão engraçado quando se deu conta de que não sabíamos nem de longe quem era Evans!

– E é claro que era perigoso, no ponto de vista deles. Você e Evans estavam de fato sob o mesmo teto.

– Vamos! – Bobby falou. – Marchbolt é a próxima parada.

– Como se fosse o fim do arco-íris – disse Frankie. – De volta para o doce lar.

– Que diabo – Bobby retrucou –, precisamos fazer algo em relação a Badger. Você tem algum dinheiro, Frankie?

Frankie abriu a bolsa e tirou um punhado de notas.

– Dê isso para ele e lhe diga para fazer algum acordo com os credores e que o meu pai vai comprar a oficina e colocá-lo como gerente.

– Certo – disse Bobby. – O negócio é partirmos com rapidez.

– Por que tamanha pressa?

– Não sei... mas tenho um pressentimento de que alguma coisa pode acontecer.

– Que horror... Vamos rápido, então.

– Vou resolver com Badger. Você vai dando a partida no carro.

– Não vou conseguir comprar a escova de dente – disse Frankie.

Passados cinco minutos, os dois já disparavam na saída de Chipping Somerton. Bobby não teria motivo para reclamar de lentidão.

Mesmo assim, Frankie falou de súbito:

– Ouça, Bobby, essa velocidade não é suficiente.

O jovem olhou de relance o velocímetro, que registrava naquele momento 130 quilômetros por hora, e comentou com secura:

– Não sei o que mais podemos fazer.

– Podemos pegar um táxi aéreo – Frankie sugeriu. – Estamos só a uns dez quilômetros do Medeshot Aerodrome.

– Minha querida! – Bobby exclamou.

– Se fizermos isso, estaremos em casa daqui a duas horas.

– Então vamos lá – anuiu o rapaz.

A aventura toda estava começando a assumir o caráter fantástico de um sonho. Por que essa pressa alucinada de chegar a Marchbolt? Bobby não sabia. Suspeitava que Frankie também não soubesse. Era só um pressentimento.

No aeródromo, Frankie perguntou pelo sr. Donald King. Veio ao encontro deles um jovem desalinhado que se mostrou languidamente surpreso ao vê-la.

– Oi, Frankie – ele disse. – Faz séculos que não a vejo. O que você quer?

– Eu quero um táxi-aéreo – Frankie respondeu. – Vocês trabalham com isso aqui, não é?

– Ah, claro. Para onde você quer ir?

– Quero ir para casa depressa – disse Frankie.

O sr. Donald King ergueu as sobrancelhas.

– É só? – ele perguntou.

– Não exatamente – disse Frankie. – Mas é a ideia central.

– Ah, bem, podemos logo dar um jeito nisso.

– Eu lhe faço um cheque – disse Frankie.

Cinco minutos mais tarde os dois partiam.

– Frankie... – disse Bobby. – Por que estamos fazendo isso?

– Não faço a menor ideia – Frankie retrucou. – Mas sinto que precisamos. Você não sente?

– Por mais curioso que seja, sinto. Mas não sei por quê. Afinal de contas, a nossa sra. Roberts não vai fugir voando numa vassoura.

– Ela até poderia. Lembre-se, não sabemos o que Bassington-ffrench está tramando.

– É verdade – Bobby falou, pensativo.

Entardecia quando chegaram ao destino. O avião os deixou no parque, e, cinco minutos depois, Bobby e Frankie já dirigiam rumo a Marchbolt no Chrysler de Lord Marchington.

Estacionaram junto ao portão do vicariato, porque a entrada do vicariato não permitia manobras de carros grandiosos.

Descendo do Chrysler, correram pela entrada.

"Vou acordar a qualquer momento", Bobby pensou. "O que é que nós estamos fazendo? E por quê?"

Via-se um vulto esbelto de pé diante da porta. Frankie e Bobby a reconheceram no mesmo instante.

– Moira! – Frankie exclamou.

Moira se virou. Oscilava um pouco.

– Ah! Fico tão contente por vê-los! Não sei o que fazer.

– Mas o que foi que a trouxe até aqui?

– A mesma coisa que trouxe vocês, imagino.
– Descobriu quem é Evans? – Bobby perguntou.
Moira confirmou com a cabeça.
– Sim, é uma longa história...
– Vamos entrar – disse Bobby.
Mas Moira recuou.
– Não, não – ela falou às pressas. – Vamos conversar em outro lugar. Tem algo que preciso lhes contar... antes de entrarmos na casa. Não existe um café ou algum lugar para onde possamos ir?
– Está bem – disse Bobby, afastando-se a contragosto da porta. – Mas por que...
Moira bateu o pé.
– Vocês vão entender quando eu explicar. Ah, venham! Não podemos perder nem mesmo um minuto.
Os dois cederam à insistência da jovem. Mais ou menos no meio da rua principal ficava o Orient Café – um nome um tanto majestoso que não condizia com a decoração interior. Os três entraram em fila. Era um horário de movimento fraco – seis e meia da tarde.
Sentaram-se a uma mesinha de canto e Bobby pediu três cafés.
– Pois então? – ele falou.
– Espere até que ela traga o café – disse Moira.
A garçonete voltou e, apaticamente, depositou três xícaras de café morno na frente deles.
– Pois então – disse Bobby.
– Mal sei por onde começar – disse Moira. – Eu estava no trem, indo para Londres. Realmente uma coincidência das mais espantosas. Eu avancei pelo corredor e...
Ela se interrompeu.
Sua cadeira ficava de frente para a porta e ela se inclinou na direção dos dois com olhos arregalados.
– Ele deve ter me seguido – falou.

– Quem? – Frankie e Bobby exclamaram juntos.
– Bassington-ffrench – Moira sussurrou.
– Você o viu?
– Ele está lá fora. Eu o vi com uma mulher ruiva.
– A sra. Cayman! – Frankie exclamou.

Ela e Bobby pularam e correram até a porta. Houve um protesto de Moira, mas nenhum dos dois lhe deu atenção. Olharam para um lado e para o outro da rua, mas não viram nenhum sinal de Bassington-ffrench.

Moira juntou-se a eles.

– Ele foi embora? – ela perguntou com voz trêmula. – Ah, tenham cuidado, por favor! Ele é perigoso... terrivelmente perigoso!

– Ele não pode fazer nada contanto que fiquemos juntos – Bobby falou.

– Tente criar coragem, Moira – disse Frankie. – Não seja tão medrosa.

– Bem, de momento não podemos fazer nada – Bobby afirmou, conduzindo-as no retorno até a mesa. – Prossiga com o que você estava nos contando, Moira.

Ele pegou sua xícara de café. Frankie perdeu o equilíbrio e esbarrou em Bobby, e o café se derramou sobre a mesa.

– Sinto muito – disse Frankie.

Ela esticou o braço até a mesa adjacente, que estava posta para possíveis clientes. Havia sobre a mesa um galheteiro com dois frascos de vidro tampados contendo azeite e vinagre.

Seus próximos movimentos foram tão estranhos que chamaram a atenção de Bobby. Ela esvaziou o vidro de vinagre derramando seu conteúdo na bandejinha e começou a enchê-lo com o café de sua própria xícara.

– Ficou doida, Frankie? – Bobby perguntou. – Que diabo você está fazendo?

– Colhendo uma amostra desse café para que George Arbuthnot o analise – Frankie respondeu.

Ela se voltou para Moira.

– *O jogo acabou, Moira!* A coisa toda me ocorreu num piscar de olhos quando estávamos na porta instantes atrás. Eu vi o seu rosto quando bati no cotovelo de Bobby e o fiz derramar o café. Você colocou algo nas nossas xícaras quando nos fez correr até a porta para procurar Bassington-ffrench! O jogo acabou, *sra. Nicholson ou Templeton ou seja lá como você queira se chamar!*

– Templeton? – Bobby exclamou.

– Veja o rosto dela – Frankie exclamou. – Se ela negar, leve-a para o vicariato e veja se a sra. Roberts não vai identificá-la.

Bobby olhou de fato para Moira. Viu aquele rosto melancólico e fascinante transformado por uma ira demoníaca. A bela boca se abriu e derramou uma torrente de palavrões abomináveis e hediondos.

Ela enfiou a mão na bolsa.

Bobby ainda estava aturdido, mas agiu na fração de segundo necessária.

Foi sua mão que empurrou a pistola para cima.

A bala passou logo acima da cabeça de Frankie e se cravou na parede do Orient Café.

Pela primeira vez na história uma das garçonetes do café demonstrou agilidade.

Com um grito alucinado, ela disparou pela rua gritando:

– Socorro! Assassinato! Polícia!

Capítulo 34

Carta da América do Sul

Foi algumas semanas depois.

Frankie acabara de receber uma carta. O envelope trazia o selo de uma das menos conhecidas repúblicas da América do Sul.

Depois de lê-la, passou-a para Bobby.

O conteúdo era o seguinte:

Querida Frankie – Minhas sinceras congratulações! Você e seu jovem amigo da Marinha destroçaram os planos de toda uma vida. Eu tinha tudo tão bem encaminhado...

Será que você realmente gostaria de saber a história toda? A minha amiguinha já me incriminou tão completamente (rancor, eu receio – as mulheres são invariavelmente rancorosas!) que as minhas mais danosas confissões não me causarão nenhum prejuízo adicional. Além disso, estou iniciando uma nova vida. Roger Bassington-ffrench está morto.

Acho que sempre fui o que chamam de "mau elemento". Até mesmo em Oxford cometi um pequeno deslize. Estupidez, porque era inevitável que descobrissem. Meu velho não me deixou na pior. Mas me mandou às colônias.

Topei com Moira e seu bando pouco depois. Ela era uma criminosa autêntica, com quinze anos já tinha vasta experiência. Quando a conheci, a situação estava começando a ficar complicada para ela. A polícia americana estava em seu encalço.

Eu e ela gostávamos um do outro. Decidimos nos juntar, mas antes precisávamos levar a cabo alguns planos. Para começar, ela se casou com Nicholson. Com isso, transferiu-se para um outro mundo, e a polícia perdeu-a de vista. Nicholson estava chegando à Inglaterra com o propósito de instalar uma clínica para doentes dos nervos. Procurava uma casa adequada e barata. Moira o fez escolher a granja.

Ela ainda estava trabalhando com sua quadrilha no negócio das drogas. Sem desconfiar de nada, Nicholson lhe foi muito útil.

Sempre tive duas ambições. Eu queria ser o proprietário de Merroway e queria muito dinheiro. Um Bassington-ffrench desempenhou grande papel no reinado de Carlos II. Desde então a família definhou até a mediocridade. Eu me sentia capaz de desempenhar um grande papel outra vez. Mas precisava ter dinheiro.

Moira fez diversas viagens ao Canadá, para "ver sua gente". Nicholson a adorava e acreditava em tudo que ouvia dela. A maioria dos homens acreditava. Devido às complicações do negócio das drogas, ela viajava sob vários nomes diferentes. Viajava apresentando-se como sra. Templeton quando conheceu Savage. Sabia de tudo a respeito de Savage, de sua enorme fortuna, e foi com tudo para cima dele. Ele se deixou atrair, mas não o bastante para perder o bom senso.

Entretanto, arquitetamos um plano. Você conhece muito bem essa história. O homem que você conhece como Cayman representou o papel do marido insensível. Savage foi convencido a se hospedar em Tudor Cottage mais de uma vez. Na terceira vez, nossos planos foram colocados em ação. Não preciso entrar em maiores detalhes – você está inteirada. Nosso sucesso foi estrondoso. Moira pegou o dinheiro e partiu ostensivamente para o exterior – na verdade, voltou à granja em Staverley.

Nesse meio-tempo eu aperfeiçoava meus próprios planos. Henry e o pequeno Tommy precisavam ser tirados do caminho. Tive azar com Tommy. Dois ótimos acidentes deram errado. Eu não iria ficar brincando de acidentes com Henry. Ele passou a sofrer um bocado com dores reumáticas depois de um acidente numa caçada. Apresentei-lhe a morfina. Ele começou a tomá-la de boa-fé. Henry era uma criatura simples. Logo se viciou. Nosso plano era que ele se internasse na clínica para tratamento e lá ou "cometesse suicídio" ou tivesse uma overdose de morfina. Moira se encarregaria do assunto. Eu não iria me envolver de forma alguma.

E então Carstairs, aquele idiota, começou a se intrometer. Parece que Savage lhe escrevera do navio mencionando a sra. Templeton e inclusive mandando junto uma foto dela. Carstairs saiu numa expedição de caça pouco depois. Quando voltou das selvas e soube da morte e do testamento de Savage, mostrou-se francamente incrédulo. A história não lhe soava verdadeira. Tinha certeza de que Savage não estava com medo de morrer e tampouco acreditava que tivesse qualquer temor em relação a um câncer. Além disso, os termos do testamento lhe pareciam altamente atípicos. Savage era um homem de negócios durão, e, embora se mostrasse sempre disposto a ter um caso com uma mulher bonita, Carstairs não acreditava que ele fosse deixar uma vasta soma de dinheiro para ela e o resto à caridade. O lance da caridade foi ideia minha. Soava tão respeitável e acima de qualquer suspeita...

Carstairs veio para cá determinado a investigar a questão. Começou a escarafunchar aqui e ali.

E logo de saída tivemos um golpe de azar. Alguns amigos o trouxeram para almoçar e ele viu um retrato de Moira no piano, reconhecendo-a como a mulher da foto que Savage lhe mandara. Foi para Chipping Somerton e começou a escarafunchar por lá.

Moira e eu fomos ficando receosos – penso às vezes que desnecessariamente. Mas Carstairs era um camarada esperto.

Fui para Chipping Somerton atrás dele. Carstairs não conseguiu localizar a cozinheira – Rose Chudleigh. Ela tinha ido para o norte. Mas conseguiu localizar Evans, descobriu seu nome de casada e partiu para Marchbolt. A coisa estava ficando séria. Se Evans identificasse a sra. Templeton e a sra. Nicholson como sendo a mesma pessoa, a situação se tornaria bastante difícil. Além disso, ela trabalhara na casa por algum tempo e nós não tínhamos certeza de quanta coisa poderia saber.

Decidi que Carstairs precisava ser suprimido. Ele estava se tornando um sério incômodo. O acaso veio em meu auxílio. Eu estava logo atrás dele quando a névoa subiu. Tratei de me aproximar furtivamente e um empurrão repentino resolveu a questão.

Mas eu ainda enfrentava um dilema. Não sabia que prova incriminadora ele poderia ter consigo. Entretanto, minha querida, seu jovem amigo da Marinha me fez um tremendo favor. Fiquei a sós com o corpo por um breve tempo – mais do que suficiente para o meu propósito. Carstairs tinha uma fotografia de Moira – obtida com os fotógrafos –, presumivelmente para identificação. Fiquei com a foto e com todos os documentos ou pertences que pudessem identificá-lo. Então plantei a fotografia de uma das integrantes da quadrilha.

Tudo correu bem. A pseudoirmã e o pseudocunhado apareceram e o identificaram. Tudo parecia estar resolvido de forma satisfatória. E aí seu amigo Bobby estragou tudo. Pelo jeito, Carstairs havia recobrado a consciência antes de morrer e acabara dizendo alguma coisa. Mencionara Evans – e Evans estava efetivamente trabalhando no vicariato.

Admito que estávamos ficando atrapalhados a essa altura. Perdemos um pouco a cabeça. Moira insistiu que ele precisava ser tirado do nosso caminho. Tentamos um plano que falhou. Então Moira falou que daria um jeito no caso. Foi para Marchbolt de carro. Aproveitou direitinho a oportunidade – colocou morfina na garrafa de cerveja enquanto ele dormia. Mas o jovem dos infernos não sucumbiu. Foi puro azar.

Como já lhe contei, foi o interrogatório de Nicholson que me levou a especular se você era o que parecia ser. Mas imagine o choque de Moira quando estava saindo furtivamente certa noite para me encontrar e se viu frente a frente com Bobby! Reconheceu o rapaz no mesmo instante – ela tivera muita sorte por tê-lo encontrado dormindo naquele dia. Não admira que tenha ficado tão assustada que quase desmaiou. Então se deu conta de que não era dela que o jovem suspeitava e, recompondo-se, desempenhou seus dotes de atriz.

Foi até a hospedaria e lhe contou algumas mentiras. Ele engoliu tudo como um cordeirinho. Moira inventou que Alan Carstairs era um antigo amante e dramatizou seu medo de Nicholson. Ao mesmo tempo, fez o possível para que você se desiludisse das suspeitas em relação a mim. Eu fiz o mesmo com você e a depreciei como uma criatura fraca e indefesa – Moira, que tinha estômago para matar inúmeras pessoas com o maior sangue frio!

A situação era complicada. Já tínhamos o dinheiro. Estávamos progredindo bem no plano para eliminar Henry. Quanto a Tommy eu não tinha pressa. Poderia me dar ao luxo de esperar um pouco. Nicholson poderia ser exterminado tranquilamente quando chegasse a hora. Mas você e Bobby eram uma ameaça. Suas suspeitas estavam concentradas na granja.

Talvez você ache interessante saber que Henry não cometeu suicídio. Eu o matei! Quando conversava com você no jardim, percebi que não havia tempo a perder – entrei e tratei de resolver o problema de uma vez por todas.

O avião que passou naquele momento me deu a oportunidade. Entrei no gabinete, sentei-me ao lado de Henry, que estava escrevendo, e lhe disse: "Olhe aqui, meu velho". E atirei! O ruído do avião abafou o som. Então escrevi uma bela e comovente carta, limpei as minhas impressões digitais do revólver, apertei a mão de Henry em volta dela e deixei-a cair no chão. Coloquei a chave do gabinete no bolso de Henry e saí, trancando a porta pelo lado de fora com a chave da sala de jantar, que serve naquela fechadura.

Não vou entrar em detalhes sobre o excelente esquema do rojão na lareira, cronometrado para estourar quatro minutos depois.

Tudo correu magnificamente. Você e eu estávamos juntos no jardim e ouvimos o "tiro". Um suicídio perfeito! A única pessoa que se expôs a qualquer suspeita foi o pobre Nicholson. O idiota voltou para buscar uma bengala ou algo assim!

É claro que a conduta quixotesca de Bobby estava dificultando um pouco a vida de Moira. Então ela simplesmente foi para o chalé. Imaginamos que a explicação de Nicholson sobre a ausência da esposa não deixaria de lhes infundir suspeita.

Onde Moira realmente mostrou seu valor foi no chalé. Ela se deu conta, pelos ruídos no andar de cima, de que eu tinha sido derrubado, e rapidamente injetou em si uma grande dose de morfina e se deitou na cama. Quando vocês três desceram para telefonar, Moira disparou até o sótão e me libertou das cordas. Então a morfina fez efeito, e, quando da chegada do médico, ela já estava genuinamente mergulhada num sono narcotizado.

Mas mesmo assim sua coragem já estava se esvaindo. Ela receava que vocês acabassem encontrando Evans e desvendassem a farsa do suicídio e do testamento de Savage. Além disso, temia que Carstairs tivesse escrito a Evans antes de ir para Marchbolt. Inventou que estava indo para uma casa de repouso em Londres. Em vez disso, correu para Marchbolt – e os encontrou diante da porta! Então, por iniciativa própria, decidiu eliminar vocês dois. Seus métodos foram muito grosseiros, mas creio que ela teria se safado. Duvido que aquela garçonete teria sido capaz de recordar grande coisa sobre a aparência da mulher que entrou com vocês. Moira teria voltado a Londres, ficando quietinha numa casa de repouso. Com você e Bobby fora do caminho, a história toda teria morrido. Mas você a desmascarou – e ela perdeu a cabeça. E depois, no julgamento, fez questão de revelar o meu envolvimento!

Talvez eu estivesse ficando um pouco cansado dela... Mas não fazia ideia de que ela tinha percebido.

Entenda, ela ficara com o dinheiro – o meu dinheiro! Uma vez que me casasse com Moira, provavelmente eu me cansaria dela. Gosto de variedade.
Então aqui estou eu, iniciando uma vida nova...
E tudo por causa de você e de Bobby Jones, aquele jovem extremamente questionável...
Mas não tenho dúvida de que vou me sair bem!
Ou devo dizer "mal", não "bem"?
Não me endireitei ainda.
Só que, quando não há sucesso na primeira tentativa, você precisa insistir, insistir e insistir de novo.
Adeus, minha querida – ou talvez au revoir. Nunca se sabe, não é mesmo?

> *Seu afetuoso inimigo,*
> *o audaz e pérfido vilão da história,*
> *ROGER BASSINGTON-FFRENCH.*

Capítulo 35

Notícia do vicariato

Bobby devolveu a carta e Frankie a pegou com um suspiro.

– Ele é realmente uma pessoa extraordinária – disse a jovem.

– Você sempre teve uma queda por ele – Bobby falou com frieza.

– Ele tinha charme – Frankie retrucou. – Assim como Moira – acrescentou.

Bobby ficou vermelho.

– Foi muito esquisito que o tempo todo a chave do mistério tenha estado no vicariato – ele disse. – Você sabe, não é mesmo, Frankie, que Carstairs tinha de fato escrito para Evans... isto é, à sra. Roberts...

Frankie confirmou com a cabeça.

– Dizendo a ela que estava indo visitá-la e que queria informações a respeito da sra. Templeton, que era, ele tinha razões para crer, uma vigarista internacional perigosa e procurada pela polícia.

– E aí, quando empurram o sujeito no penhasco, ela não liga os fatos – Bobby falou com amargura.

– É porque o homem que despencou no penhasco era Pritchard – disse Frankie. – Essa identificação foi um truque muito inteligente. Se um homem chamado Pritchard foi empurrado, como *poderia* se tratar de um homem chamado Carstairs? É assim que funciona uma mente comum.

– O engraçado é que ela reconheceu Cayman – Bobby prosseguiu. – Ao menos ela o viu de relance quando

Roberts o deixou entrar e lhe perguntou quem era. E ele disse que era o sr. Cayman e ela retrucou: "Que engraçado, ele é o retrato escarrado de um cavalheiro para quem eu trabalhava".

– Incrível – Frankie disse. – Até mesmo Bassington-ffrench se traiu uma ou duas vezes – continuou. – Mas eu, como uma idiota, não enxerguei nada.

– Ele se traiu?

– Sim, foi quando Sylvia disse que o retrato do jornal era muito parecido com Carstairs e ele comentou que na verdade a semelhança era pequena, demonstrando que tinha visto a cara do morto. E depois me falou que não tinha chegado a ver o rosto do morto.

– Como foi que você desmascarou Moira, Frankie?

– Acho que foi a descrição da sra. Templeton – Frankie respondeu com uma expressão sonhadora. – Todos disseram que ela era "uma dama muito simpática". Ora, isso não parecia condizer com aquela sra. Cayman. Nenhum empregado a descreveria como uma "uma dama simpática". E aí, quando chegamos ao vicariato e Moira estava lá, de repente me ocorreu: *e se Moira fosse a sra. Templeton?*

– Uma dedução brilhante da sua parte.

– Lamento muito por Sylvia – disse Frankie. – Com Moira envolvendo Roger nos crimes, tem ocorrido uma publicidade terrível para ela. Mas o sr. Nicholson lhe deu apoio, e eu não ficaria nem um pouco surpresa se os dois acabassem juntos.

– Tudo parece ter terminado da melhor forma – Bobby retrucou. – Badger está se saindo muito bem na oficina... graças ao seu pai... e também graças ao seu pai eu arranjei esse emprego maravilhoso.

– É mesmo um emprego maravilhoso?

– Administrar uma plantação de café no Quênia com um salário colossal? Eu diria que sim. É bem o tipo de trabalho com o qual eu costumava sonhar.

Ele fez uma pausa.

– As pessoas viajam um bocado para o Quênia – comentou num tom de insinuação.

– E um monte de gente mora lá – Frankie falou afetadamente.

– Ah! Frankie, você não iria... – ele corou, gaguejou e se recompôs. – V-v-você iria?

– Iria – Frankie respondeu. – Quer dizer, eu vou.

– Eu sempre quis ficar com você – Bobby falou com uma voz sufocada. – Eu vivia infeliz... quer dizer, sabendo que eu não tinha chance.

– Acho que é por isso que você foi tão grosseiro naquele dia no campo de golfe...

– Sim, eu estava me sentindo no fundo do poço.

– Hmm... – fez Frankie. – E Moira?

Bobby ficou sem jeito.

– O rosto dela meio que me fisgou – ele admitiu.

– É um rosto melhor do que o meu – Frankie afirmou generosamente.

– Não é... mas aquele rosto meio que me "fascinava". E depois, quando nós estávamos no sótão e você se mostrou tão destemida diante de tudo... bem, Moira foi se apagando aos poucos. Eu mal estava interessado no que acontecia com ela. Era *você*, só você. Você foi simplesmente esplêndida! Incrivelmente destemida!

– Por dentro eu não estava me sentindo destemida – disse Frankie. – Estava tremendo dos pés à cabeça. Mas eu queria que você me admirasse.

– E eu admirei você, querida. Admiro. Sempre admirei. Sempre vou admirar. Você tem certeza de que não vai detestar o Quênia?

– Vou adorar. Eu já estava farta da Inglaterra.

– Frankie...

– Bobby...

– Queiram entrar por aqui – disse o vigário, abrindo a porta e introduzindo um destacamento da Sociedade Dorcas.

Ele fechou a porta com precipitação e pediu desculpas.

– É o meu... hã... um dos meus filhos. Ele está... hã... noivo.

Uma integrante da Sociedade Dorcas comentou maliciosamente que parecia isso mesmo.

– Um bom rapaz – disse o vigário. – Por algum tempo foi meio inclinado a não levar a vida muito a sério. Mas nos últimos tempos melhorou bastante. Está indo para o exterior, vai administrar uma plantação de café no Quênia.

Uma integrante da Sociedade Dorcas falou para outra num sussurro:

– Você viu? Não era Lady Frances Derwent quem ele estava beijando?

Passada uma hora, a notícia já se espalhara por todos os cantos de Marchbolt.

Série Agatha Christie na Coleção **L&PM** POCKET

O mistério dos sete relógios
O misterioso sr. Quin
O mistério Sittaford
O cão da morte
Por que não pediram a Evans?
O detetive Parker Pyne
É fácil matar
Hora Zero
E no final a morte
Um brinde de cianureto
Testemunha de acusação e outras histórias
A Casa Torta
Aventura em Bagdá
Um destino ignorado
A teia da aranha (com Charles Osborne)
Punição para a inocência
O Cavalo Amarelo
Noite sem fim
Passageiro para Frankfurt
A mina de ouro e outras histórias

Mistérios de Hercule Poirot

Os Quatro Grandes
O mistério do Trem Azul
A Casa do Penhasco
Treze à mesa
Assassinato no Expresso Oriente
Tragédia em três atos
Morte nas nuvens
Os crimes ABC
Morte na Mesopotâmia
Cartas na mesa
Assassinato no beco
Poirot perde uma cliente
Morte no Nilo
Encontro com a morte
O Natal de Poirot
Cipreste triste
Uma dose mortal
Morte na praia
A Mansão Hollow
Os trabalhos de Hércules
Seguindo a correnteza
A morte da sra. McGinty
Depois do funeral
Morte na rua Hickory
A extravagância do morto

Um gato entre os pombos
A aventura do pudim de Natal
A terceira moça
A noite das bruxas
Os elefantes não esquecem
Os primeiros casos de Poirot
Cai o pano
Poirot e o mistério da arca espanhola e outras histórias
Poirot sempre espera e outras histórias

Mistérios de Miss Marple

Assassinato na casa do pastor
Os treze problemas
Um corpo na biblioteca
A mão misteriosa
Convite para um homicídio
Um passe de mágica
Um punhado de centeio
Testemunha ocular do crime
A maldição do espelho
Mistério no Caribe
Nêmesis
Um crime adormecido
Os últimos casos de Miss Marple

Mistérios de Tommy & Tuppence

Sócios no crime
M ou N?
Um pressentimento funesto
Portal do destino

Romances de Mary Westmacott

Entre dois amores
Retrato inacabado
Ausência na primavera
O conflito
Filha é filha
O fardo

Teatro

Akhenaton
Testemunha da acusação e outras peças
E não sobrou nenhum e outras peças

Memórias

Autobiografia